KB022257

두이노의 비가

두이노의 비가

라이너 마리아 릴케

김재혁 옮김

DUINESER ELEGIEN
Rainer Maria Rilke

일러두기

작품 번역과 해설에 사용한 텍스트들은 다음과 같다.

Rainer Maria Rilke, *Duineser Elegien*. Leipzig, 1923.

Rainer Maria Rilke, *Duineser Elegien*. Handschriftliche Wiedergabe. Zürich, 1948.

Rainer Maria Rilke, *Werke*. Kommentierte Ausgabe in vier Bänden. Frankfurt am Main und Leipzig, 1996.

차례

1부

두이노의 비가

Aus dem Besitz der Fürstin
Marie von Thurn und Taxis-Hohenlohe
(1912/1922)

마리 폰 투른 운트 탁시스 호엔로에
후작 부인의 소유에서
(1912/1922)

DIE ERSTE ELEGIE

Wer, wenn ich schriee, hörte mich denn aus der Engel
Ordnungen? und gesetzt selbst, es nähme
einer mich plötzlich ans Herz: ich verginge von seinem
stärkeren Dasein. Denn das Schöne ist nichts
als des Schrecklichen Anfang, den wir noch grade ertragen,
und wir bewundern es so, weil es gelassen verschmäht,
uns zu zerstören. Ein jeder Engel ist schrecklich.
   Und so verhalt ich mich denn und verschlucke den Lockruf
dunkelen Schluchzens. Ach, wen vermögen
wir denn zu brauchen? Engel nicht, Menschen nicht,
und die findigen Tiere merken es schon,
daß wir nicht sehr verläßlich zu Haus sind
in der gedeuteten Welt. Es bleibt uns vielleicht
irgend ein Baum an dem Abhang, daß wir ihn täglich
wiedersähen; es bleibt uns die Straße von gestern
und das verzogene Treusein einer Gewohnheit,
der es bei uns gefiel, und so blieb sie und ging nicht.
   O und die Nacht, die Nacht, wenn der Wind voller Weltraum
uns am Angesicht zehrt — , wem bliebe sie nicht, die ersehnte,
sanft enttäuschende, welche dem einzelnen Herzen
mühsam bevorsteht. Ist sie den Liebenden leichter?
Ach, sie verdecken sich nur mit einander ihr Los.

제1비가

내가 울부짖은들, 천사의 위계에서 대체
누가 내 목소리를 들어 줄까? 한 천사가 와락
나를 가슴에 끌어안으면, 나보다 강한 그의
존재로 말미암아 나 스러지고 말 텐데. 아름다움이란
우리가 간신히 견디어 내는 무서움의 시작일 뿐이므로,
우리 이처럼 아름다움에 경탄하는 까닭은, 그것이 우리를
파멸시키기를, 냉정히 뿌리치기 때문이다. 모든 천사는
　　무섭다.
　나 마음을 억누르며 어두운 흐느낌의 꾀는 소리를
속으로 삼키는데. 아, 대체 우리는 그 누구를
쓸 수 있는가? 천사들도 아니고 인간들도 아니다,
영리한 짐승들은 해석된 세계에 사는 우리가
마음 편치 않음을 이미 느끼고 있다.
우리에게 산등성이 나무 한 그루 남아 있어
날마다 볼 수 있을지 모르지. 우리에게 남은 건
어제의 거리와, 우리가 좋아하는
습관의 뒤틀린 맹종, 그것은 남아 떠나지 않았다.
　오 그리고 밤, 밤, 우주로 가득 찬 바람이 우리의
얼굴을 파먹으면 ──, 누구에겐들 밤만 남지 않으랴, 그토록
그리워하던 밤, 외로운 이의 가슴 앞에 힘겹게 서 있는,
약간의 환멸을 느끼는 밤. 밤은 연인들한테는 더 쉬울까?
아, 이들은 그저 몸을 합쳐 서로의 운명을 가리고 있다.

Weißt du's *noch* nicht? Wirf aus den Armen die Leere
zu den Räumen hinzu, die wir atmen; vielleicht daß die Vögel
die erweiterte Luft fühlen mit innigerm Flug.

Ja, die Frühlinge brauchten dich wohl. Es muteten manche
Sterne dir zu, daß du sie spürtest. Es hob
sich eine Woge heran im Vergangenen, oder
da du vorüberkamst am geöffneten Fenster,
gab eine Geige sich hin. Das alles war Auftrag.
Aber bewältigtest du's? Warst du nicht immer
noch von Erwartung zerstreut, als kündigte alles
eine Geliebte dir an? (Wo willst du sie bergen,
da doch die großen fremden Gedanken bei dir
aus und ein gehn und öfters bleiben bei Nacht.)
Sehnt es dich aber, so singe die Liebenden; lange
noch nicht unsterblich genug ist ihr berühmtes Gefühl.
Jene, du neidest sie fast, Verlassenen, die du
so viel liebender fandst als die Gestillten. Beginn
immer von neuem die nie zu erreichende Preisung;
denk: es erhält sich der Held, selbst der Untergang war ihm
nur ein Vorwand, zu sein: seine letzte Geburt.
Aber die Liebenden nimmt die erschöpfte Natur

너는 아직 그것을 모르는가? 우리가 숨 쉬는 공간을 향해
한 아름 네 텅 빔을 던져라; 그러면 새들은 한결
참되이 날갯짓하며 넓어진 대기를 느낄지도 모른다.

그래, 봄들은 아마도 너를 써 버렸겠지. 많은 별들은
네가 저희를 느끼기를 바랐다. 과거 속에서
파도 하나 굽이치고, 혹은
네가 열린 창문 옆을 지나갈 때
바이올린이 자신을 바쳤다. 그 모든 건 사명이었다.
그러나 너는 그것을 완수했는가? 모든 것이
네게 애인을 점지해 주는 듯한 기대감에
너는 언제나 마음이 어지럽지 않았는가? (네가 그녀를
어디에다 숨겨도, 크고 낯선 생각들은 네 가슴속을
들락거리며 밤마다 자꾸만 네게 머무르는데.)
꼭 하고 싶거든, 위대한 사랑의 여인들을 노래하라; 물론
그들의 유명한 감정도 결코 불멸하지는 못하리라.
네가 시기할 지경인 저 버림받은 여인들, 너는 그들이 사랑에
만족한 남자들보다 사뭇 더 사랑스러움을 알았으리라.
결코 다함이 없는 칭송을 언제나 새로이 시작하라;
생각하라: 영웅은 영속하는 법, 몰락까지도 그에겐
존재하기 위한 구실이었음을: 그의 궁극적 탄생이었음을.
그러나 지친 자연은 연인들을,

in sich zurück, als wären nicht zweimal die Kräfte,
dieses zu leisten. Hast du der Gaspara Stampa
denn genügend gedacht, daß irgend ein Mädchen,
dem der Geliebte entging, am gesteigerten Beispiel
dieser Liebenden fühlt: daß ich würde wie sie?
Sollen nicht endlich uns diese ältesten Schmerzen
fruchtbarer werden? Ist es nicht Zeit, daß wir liebend
uns vom Geliebten befrein und es bebend bestehn:
wie der Pfeil die Sehne besteht, um gesammelt im Absprung
mehr zu sein als er selbst. Denn Bleiben ist nirgends.

Stimmen, Stimmen. Höre, mein Herz, wie sonst nur
Heilige hörten: daß sie der riesige Ruf
aufhob vom Boden; sie aber knieten,
Unmögliche, weiter und achtetens nicht:
So waren sie hörend. Nicht, daß du *Gottes* ertrügest
die Stimme, bei weitem. Aber das Wehende höre,
die ununterbrochene Nachricht, die aus Stille sich bildet.
Es rauscht jetzt von jenen jungen Toten zu dir.
Wo immer du eintratst, redete nicht in Kirchen
zu Rom und Neapel ruhig ihr Schicksal dich an?
Oder es trug eine Inschrift sich erhaben dir auf,

두 번 다시는 그 일을 할 기력이 없는 듯,
제 속으로 거두어들인다. 너는 가스파라 스탐파를
깊이 생각해 보았는가, 사랑하는 남자의 버림을 받은
한 처녀가 사랑에 빠진 그 여인의 드높은 모범에서
자기도 그처럼 되었으면 하는 바람을 느끼는 것을?
언젠가 이처럼 가장 오래된 고통이 우리에게
한결 풍성하게 열매 맺지 않을까? 지금은 우리가 사랑하며
연인에게서 벗어나, 벗어남을 떨며 견딜 때가 아닌가:
발사의 순간에 온 힘을 모아 자신보다 더 큰 존재가 되기 위해
화살이 시위를 견디듯이. 머무름은 어디에도 없으니까.

목소리들, 목소리들. 들어라, 내 가슴아, 지난날 성자들만이
들었던 소리를: 엄청난 외침 소리가 그들을
땅에서 들어 올렸지만; 그들, 불가사의한 자들은
무릎 꿇은 채로 아랑곳하지 않았으니:
바로 그렇게 그들은 귀 기울이고 있었다. 신의 목소리야
더 견디기 어려우리. 그러나 바람결에 스치는 소리를 들어라,
정적 속에서 만들어지는 끊임없는 메시지를.
이제 그 젊은 죽음들이 너를 향해 소곤댄다.
네가 어디로 발을 옮기든, 로마와 나폴리의 교회에서
그들의 운명은 조용히 네게 말을 건네지 않았던가?
아니면 얼마 전의 산타 마리아 포르모사의 비문처럼

wie neulich die Tafel in Santa Maria Formosa.
Was sie mir wollen? leise soll ich des Unrechts
Anschein abtun, der ihrer Geister
reine Bewegung manchmal ein wenig behindert.

Freilich ist es seltsam, die Erde nicht mehr zu bewohnen,
kaum erlernte Gebräuche nicht mehr zu üben,
Rosen, und andern eigens versprechenden Dingen
nicht die Bedeutung menschlicher Zukunft zu geben;
das, was man war in unendlich ängstlichen Händen,
nicht mehr zu sein, und selbst den eigenen Namen
wegzulassen wie ein zerbrochenes Spielzeug.
Seltsam, die Wünsche nicht weiterzuwünschen. Seltsam,
alles, was sich bezog, so lose im Raume
flattern zu sehen. Und das Totsein ist mühsam
und voller Nachholn, daß man allmählich ein wenig
Ewigkeit spürt. —— Aber Lebendige machen
alle den Fehler, daß sie zu stark unterscheiden.
Engel (sagt man) wüßten oft nicht, ob sie unter
Lebenden gehn oder Toten. Die ewige Strömung
reißt durch beide Bereiche alle Alter
immer mit sich und übertönt sie in beiden.

비문 하나가 네게 엄숙히 그것을 명하지 않았던가?
그들은 내게 무엇을 바라는가? 나 그들의 영혼의
순수한 움직임에 때때로 조금이라도 방해가 되는
옳지 못한 자세를 조용히 버려야 하리라.

이 세상에 더 살지 못함은 참으로 이상하다,
겨우 익힌 관습을 버려야 함과,
장미와 그 밖에 무언가 하나씩 약속하는 사물들에게
인간의 미래의 의미를 선사할 수 없음과;
한없이 걱정스러운 두 손 안에 든 존재가
더 이상 아닌 것, 그리고 자기 이름까지도 마치
망가진 장난감처럼 버리는 것은 참으로 이상하다.
소망을 더는 품지 못함은 이상하다. 서로
뭉쳐 있던 모든 것이 그렇게 허공에 흩어져 날리는 것을
보는 것은 이상하다. 그리고 죽어 있다는 것은
점차 조금의 영원을 맛보기 위해 잃어버린 시간을
힘겹게 보충하는 것. ─ 그러나 살아 있는 자들은 모두
너무나 뚜렷하게 구별하는 실수를 범한다.
천사들은 살아 있는 자들 사이를 가는지 죽은 자들
사이를 가는지 때때로 모른다(고 사람들은 말한다).
영원한 흐름은 두 영역 사이로 모든 세대를
휩쓸어 가니, 두 영역 속의 모두를 압도한다.

Schließlich brauchen sie uns nicht mehr, die Früheentrückten,

man entwöhnt sich des Irdischen sanft, wie man den Brüsten

milde der Mutter entwächst. Aber wir, die so große

Geheimnisse brauchen, denen aus Trauer so oft

seliger Fortschritt entspringt —— : *könnten* wir sein ohne sie?

Ist die Sage umsonst, daß einst in der Klage um Linos

wagende erste Musik dürre Erstarrung durchdrang;

daß erst im erschrockenen Raum, dem ein beinah göttlicher

  Jüngling

plötzlich für immer enttrat, das Leere in jene

Schwingung geriet, die uns jetzt hinreißt und tröstet und hilft.

끝내 그들, 이른 나이에 죽은 자들은 우리를 필요로 하지
    않으니,
어느덧 자라나 어머니의 젖가슴을 떠나듯 조용히 대지의
품을 떠난다. 우리는, 그러나 그토록 큰 비밀을
필요로 하는 우리는, 슬픔에서 그토록 자주 복된 진보를
우려내는 우리는 ─: 그들 없이 존재할 수 있을까?
언젠가 리노스를 잃은 비탄 속에서 튀어나온 첫 음악이
메마른 경직을 꿰뚫었다는 전설은 헛된 것인가;
거의 신에 가까운 한 젊은이가 갑작스레 영원히
떠나 버려 놀란 공간 속에서 비로소 공허함이 우리를
매혹하고 위로하며 돕는 울림을 시작했다는 것은.

DIE ZWEITE ELEGIE

Jeder Engel ist schrecklich. Und dennoch, weh mir,
ansing ich euch, fast tödliche Vögel der Seele,
wissend um euch. Wohin sind die Tage Tobiae,
da der Strahlendsten einer stand an der einfachen Haustür,
zur Reise ein wenig verkleidet und schon nicht mehr furchtbar;
(Jüngling dem Jüngling, wie er neugierig hinaussah).
Träte der Erzengel jetzt, der gefährliche, hinter den Sternen
eines Schrittes nur nieder und herwärts: hochauf-
schlagend erschlüg uns das eigene Herz. Wer seid ihr?

Frühe Geglückte, ihr Verwöhnten der Schöpfung,
Höhenzüge, morgenrötliche Grate
aller Erschaffung, —— Pollen der blühenden Gottheit,
Gelenke des Lichtes, Gänge, Treppen, Throne,
Räume aus Wesen, Schilde aus Wonne, Tumulte
stürmisch entzückten Gefühls und plötzlich, einzeln,
Spiegel: die die entströmte eigene Schönheit
wiederschöpfen zurück in das eigene Antlitz.

Denn wir, wo wir fühlen, verflüchtigen; ach wir
atmen uns aus und dahin; von Holzglut zu Holzglut
geben wir schwächern Geruch. Da sagt uns wohl einer:

제2비가

모든 천사는 무섭다. 하지만, 아 슬프다,
너희, 거의 치명적인 영혼의 새들을, 잘 알아서,
나 노래로 찬양했다. 토비아의 시절은 어디로 갔는가,
빛나는 천사들 중 하나 길을 떠나려 약간 변장하고
수수한 사립문 옆에 서 있던, 조금도 두렵지 않던 그 시절은;
(호기심으로 바라보는 그 청년의 눈에도 청년으로 보이던).
이제는 위험한 천사, 그 대천사가 별들 뒤에 있다가
우리를 향해 한 걸음만 내디뎌도: 하늘 높이 요동치며 우리
심장의 고동은 우리를 쳐 죽일 텐데. 너희는 누구인가?

일찍 성취된 것들, 너희 창조의 귀염둥이들,
산맥들, 아침노을 드리운 모든 창조의
산마루, ─ 꽃피는 신성(神性)의 꽃가루,
빛의 관절, 복도들, 계단들, 왕좌들,
본질의 공간들, 환희의 방패들, 폭풍처럼
날뛰는 감정의 소요, 그리고 갑자기 하나씩 나타나는
거울들: 제 몸에서 흘러 나간 아름다움을
다시 제 얼굴에 퍼 담는 거울들.

우리는 느낄 때마다 증발하는 까닭이다. 아,
우리는 숨을 내쉬면서 사라진다; 장작불처럼 타들어 가며
우리는 점점 약한 냄새를 낼 뿐이다. 그때 누군가 말하리라:

ja, du gehst mir ins Blut, dieses Zimmer, der Frühling
füllt sich mit dir... Was hilfts, er kann uns nicht halten,
wir schwinden in ihm und um ihn. Und jene, die schön sind,
o wer hält sie zurück? Unaufhörlich steht Anschein
auf in ihrem Gesicht und geht fort. Wie Tau von dem Frühgras
hebt sich das Unsre von uns, wie die Hitze von einem
heißen Gericht. O Lächeln, wohin? O Aufschaun:
neue, warme, entgehende Welle des Herzens ── ;
weh mir: wir *sinds* doch. Schmeckt denn der Weltraum,
in den wir uns lösen, nach uns? Fangen die Engel
wirklich nur Ihriges auf, ihnen Entströmtes,
oder ist manchmal, wie aus Versehen, ein wenig
unseres Wesens dabei? Sind wir in ihre
Züge soviel nur gemischt wie das Vage in die Gesichter
schwangerer Frauen? Sie merken es nicht in dem Wirbel
ihrer Rückkehr zu sich. (Wie sollten sie's merken.)

Liebende könnten, verstünden sie's, in der Nachtluft
wunderlich reden. Denn es scheint, daß uns alles
verheimlicht. Siehe, die Bäume *sind*; die Häuser,

그래, 너는 내 핏줄 속으로 들어온다, 이 방은, 봄은 너로
가득 찬다... 무슨 소용인가, 그는 우리를 잡아 둘 수 없어,
우리는 그의 속, 그의 언저리에서 사라진다. 아름다운 자들,
오, 그 누가 그들을 잡아 둘까? 그들의 얼굴에는 끊임없이
표정이 서렸다 사라진다. 새벽 풀에 맺힌 이슬처럼
우리의 표정도 우리에게서 떠난다. 마치 뜨거운 요리에서
열기가 떠나듯이. 오 미소여, 어디로 갔는가?
오, 우러러봄이여: 심장의 새롭고, 뜨겁고, 사라지는 물결 ── ;
아아, 우리는 **그런 존재들**. 우리가 녹아 들어간
우주 공간에서도 우리 맛이 날까? 천사들은
정말로 제 것만, 제 몸에서 흘러 나간 것만 붙잡나,
아니면, 가끔 실수로라도 우리의 본질도 약간
거기에 묻혀 들어갈까? 우리는 천사들의 표정 속으로
임신한 여인들의 얼굴에 미생(未生)의 아기가 희미하게
　　　떠오르듯
묻혀 들어갈까? 그들은 제 안으로의 귀환의 소용돌이
속에서 그것을 알아채지 못하리라. (어찌 알까.)

연인들은, 혹시 통하는 게 있다면, 밤공기 속에서
놀라운 말을 할 수 있으리라. 우리에겐 모든 것이 비밀을
알려 주지 않으려 하니. 보라, 나무들은 존재하고; 우리가
　　　사는

die wir bewohnen, bestehn noch. Wir nur
ziehen allem vorbei wie ein luftiger Austausch.
Und alles ist einig, uns zu verschweigen, halb als
Schande vielleicht und halb als unsägliche Hoffnung.

Liebende, euch, ihr in einander Genügten,
frag ich nach uns. Ihr greift euch. Habt ihr Beweise?
Seht, mir geschiehts, daß meine Hände einander
inne werden oder daß mein gebrauchtes
Gesicht in ihnen sich schont. Das giebt mir ein wenig
Empfindung. Doch wer wagte darum schon zu *sein*?
Ihr aber, die ihr im Entzücken des andern
zunehmt, bis er euch überwältigt
anfleht: nicht *mehr* — ; die ihr unter den Händen
euch reichlicher werdet wie Traubenjahre;
die ihr manchmal vergeht, nur weil der andre
ganz überhand nimmt: euch frag ich nach uns. Ich weiß,
ihr berührt euch so selig, weil die Liebkosung verhält,
weil die Stelle nicht schwindet, die ihr, Zärtliche,
zudeckt; weil ihr darunter das reine
Dauern verspürt. So versprecht ihr euch Ewigkeit fast
von der Umarmung. Und doch, wenn ihr der ersten

집들은 여전히 서 있다. 우리는 다만 들며 나는 바람처럼
모든 것 곁을 지나칠 뿐이다. 그리고 모두 하나 되어
우리에 대해 침묵한다. 어쩌면 우리를 수치로 여겨서인지,
어쩌면 말로 다 할 수 없는 희망을 봐서 그런지 몰라도.

연인들아, 너희 서로에게 만족한 자들아, 너희에게 묻는다,
우리에 대해. 너희는 껴안고 있다. 증거라도 있는가?
보라, 나의 두 손이 서로를 알게 되거나,
나의 지친 얼굴이 두 손 안에서 쉴 때가
있다. 그러면 약간의 느낌이 온다.
그렇다고 해서 누가 감히 **존재한다** 할 수 있으랴?
그러나 상대가 압도되어
이제 그만 ── ; 이라고 간청할 때까지
상대방의 황홀감 속에서 성장하는 너희, 수확 철의
포도송이처럼 손길 아래서 더욱 무르익는 너희;
상대방이 우위를 점하는 이유 하나만으로도 가끔
쇠락하는 너희: 너희에게 묻는다, 우리에 대해.
나는 안다, 그처럼 행복하게 서로 어루만지는 까닭은
애무하는 동안 너희 연인들이 만진 곳이 사라지지 않고,
너희가 거기서 순수한 영속을 느끼기 때문임을.
그리하여 너희들은 포옹으로부터 거의
영원을 기대한다. 그리고 하지만, 너희가

Blicke Schrecken besteht und die Sehnsucht am Fenster,
und den ersten gemeinsamen Gang, *ein* Mal durch den Garten:
Liebende, *seid* ihrs dann noch? Wenn ihr einer dem andern
euch an den Mund hebt und ansetzt —— : Getränk an Getränk:
o wie entgeht dann der Trinkende seltsam der Handlung.

Erstaunte euch nicht auf attischen Stelen die Vorsicht
menschlicher Geste? war nicht Liebe und Abschied
so leicht auf die Schultern gelegt, als wär es aus anderm
Stoffe gemacht als bei uns? Gedenkt euch der Hände,
wie sie drucklos beruhen, obwohl in den Torsen die Kraft steht.
Diese Beherrschten wußten damit: so weit sind wirs,
dieses ist unser, uns *so* zu berühren; stärker
stemmen die Götter uns an. Doch dies ist Sache der Götter.

Fänden auch wir ein reines, verhaltenes, schmales
Menschliches, einen unseren Streifen Fruchtlands
zwischen Strom und Gestein. Denn das eigene Herz übersteigt
    uns
noch immer wie jene. Und wir können ihm nicht mehr
nachschaun in Bilder, die es besänftigen, noch in
göttliche Körper, in denen es größer sich mäßigt.

첫 눈길의 놀람과 창가의 그리움, 단 한 번
정원 사이로 함께한 너희의 첫 산책까지 겪어 낸다면,
연인들아, 그래도 너희는 **그대로인가**? 너희가
서로 입을 맞추고 ── : 꿀컥꿀컥 키스를 마시기 시작하면:
오 마시는 자는 얼마나 기이하게 그 행동에서 떠나고
    있을까.

아티카의 묘석에 새겨진 사람의 몸짓의 조심스러움에
너희는 놀라지 않았는가? 사랑과 이별이, 마치 우리와는
다른 소재로 만들어진 듯, 그토록 가볍게 어깨 위에
걸쳐 있지 않았던가? 몸통 속에는 힘이 들어 있지만
살포시 놓여 있는 그 손들을 생각해 보라.
절제된 이 인물들은 알고 있었으니, 거기까지라고,
이것이 우리 몫, **그렇게** 살짝 어루만지는 것; 그러나
신들은 더 세차게 우리를 압박하니, 그건 신의 몫이다.

우리도 순수하고 절제되고 좁다란 인간적인 것을,
그래 강물과 암벽 사이에서 한 줄기 우리의 옥토를
찾을 수 있다면 좋겠지. 우리의 마음은 여전히 우리를
넘어선다, 예전 사람들이 그랬듯이. 우리는 우리의 마음을
달래 주는 그림을 통해 우리 마음을 더는 볼 수 없고, 또한
마음이 한결 누그러지는 신들의 몸을 통해서도 아니다.

DIE DRITTE ELEGIE

Eines ist, die Geliebte zu singen. Ein anderes, wehe,

jenen verborgenen schuldigen Fluß-Gott des Bluts.

Den sie von weitem erkennt, ihren Jüngling, was weiß er

selbst von dem Herren der Lust, der aus dem Einsamen oft,

ehe das Mädchen noch linderte, oft auch als wäre sie nicht,

ach, von welchem Unkenntlichen triefend, das Gotthaupt

aufhob, aufrufend die Nacht zu unendlichem Aufruhr.

O des Blutes Neptun, o sein furchtbarer Dreizack.

O der dunkele Wind seiner Brust aus gewundener Muschel.

Horch, wie die Nacht sich muldet und höhlt. Ihr Sterne,

stammt nicht von euch des Liebenden Lust zu dem Antlitz

seiner Geliebten? Hat er die innige Einsicht

in ihr reines Gesicht nicht aus dem reinen Gestirn?

Du nicht hast ihm, wehe, nicht seine Mutter

hat ihm die Bogen der Braun so zur Erwartung gespannt.

Nicht an dir, ihn fühlendes Mädchen, an dir nicht

bog seine Lippe sich zum fruchtbarern Ausdruck.

Meinst du wirklich, ihn hätte dein leichter Auftritt

제3비가

하나는 사랑하는 여인을 노래하는 일. 또 하나는, 괴롭다,
저 숨겨진 죄 많은 피의 하신(河神)을 노래하는 일.
그녀가 멀리서도 알아보는 그녀의 청년은
욕망의 신에 대해 무엇을 알고 있을까. 욕망의 신은
외로운 자에게서, 소녀가 달래 주기도 전에, 자주
그녀가 눈앞에 없는 듯, 신의 머리를 들어 올렸다,
아, 미지의 것에 흠뻑 젖어, 밤을 끝없는 소용돌이로 몰고
    가며.
오 피의 넵투누스여, 오 무시무시한 삼지창이여.
오 나선형 소라를 통해 그의 가슴에서 불어오는 어두운
    바람이여.
움푹하게 비워져 가는 밤의 소리에 귀 기울여라. 너희
    별들이여,
자기 애인의 얼굴을 향한 연인의 기쁨은 너희에게서
온 것이 아닌가? 애인의 순수한 얼굴에 대한
그의 따뜻한 통찰은 순수한 별자리에서 온 것이 아닌가?

그대도 아니요, 아아, 그의 어머니도 아니다,
그의 눈썹을 기대감으로 그리 구부려 놓은 것은.
그대 때문이 아니다, 그를 느끼는 소녀여, 그대 때문에
그의 입술이 무르익은 표현으로 휘어진 것은 아니다.
그대는 정말로 하늘하늘한 그대의 모습이 그리 그를

also erschüttert, du, die wandelt wie Frühwind?

Zwar du erschrakst ihm das Herz; doch ältere Schrecken

stürzten in ihn bei dem berührenden Anstoß.

Ruf ihn... du rufst ihn nicht ganz aus dunkelem Umgang.

Freilich, er *will*, er entspringt; erleichtert gewöhnt er

sich in dein heimliches Herz und nimmt und beginnt sich.

Aber begann er sich je?

Mutter, *du* machtest ihn klein, du warsts, die ihn anfing;

dir war er neu, du beugtest über die neuen

Augen die freundliche Welt und wehrtest der fremden.

Wo, ach, hin sind die Jahre, da du ihm einfach

mit der schlanken Gestalt wallendes Chaos vertratst?

Vieles verbargst du ihm so; das nächtlich-verdächtige Zimmer

machtest du harmlos, aus deinem Herzen voll Zuflucht

mischtest du menschlichern Raum seinem Nacht-Raum hinzu.

Nicht in die Finsternis, nein, in dein näheres Dasein

hast du das Nachtlicht gestellt, und es schien wie aus

    Freundschaft.

흔들었다고 생각하는가, 새벽바람처럼 걷는 그대여?
그대는 그의 가슴을 놀라게는 했다, 그러나 그대의
순진한 몸짓에 오래된 공포들이 그의 가슴을 덮쳤다.
불러 봐라... 그대는 그를 어두운 교제에서 빼내지 못한다.
물론 그는 **도망치려** 하고 도망친다; 그는 한결 편해져
그대의 은밀한 가슴에 적응하여 자신을 찾고 자신을
    시작한다.
그러나 그는 사실 스스로를 시작한 적이 있는가?
어머니, 당신은 그를 작게 만들었어요, 그를 시작한 것은
    당신입니다.
당신에게 그는 새로웠고, 당신은 그의 새로운 눈 위에 친근한
세계를 둥글게 드리워 놓고 낯선 세계가 다가오지 못하게
    했지요.
아, 당신의 호리호리한 몸 하나로 그를 위해 혼돈의 파도를
너끈히 막아 주던 그 시절은 어디로 갔나요?
당신은 그에게 많은 것을 숨겼지요; 밤이면 미심쩍은
방들을 무해한 것으로 만들었고, 은신처 가득한 당신
    가슴에서
더욱 인간적인 공간을 꺼내서 그의 밤 공간에다 섞어
    넣었지요.
당신은 어둠 속이 아니라, 그래, 언제나 당신의 삶 근처에
야간 등을 켜 놓았고, 등불은 다정하게 빛을 던졌어요.

Nirgends ein Knistern, das du nicht lächelnd erklärtest,
so als wüßtest du längst, *wann* sich die Diele benimmt...
Und er horchte und linderte sich. So vieles vermochte
zärtlich dein Aufstehn; hinter den Schrank trat
hoch im Mantel sein Schicksal, und in die Falten des Vorhangs
paßte, die leicht sich verschob, seine unruhige Zukunft.

Und er selbst, wie er lag, der Erleichterte, unter
schläfernden Lidern deiner leichten Gestaltung
Süße lösend in den gekosteten Vorschlaf — :
schien ein Gehüteter... Aber *innen*: wer wehrte,
hinderte innen in ihm die Fluten der Herkunft?
Ach, da *war* keine Vorsicht im Schlafenden; schlafend,
aber träumend, aber in Fiebern: wie er sich ein-ließ.
Er, der Neue, Scheuende, wie er verstrickt war,
mit des innern Geschehns weiterschlagenden Ranken
schon zu Mustern verschlungen, zu würgendem Wachstum, zu
    tierhaft
jagenden Formen. Wie er sich hingab — . Liebte.
Liebte sein Inneres, seines Inneren Wildnis,

어디서 삐거덕 소리가 나든, 당신은 미소 지으며 설명해
　　줬지요,
마루가 언제쯤 소리를 낼지 미리 알고 있는 것 같았어요...
그리고 그는 귀 기울였고 안심했지요. 당신은 자리에서 일어나
다정스레 이리 많은 것을 해냈어요; 그의 운명은 외투를 걸친
큰 모습으로 옷장 뒤로 걸어갔고, 그리고 그의 불안한 미래는
금세 구겨지는 커튼 주름 사이로 몸을 숨겼어요.

그리고 이제 안심하고 잠자리에 누워 그가
졸린 눈꺼풀 속으로 당신의 섬세한 모습의
달콤함을 녹이면서 천천히 잠들 때면 ── : 그는
자신이 보호받는 것 같았지요... 그러나 그의 내면에서는:
누가 그의 내면의 혈통의 홍수를 막거나 돌릴 수 있을까요?
아, 잠든 아이에게 경계심이란 없었어요; 자면서, 그러나
　　꿈꾸면서,
그러나 열병에 걸려서: 그는 얼마나 빠져들어 갔던가요.
신출내기이자 멈칫거리는 자인 그는 그 얼마나
내면의 사건의 뻗어 가는 덩굴손에 얽혀 있었던가요,
문양을 이루며, 숨 막힐 듯 자라며, 짐승처럼 내달리는
　　모양으로.
그는 얼마나 몰두했던가요 ── . 그는 사랑했어요.
그는 자신의 내면의 것을 사랑했어요, 내면의 황야를,

diesen Urwald in ihm, auf dessen stummem Gestürztsein
lichtgrün sein Herz stand. Liebte. Verließ es, ging die
eigenen Wurzeln hinaus in gewaltigen Ursprung,
wo seine kleine Geburt schon überlebt war. Liebend
stieg er hinab in das ältere Blut, in die Schluchten,
wo das Furchtbare lag, noch satt von den Vätern. Und jedes
Schreckliche kannte ihn, blinzelte, war wie verständigt.
Ja, das Entsetzliche lächelte... Selten
hast du so zärtlich gelächelt, Mutter. Wie sollte
er es nicht lieben, da es ihm lächelte. *Vor* dir
hat ers geliebt, denn, da du ihn trugst schon,
war es im Wasser gelöst, das den Keimenden leicht macht.

Siehe, wir lieben nicht, wie die Blumen, aus einem
einzigen Jahr; uns steigt, wo wir lieben,
unvordenklicher Saft in die Arme. O Mädchen,
dies: daß wir liebten *in* uns, nicht Eines, ein Künftiges, sondern

내면의 원시림을 사랑했어요, 그의 심장은 쓰러진 말 없는
거목 위에 연둣빛으로 놓여 있었지요. 사랑했어요, 그는
그곳을 떠나 자신의 뿌리를 지나서 울창한 근원을 향해
　　갔어요,
그곳의 그의 작은 탄생을 지나갔어요. 사랑하는 마음으로
그는 더욱 오래된 피를 향해, 깊은 계곡을 향해 내려갔습니다,
그곳엔 무서운 것이 아버지들을 먹고 배불러 누워 있었어요.
그리고 끔찍한 것들 하나하나가 그를 알아보고,
눈짓을 보내며, 서로 알았다는 표정을 지었습니다.
그래, 경악스러운 것이 미소를 지었어요... 당신은,
그렇게 다정스레 미소 지은 적이 없어요, 어머니. 그 끔찍한
　　것이
그에게 미소를 보내는데, 그가 어찌 그것을 사랑하지
　　않겠어요.
당신을 사랑하기에 앞서 그는 그것을 사랑했어요. 당신이
　　그를 가졌을 때
이미 그것은 태아를 뜨게 하는 양수 속에 녹아 있었으니까요.

보라, 우리는 꽃들처럼 기껏해야 1년만
사랑하지 않는다; 그러나 우리가 사랑할 때면
태곳적 수액이 우리의 양팔을 타고 오른다. 오 소녀여,
이것: 우리 내면에서 단 하나의 것이나 미래의 것이 아니라

das zahllos Brauende; nicht ein einzelnes Kind,
sondern die Väter, die wie Trümmer Gebirgs
uns im Grunde beruhn; sondern das trockene Flußbett
einstiger Mütter ——; sondern die ganze
lautlose Landschaft unter dem wolkigen oder
reinen Verhängnis —— : *dies* kam dir, Mädchen, zuvor.

Und du selber, was weißt du —— , du locktest
Vorzeit empor in dem Liebenden. Welche Gefühle
wühlten herauf aus entwandelten Wesen. Welche
Frauen haßten dich da. Was für finstere Männer
regtest du auf im Geäder des Jünglings? Tote
Kinder wollten zu dir... O leise, leise,
tu ein liebes vor ihm, ein verläßliches Tagwerk, —— führ ihn
nah an den Garten heran, gieb ihm der Nächte
Übergewicht......

     Verhalt ihn......

무수히 끓어오르는 것을 사랑하는 것; 낱낱의 자식이 아니라
산맥의 잔해처럼 우리의 가슴 깊은 밑바닥에서
쉬고 있는 아버지들을 사랑하는 것; 한때의 어머니들의
메마른 강바닥을 사랑하는 것 —; 구름 끼거나
아니면 맑은 숙명 아래 펼쳐진 말 없는 자연 풍경 전체를
사랑하는 것 —: 이것이, 소녀여, 너보다 앞서 왔다.

그리고 너, 너 자신은 무엇을 알고 있는가 —, 너는
네 애인 속의 태곳적 잔해를 마구 휘저어 놓았다. 죽어
일그러진 존재들로부터 어떤 감정이 들끓어 올라왔는가. 어떤
여인들이 그곳에서 너를 미워했는가. 젊은이의 핏줄 속에서
너는 어둠 속에 묻힌 어떤 남자들을 깨워 놓았는가? 죽은
아이들은 너에게 가려고 했다... 오 부드럽게, 부드럽게,
그를 위해 사랑스러운 일과를, 신실한 일과를 시작하라, —
그를 정원으로 인도하여 그에게 넘치는 밤들을
베풀어라......
　　　　　그를 자제시켜라......

DIE VIERTE ELEGIE

O Bäume Lebens, o wann winterlich?
Wir sind nicht einig. Sind nicht wie die Zug-
vögel verständigt. Überholt und spät,
so drängen wir uns plötzlich Winden auf
und fallen ein auf teilnahmslosen Teich.
Blühn und verdorrn ist uns zugleich bewußt.
Und irgendwo gehn Löwen noch und wissen,
solang sie herrlich sind, von keiner Ohnmacht.

Uns aber, wo wir Eines meinen ganz,
ist schon des andern Aufwand fühlbar. Feindschaft
ist uns das Nächste. Treten Liebende
nicht immerfort an Ränder, eins im andern,
die sich versprachen Weite, Jagd und Heimat.
  Da wird für eines Augenblickes Zeichnung
ein Grund von Gegenteil bereitet, mühsam,
daß wir sie sähen; denn man ist sehr deutlich
mit uns. Wir kennen den Kontur
des Fühlens nicht: nur, was ihn formt von außen.
  Wer saß nicht bang vor seines Herzens Vorhang?
Der schlug sich auf: die Szenerie war Abschied.
Leicht zu verstehen. Der bekannte Garten,

제4비가

오 생명의 나무들이여, 오 언제가 겨울인가?
우리는 하나 되지 못하고 있다. 우리는 철새 떼처럼
서로 통하지 못한다. 너무 앞서거나, 뒤처져 가다가
갑자기 바람에 맞서 치근대다가
무심한 연못으로 곤두박질친다.
피어남과 시듦을 우리는 한꺼번에 알고 있다.
그리고 어딘가 아직 사자들이 어슬렁거리며 걷고 있다,
그들은 위엄이 살아 있는 한, 노쇠 따위는 모른다.

그러나 하나를 마음에 두는 순간, 우리에겐
벌써 또 하나의 짐이 느껴진다. 적대감은
우리의 가장 가까운 이웃이다. 연인들은 언제나
서로의 벼랑으로 다가가고 있지 않은가,
광활함과 사냥과 고향을 서로 약속한 그들이.
　　한순간에 그리는 스케치에도
힘들여 대비의 바탕이 마련될 때
그림이 잘 보인다; 사람들은 우리를 아주 뚜렷이 보려 하니까.
우리는 느낌의 윤곽을 알지 못한다:
그 윤곽을 만들어 내는 바깥의 것만을 알 뿐.
　　마음의 장막 앞에 불안감 없이 앉아 본 자 누구인가?
장막이 올라갔다: 이별의 장면이었다.
금방 알 수 있었다. 눈에 익은 정원이었다, 정원이

und schwankte leise: dann erst kam der Tänzer.
Nicht *der*. Genug! Und wenn er auch so leicht tut,
er ist verkleidet und er wird ein Bürger
und geht durch seine Küche in die Wohnung.
   Ich will nicht diese halbgefüllten Masken,
lieber die Puppe. Die ist voll. Ich will
den Balg aushalten und den Draht und ihr
Gesicht aus Aussehn. Hier. Ich bin davor.
Wenn auch die Lampen ausgehn, wenn mir auch
gesagt wird: Nichts mehr —— , wenn auch von der Bühne
das Leere herkommt mit dem grauen Luftzug,
wenn auch von meinen stillen Vorfahrn keiner
mehr mit mir dasitzt, keine Frau, sogar
der Knabe nicht mehr mit dem braunen Schielaug:
Ich bleibe dennoch. Es gibt immer Zuschaun.

Hab ich nicht recht? Du, der um mich so bitter
das Leben schmeckte, meines kostend, Vater,
den ersten trüben Aufguß meines Müssens,
da ich heranwuchs, immer wieder kostend
und, mit dem Nachgeschmack so fremder Zukunft
beschäftigt, prüftest mein beschlagnes Aufschaun, ——

살짝 흔들렸다: 이어서 먼저 남자 무용수가 등장했다.
저 사람은 아니야. 관둬! 몸짓이 아무리 날렵해도,
그는 변장한 것일 뿐, 한 사람의 시민의 모습으로
부엌을 지나 거실로 들어갈 테니까.

　　나는 이 반쯤 채워진 가면들을 원치 않아,
차라리 인형이 좋아. 인형은 가득 차 있거든.
몸통과 철삿줄 그리고 외양뿐인
얼굴은 참을 수 있어. 여기. 나는 무대 앞에 있다.
조명이 나간다 해도, 누가 '이젠 끝났어요 ── '라고
말한다 해도, 불어오는 잿빛 웃풍에 실려
무대로부터 공허가 밀려온다 해도,
말 없는 나의 조상 중 어느 누구도
더는 내 옆에 앉아 있지 않아도, 어떤 여자도,
심지어 갈색의 사팔눈을 한 소년이 없어도:
나는 그 자리에 앉아 있으리라. 줄곧 지켜보면서.

제가 옳지 않나요? 당신, 내 인생을 맛본 뒤로
나 때문에 인생이 온통 쓴맛이 되어 버린 아버지,
내가 자라나면서, 내가 해야 할 일들이 만들어 낸
텁텁한 첫 국물 맛을 계속해서 맛보면서,
사뭇 낯선 장래의 뒷맛 생각에 골치를 썩이면서
당신은 나의 흐릿한 눈빛을 살피셨습니다, ──

der du, mein Vater, seit du tot bist, oft

in meiner Hoffnung innen in mir, Angst hast,

und Gleichmut, wie ihn Tote haben, Reiche

von Gleichmut, aufgiebst für mein bißchen Schicksal,

hab ich nicht recht? Und ihr, hab ich nicht recht,

die ihr mich liebtet für den kleinen Anfang

Liebe zu euch, von dem ich immer abkam,

weil mir der Raum in eurem Angesicht,

da ich ihn liebte, überging in Weltraum,

in dem ihr nicht mehr wart....: wenn mir zumut ist,

zu warten vor der Puppenbühne, nein,

so völlig hinzuschaun, daß, um mein Schauen

am Ende aufzuwiegen, dort als Spieler

ein Engel hinmuß, der die Bälge hochreißt.

Engel und Puppe: dann ist endlich Schauspiel.

Dann kommt zusammen, was wir immerfort

entzwein, indem wir da sind. Dann entsteht

aus unsern Jahreszeiten erst der Umkreis

des ganzen Wandelns. Über uns hinüber

spielt dann der Engel. Sieh, die Sterbenden,

sollten sie nicht vermuten, wie voll Vorwand

das alles ist, was wir hier leisten. Alles

나의 아버지, 당신은 돌아가신 뒤로도 내가 나의
희망대로 살아갈지 내 마음속에서 늘 걱정하셨고,
사자(死者)들이 누리는 평온함을, 평온함의 왕국을
보잘것없는 저의 운명을 위해 포기하셨습니다,
제가 옳지 않나요? 그리고 당신들, 내가 옳지 않은가,
당신들에 대한 내 작은 사랑의 시작의 보답으로
나를 사랑했던 당신들, 거기서 나는 늘 벗어났다,
내가 사랑하기는 했지만, 당신들 얼굴에 서린 공간이
내게는 우주 공간으로 바뀌었기 때문이다, 당신들은
없는 우주 공간으로 바뀌었다....: 인형극 무대 앞에서
공연을 기다리고 싶은 생각이 들 때면, 아니,
뚫어져라 무대를 응시하여 결국 내 응시에 대해
보상을 해 주기 위해 그곳에 천사 하나가 조종자로
등장하여 인형들의 몸통을 한껏 치켜들 때면.
천사와 인형: 이제 마침내 공연은 시작된다.
이제 우리가 존재함으로써 우리가 언제나
둘로 나뉘었던 것이 합쳐진다. 이제야 우리 인생의
계절들로부터 전체 순환의 원이 생겨나리라.
이윽고 우리 머리 위에서 천사가
인형을 조종한다. 보라, 죽어 가는 자들을, 그들은
분명히 짐작하리라, 우리가 이곳에서 행하는
모든 것이 얼마나 구실로 가득 차 있는지를. 이 세상

ist nicht es selbst. O Stunden in der Kindheit,
da hinter den Figuren mehr als nur
Vergangnes war und vor uns nicht die Zukunft.
Wir wuchsen freilich, und wir drängten manchmal,
bald groß zu werden, denen halb zulieb,
die andres nicht mehr hatten, als das Großsein.
Und waren doch, in unserem Alleingehn,
mit Dauerndem vergnügt und standen da
im Zwischenraume zwischen Welt und Spielzeug,
an einer Stelle, die seit Anbeginn
gegründet war für einen reinen Vorgang.

Wer zeigt ein Kind, so wie es steht? Wer stellt
es ins Gestirn und giebt das Maß des Abstands
ihm in die Hand? Wer macht den Kindertod
aus grauem Brot, das hart wird, — oder läßt
ihn drin im runden Mund, so wie den Gröps
von einem schönen Apfel?...... Mörder sind
leicht einzusehen. Aber dies: den Tod,
den ganzen Tod, noch *vor* dem Leben so
sanft zu enthalten und nicht bös zu sein,
ist unbeschreiblich.

무엇도 그 자체인 것은 없다. 오 어린 시절의 시간이여,
그때는 모든 형상 뒤엔 과거 이상의 것이 있었고
우리 앞에 놓인 것은 미래가 아니었다.
우리는 자라났고, 더 빨리 자라나려고,
가끔 서두르기도 했다, 그것은 어른이라는 것밖에
내세울 것이 없던 사람들 때문이었다.
하지만 우리는 우리의 고독한 길에서
영원한 것에 만족하고 세계와 장난감 사이의
틈새에 서 있었다,
태초부터 순수한 과정을 위해 마련되어 있던
어느 한 자리에.

누가 어린아이를 있는 그대로 보여 주나? 누가 어린아이를
별들 사이에 세우고 거리 재는 자를 손에 들려 주는가?
누가 딱딱하게 굳어 가는 잿빛 빵으로
어린아이의 죽음을 빚는가, ― 아니면 누가 죽음을
예쁜 사과의 속처럼 그의 둥근 입속에 넣어 두는가?
…… 살인자들은 식별하기
어렵지 않다. 그러나 이것: 죽음을,
완전한 죽음을, 삶이 채 시작되기도 **전**에
그리 살며시 품고서도 화를 내지 않는 것,
이것은 이루 말로 다 할 수 없다.

DIE FÜNFTE ELEGIE
Frau Hertha König zugeeignet

Wer aber *sind* sie, sag mir, die Fahrenden, diese ein wenig
Flüchtigern noch als wir selbst, die dringend von früh an
wringt ein *wem, wem* zu Liebe
niemals zufriedener Wille? Sondern er wringt sie,
biegt sie, schlingt sie und schwingt sie,
wirft sie und fängt sie zurück; wie aus geölter,
glatterer Luft kommen sie nieder
auf dem verzehrten, von ihrem ewigen
Aufsprung dünneren Teppich, diesem verlorenen
Teppich im Weltall.
Aufgelegt wie ein Pflaster, als hätte der Vorstadt-
Himmel der Erde dort wehe getan.
        Und kaum dort,
aufrecht, da und gezeigt: des Dastehns
großer Anfangsbuchstab..., schon auch, die stärksten
Männer, rollt sie wieder, zum Scherz, der immer
kommende Griff, wie August der Starke bei Tisch
einen zinnenen Teller.

Ach und um diese
Mitte, die Rose des Zuschauns:

제5비가

헤르타 쾨니히 부인에게 바침

이들은 누구인가, 말해 다오, 이 떠돌이들, 우리보다
좀 더 덧없는 존재들, 만족할 줄 모르는 어떤 의지가
누군가, 누군가를 위해 어려서부터 쥐어짜고
있는 이들은? 이 의지는 이들을 쥐어짜고,
구부리고, 휘감고, 흔들어 대고,
던져 올리고, 다시 받는다; 이들은
반질반질하게 기름칠한 허공에서 내려온 것 같다,
끊임없는 도약과 착지로 닳고 닳아
더욱 얇아진 양탄자 위로, 우주 공간에
버려진 이 양탄자 위로.
교외의 하늘이 땅에 상처를 입힌 듯
반창고처럼 붙어 있는 그곳으로.

                                      그리고 그곳에서, 이들이
    바로 서서,
여기 서 있음의 첫 글자 D를 보여
주는가 했더니…, 어느새 손길이 자꾸 다가와, 장난삼아,
이들 가장 탄탄한 남자들을 계속해서 굴려 댄다,
강건왕 아우구스트가 식탁에서
주석 접시를 가지고 놀았듯이.

아 그리고 이 중심을 에워싼
구경의 장미꽃:

blüht und entblättert. Um diesen
Stampfer, den Stempel, den von dem eignen
blühenden Staub getroffen, zur Scheinfrucht
wieder der Unlust befruchteten, ihrer
niemals bewußten, — glänzend mit dünnster
Oberfläche leicht scheinlächelnden Unlust.

Da: der welke, faltige Stemmer,
der alte, der nur noch trommelt,
eingegangen in seiner gewaltigen Haut, als hätte sie früher
zwei Männer enthalten, und einer
läge nun schon auf dem Kirchhof, und er überlebte den andern,
taub und manchmal ein wenig
wirr, in der verwitweten Haut.

Aber der junge, der Mann, als wär er der Sohn eines Nackens
und einer Nonne: prall und strammig erfüllt
mit Muskeln und Einfalt.

Oh ihr,
die ein Leid, das noch klein war,
einst als Spielzeug bekam, in einer seiner

활짝 피었다가 우수수 진다.
이 절굿공이, 암술 주위로, 피어나는
제 꽃가루를 뒤집어써, 내키지 않음의
가짜 열매를 또 맺게 하며, 그것을 전혀
의식하지 못하면서, — 얄팍한 표면에 내키지 않음의
가벼운 거짓 미소를 반짝이는 암술 주위로.

저기: 저 시들어, 주름진 역사(力士),
이제 늙어, 겨우 북이나 두드릴 뿐이니,
자신의 두꺼운 살갗 속으로 오그라든 모습, 그 살갗 속에
예전에는 두 사내가 들어 있다가, 하나는 죽어
이미 무덤 속에 누워 있고, 다른 하나만 살아남은 듯하다,
이제 귀도 먹고 때때로 조금은 정신이
오락가락한다, 짝 잃은 살갗 속에서.

그러나 그 젊은이, 그 사내는, 마치 한 목덜미와
수녀의 아들이기라도 한 듯, 온몸이 팽팽하고 옹골차게
근육과 순박함으로 가득 차 있다.

오 그대들,
아직 어리던, 어떤 고통이,
언젠가 장난감으로 손에 넣었던 그대들, 그 고통의

langen Genesungen....

Du, der mit dem Aufschlag,
wie nur Früchte ihn kennen, unreif,
täglich hundertmal abfällt vom Baum der gemeinsam
erbauten Bewegung (der, rascher als Wasser, in wenig
Minuten Lenz, Sommer und Herbst hat) —
abfällt und anprallt ans Grab:
manchmal, in halber Pause, will dir ein liebes
Antlitz entstehn hinüber zu deiner selten
zärtlichen Mutter; doch an deinen Körper verliert sich,
der es flächig verbraucht, das schüchtern
kaum versuchte Gesicht... Und wieder
klatscht der Mann in die Hand zu dem Ansprung, und eh dir
jemals ein Schmerz deutlicher wird in der Nähe des immer
trabenden Herzens, kommt das Brennen der Fußsohln
ihm, seinem Ursprung, zuvor mit ein paar dir
rasch in die Augen gejagten leiblichen Tränen.
Und dennoch, blindlings,
das Lächeln.....

   Engel! o nimms, pflücks, das kleinblütige Heilkraut.

어느 긴 회복기 중에....

그대여, 열매들만이 아는,
쿵 소리와 함께 하루에도 수백 번씩, 설익은 채,
모여 함께 만든 운동의 나무에서
떨어져 (물살보다 빠르게, 몇 분 만에
봄, 여름, 가을을 맞이하는 나무에서) ─
떨어져 무덤에 부딪혀 쿵 소리를 내는 그대여:
가끔은, 잠깐 쉬는 동안에, 다정한 적이 거의 없는
그대의 어머니를 향한 사랑스러운 표정이 그대 얼굴에서
피어나려 한다; 하지만 수줍게 어렵사리 지어 본 그 표정은,
그대의 몸뚱어리에 이르러 사라지고 만다, 그대 몸의 표면이
그것을 몽땅 흡수해 버리기 때문이다... 이제 또다시
그 사내는 어서 도약하라고 손뼉을 친다, 그리고
끊임없이 고동치는 그대 심장 언저리의 고통이
더욱 뚜렷해지려는 찰나,
발바닥의 화끈거림이 그 뿌리에 앞선다,
두 눈에 살짝 몇 방울 육체의 눈물을 맺게 하면서.
그럼에도, 자기도 모르게, 짓는
미소 하나.....

천사여! 오 잡아라, 어서 꺾어라, 작은 꽃잎의 약초를.

Schaff eine Vase, verwahrs! Stells unter jene, uns *noch* nicht

offenen Freuden; in lieblicher Urne

rühms mit blumiger schwungiger Aufschrift:

>*Subrisio Saltat.*<.

Du dann, Liebliche,

du, von den reizendsten Freuden

stumm Übersprungne. Vielleicht sind

deine Fransen glücklich für dich —— ,

oder über den jungen

prallen Brüsten die grüne metallene Seide

fühlt sich unendlich verwöhnt und entbehrt nichts.

Du,

immerfort anders auf alle des Gleichgewichts schwankende

    Waagen

hingelegte Marktfrucht des Gleichmuts,

öffentlich unter den Schultern.

Wo, o *wo* ist der Ort, —— ich trag ihn im Herzen —— ,

wo sie noch lange nicht *konnten*, noch voneinander

abfieln, wie sich bespringende, nicht recht

paarige Tiere; ——

꽃병을 구해서, 꽃아 두어라! 그것을 우리에게 아직
개봉되지 않은 기쁨들 사이에 놓아라; 예쁜 단지에
화려하고 멋진 글씨로 새겨 찬미하라:
　　　　　　　　　〈곡예사의 미소〉라고.

그리고 너, 사랑스러운 소녀여,
너, 매혹적이기 그지없는 기쁨들이
묵묵히 뛰어넘은 소녀여. 너의 술 장식들은
너 때문에 행복한지도 모른다 ── ,
또는 너의 젊고
탄력 있는 젖가슴 위에서 금속성의 초록빛 비단은
어쩌면 더없이 호강하며 부족함을 모르리라.
너,
그때마다 늘 다른 모습으로, 균형을 찾아 흔들리는
모든 저울 위에 올려진 무표정한 시장 과일이여,
누구나 볼 수 있게 양어깨가 떠받쳐진 채.

어디, 오 그곳은 어디 있나, ── 나는 내 마음속에 갖고
　　있다 ── ,
그들이 아직 **제대로** 해내지 못하고 서로에게서
나가떨어지기만 하던 곳, 날뛰기만 하지 제대로
짝을 짓지 못하는 동물들처럼; ──

51

wo die Gewichte noch schwer sind;
wo noch von ihren vergeblich
wirbelnden Stäben die Teller
torkeln.....

Und plötzlich in diesem mühsamen Nirgends, plötzlich
die unsägliche Stelle, wo sich das reine Zuwenig
unbegreiflich verwandelt —— , umspringt
in jenes leere Zuviel.
Wo die vielstellige Rechnung
zahlenlos aufgeht.

　　Plätze, o Platz in Paris, unendlicher Schauplatz,
wo die Modistin, *Madame Lamort*,
die ruhlosen Wege der Erde, endlose Bänder,
schlingt und windet und neue aus ihnen
Schleifen erfindet, Rüschen, Blumen, Kokarden,
　　　　　　　　　　künstliche Früchte —— , alle
unwahr gefärbt, —— für die billigen
Winterhüte des Schicksals.
. . . .

무게가 여전히 무겁기만 한 곳;
그들의 서툰 작대기 놀림에
아직도 접시들이
비틀대는 곳.....

그러다가 홀연 이 힘겨운 존재하지 않는 곳에서,
순전한 모자람이 놀랍게 모습을 바꾸어,
그 말로 할 수 없는 지점이
돌연 ─ , 저 텅 빈 넘침으로 급변한다.
자릿수가 많은 계산이
남김없이 정리되는 곳.

  광장들, 오 파리의 광장이여, 끝없는 구경거리를 주는
    곳이여,
거기선 모자 제조상, **마담 라모르**가, 쉬지 못하는
세상의 길들을, 끝없는 리본들을, 말기도 하고 감기도 하면서
새 나비매듭, 주름장식, 꽃, 모표(帽標), 모조 과일들을
고안해 낸다 ─ , 하지만 모두가
거짓되게 물을 들였으니, ─
운명의 값싼 겨울 모자에나
어울리는 것들일 뿐이다.
. . . .

Engel! : Es wäre ein Platz, den wir nicht wissen, und dorten,
auf unsäglichem Teppich, zeigten die Liebenden, die's hier
bis zum Können nie bringen, ihre kühnen
hohen Figuren des Herzschwungs,
ihre Türme aus Lust, ihre
längst, wo Boden nie war, nur an einander
lehnenden Leitern, bebend, —— und *könntens*,
vor den Zuschauern rings, unzähligen lautlosen Toten:
   Würfen die dann ihre letzten, immer ersparten,
immer verborgenen, die wir nicht kennen, ewig
gültigen Münzen des Glücks vor das endlich
wahrhaft lächelnde Paar auf gestilltem
Teppich?

천사여! : 우리가 모르는 어느 광장이 있다고 하자,
그곳, 말로 할 수 없는 양탄자 위에서, 연인들이
여기서는 보여 줄 수 없는, 심장의 약동의
대담하고 드높은 모습을,
그들의 황홀의 탑을,
바닥 없는 곳에서, 오래전부터, 떨면서
서로 기대어 있는 사다리를 보여 주리라, ─ 그들은
　　해내리라,
둘러선 구경꾼들, 소리 죽인 무수한 망자들 앞에서:
　그러면 그들은 품속에 늘 아껴 두고, 숨겨 두었던,
우리가 모르지만, 영원히 통용되는 그들의 마지막
행복의 동전을 이제는 진정된 양탄자 위에서
마침내 진정으로 미소 짓고 있는 연인들의 발치에
던져 주지 않을까?

DIE SECHSTE ELEGIE

Feigenbaum, seit wie lange schon ists mir bedeutend,
wie du die Blüte beinah ganz überschlägst
und hinein in die zeitig entschlossene Frucht,
ungerühmt, drängt dein reines Geheimnis.
Wie der Fontäne Rohr treibt dein gebognes Gezweig
abwärts den Saft und hinan: und er springt aus dem Schlaf,
fast nicht erwachend, ins Glück seiner süßesten Leistung.
Sieh: wie der Gott in den Schwan.

......Wir aber verweilen,
ach, uns rühmt es zu blühn, und ins verspätete Innre
unserer endlichen Frucht gehn wir verraten hinein.
Wenigen steigt so stark der Andrang des Handelns,
daß sie schon anstehn und glühn in der Fülle des Herzens,
wenn die Verführung zum Blühn wie gelinderte Nachtluft
ihnen die Jugend des Munds, ihnen die Lider berührt:
Helden vielleicht und den frühe Hinüberbestimmten,
denen der gärtnernde Tod anders die Adern verbiegt.
Diese stürzen dahin: dem eigenen Lächeln
sind sie voran, wie das Rossegespann in den milden
muldigen Bildern von Karnak dem siegenden König.

제6비가

무화과나무여, 너는 진작 얼마나 내게 뜻깊었던가,
개화의 시기를 거의 완전히 건너뛰고,
찬미받는 일 없이, 너의 순수한 비밀을
일찍 결심한 열매 안으로 밀어 넣는 네 모습.
네 흰 나뭇가지는 분수의 관(管)처럼 수액을 아래로
그리고 살짝 위로 나르고, 수액은 잠에서 벌떡 깨어나,
비몽사몽간에 달콤한 성취의 행복 속으로 뛰어든다.
보라: 신이 백조의 몸속으로 뛰어들었듯이.
                    …… 그러나 우리는 머뭇거린다,
아, 우리의 꽃 피어남을 찬미하다가, 우리는 우리의
마지막 열매 속으로 뒤늦게 들어간다, 들통난 채.
몇몇 이에게만 행동에의 충동이 강력하게 솟구치니,
이들은 벌써 마음의 충일 속에 머물면서 작열한다,
꽃피움의 유혹이 부드러운 밤공기처럼
그들의 젊은 입술과 눈꺼풀을 스칠 때면:
이들은 영웅들이거나 일찍 저승으로 갈 운명을 가진
    자들이다,
이들의 혈관을 정원사 죽음은 달리 구부려 놓았다.
이들은 돌진한다: 자신들의 미소보다 앞서간다, 마치
카르나크 신전에 부드럽게 새겨진 움푹한 부조에서
마차를 끄는 말들이 개선하는 왕보다 앞서가듯이.

Wunderlich nah ist der Held doch den jugendlich Toten.

    Dauern

ficht ihn nicht an. Sein Aufgang ist Dasein; beständig

nimmt er sich fort und tritt ins veränderte Sternbild

seiner steten Gefahr. Dort fänden ihn wenige. Aber,

das uns finster verschweigt, das plötzlich begeisterte Schicksal

singt ihn hinein in den Sturm seiner aufrauschenden Welt.

Hör ich doch keinen wie *ihn*. Auf einmal durchgeht mich

mit der strömenden Luft sein verdunkelter Ton.

Dann, wie verbärg ich mich gern vor der Sehnsucht: O wär ich,

wär ich ein Knabe und dürft es noch werden und säße

in die künftigen Arme gestützt und läse von Simson,

wie seine Mutter erst nichts und dann alles gebar.

War er nicht Held schon in dir, o Mutter, begann nicht

dort schon, in dir, seine herrische Auswahl?

Tausende brauten im Schoß und wollten *er* sein,

영웅은 젊어서 죽은 자들과 희한하게도 가깝다. 영웅은
영속 따위는 관심도 없다. 그에겐 떠오름이 존재이다; 그는
끊임없이 스스로를 버려 가며 늘 있는 위험의 바뀐 별자리
    안으로
걸어 들어간다. 그곳에서 그를 발견할 자 몇 없다. 그러나,
우리에게 어둡게 침묵하던, 운명은 갑작스레 열광하면서
그에게 윙윙대는 세계의 폭풍 속으로 들어오라 노래한다.
그러나 **그의 목소리** 같은 소리 들어 본 적 없다. 느닷없이
요동치는 공기에 실려 어두운 그의 음성이 나를 뚫고
    지나간다.

그러면 나는 이 그리움으로부터 숨고 싶다: 오 내가 만일,
만일 소년이라면, 내가 소년이 될 수 있다면, 그리하여
미래의 팔을 괴고 삼손 이야기를 읽을 수 있다면,
그의 어머니가 어떻게 처음엔 아무것도 낳지 못하다가
모든 것을 낳게 되었는지.

그는 이미 당신의 몸속에서부터 영웅이 아니었던가요, 오
    어머니,
그의 영웅다운 선택은 이미 그곳, 당신 안에서 시작되지
    않았던가요?
무수한 것들이 자궁 속에서 들끓으며 **그가** 되고 싶어 했다,

aber sieh: er ergriff und ließ aus —— , wählte und konnte.
Und wenn er Säulen zerstieß, so wars, da er ausbrach
aus der Welt deines Leibs in die engere Welt, wo er weiter
wählte und konnte. O Mütter der Helden, o Ursprung
reißender Ströme! Ihr Schluchten, in die sich
hoch von dem Herzrand, klagend,
schon die Mädchen gestürzt, künftig die Opfer dem Sohn.

Denn hinstürmte der Held durch Aufenthalte der Liebe,
jeder hob ihn hinaus, jeder ihn meinende Herzschlag,
abgewendet schon, stand er am Ende der Lächeln, —— anders.

그러나 보라: 잡거나 버리거나 ── , 선택하고 성취한 것은
　　그였다.
그리고 그는 기둥들을 부쉈다, 그가 당신 몸의
세계를 헤집고 더욱 비좁은 세계로 빠져나올 때도 그랬다,
이곳에서도 그는 계속해서 선택하고 성취했다.
오 영웅들의 어머니들이여, 오 쏟아지는 강줄기의 원천이여!
너희 협곡들이여, 소녀들은 벌써 너희를 향해
마음의 높은 벼랑에서 울면서 뛰어내렸다,
그들은 앞으로 태어날 아들에게 바치는 제물이 되었다.

영웅이 사랑의 정거장을 폭풍처럼 헤치며 지나갈 때마다,
그를 위해 뛰는 모든 심장의 고동이 그를 높이 들어 올리나
　　했더니,
그는 어느새 몸을 돌려 미소들의 끝에 서 있었다, ── 다른
　　모습으로.

DIE SIEBENTE ELEGIE

Werbung nicht mehr, nicht Werbung, entwachsene Stimme,
sei deines Schreies Natur; zwar schrieest du rein wie der Vogel,
wenn ihn die Jahreszeit aufhebt, die steigende, beinah
    vergessend,
daß er ein kümmerndes Tier und nicht nur ein einzelnes Herz
    sei,
das sie ins Heitere wirft, in die innigen Himmel. Wie er, so
würbest du wohl, nicht minder ——, daß, noch unsichtbar,
dich die Freundin erführ, die stille, in der eine Antwort
langsam erwacht und über dem Hören sich anwärmt, ——
deinem erkühnten Gefühl die erglühte Gefühlin.

O und der Frühling begriffe ——, da ist keine Stelle,
die nicht trüge den Ton der Verkündigung. Erst jenen kleinen
fragenden Auflaut, den, mit steigernder Stille,
weithin umschweigt ein reiner bejahender Tag.
Dann die Stufen hinan, Ruf-Stufen hinan zum geträumten
Tempel der Zukunft ——; dann den Triller, Fontäne,
die zu dem drängenden Strahl schon das Fallen zuvornimmt
im versprechlichen Spiel.... Und vor sich, den Sommer.

Nicht nur die Morgen alle des Sommers ——, nicht nur

제7비가

더는 구애하지 마라, 과도한 목소리여, 네 외침이
구애가 되지 않게 하라; 새처럼 순수하게 외쳐라, 계절이,
상승하는 계절이 새를 들어 올릴 땐, 거의 잊고 하는 일이니,
계절이 창공으로, 아늑한 하늘로 던지는 그 새가 한 개의
마음이면서, 또한 한 마리 근심하는 짐승이라는 것을.
새 못지않게 바로 그렇게 너 또한 구애하고 싶어 한다 ─ ,
그리하여, 아직은 보이지 않게, 조용한 여자 친구에게
구애를 하여, 네 목소리를 듣고서 그녀의 마음속에서
서서히 응답이 눈뜨고 몸이 더워지게 하고 싶은 것이다,─
네 대담한 감정에 값하는 불타는 감정의 짝이 되도록

오 봄이라면 이해하리라 ─ , 어느 장소 하나도,
포고의 음조 울리지 않는 곳이 없으리니. 먼저 저 첫 작은
묻는 듯한 소리를, 깊어 가는 고요 속에서 순수한 날의
승낙의 손짓에 곳곳에서 솟아오르는 그 소리를.
그다음엔 계단을, 꿈에 본 미래의 사원으로 가는
외침의 계단을 ─ ; 그다음엔 찌르르 소리를, 분수들을,
약속된 놀이에서 솟구치는 물살로 이미 낙하를 퍼 담는
분수들을 이해하리라…. 그러면 앞에는 여름이 서 있으리라.

그 모든 여름 아침들뿐만 아니라 ─ , 아침이

wie sie sich wandeln in Tag und strahlen vor Anfang.
Nicht nur die Tage, die zart sind um Blumen, und oben,
um die gestalteten Bäume, stark und gewaltig.
Nicht nur die Andacht dieser entfalteten Kräfte,
nicht nur die Wege, nicht nur die Wiesen im Abend,
nicht nur, nach spätem Gewitter, das atmende Klarsein,
nicht nur der nahende Schlaf und ein Ahnen, abends...
sondern die Nächte! Sondern die hohen, des Sommers,
Nächte, sondern die Sterne, die Sterne der Erde.
O einst tot sein und sie wissen unendlich,
alle die Sterne: denn wie, wie, wie sie vergessen!

Siehe, da rief ich die Liebende. Aber nicht *sie* nur
käme... Es kämen aus schwächlichen Gräbern
Mädchen und ständen... Denn, wie beschränk ich,
wie, den gerufenen Ruf? Die Versunkenen suchen
immer noch Erde. —— Ihr Kinder, ein hiesig
einmal ergriffenes Ding gälte für viele.
Glaubt nicht, Schicksal sei mehr, als das Dichte der Kindheit;
wie überholtet ihr oft den Geliebten, atmend,
atmend nach seligem Lauf, auf nichts zu, ins Freie.

낮으로 변해 가는, 시작으로 찬란한 광경뿐만 아니라.
자상하게 꽃들을, 위쪽, 모양 갖춘 나무들을
힘차고 웅장하게 에워싸는, 낮들뿐만 아니라.
이렇게 펼쳐진 힘들의 경건함뿐만 아니라,
길들뿐만 아니라, 저녁 무렵의 초원뿐만 아니라,
늦은 뇌우가 지나간 뒤에, 호흡하는 청명함뿐만 아니라,
다가오는 잠과 저녁에 느끼는 예감뿐만 아니라...
밤들도! 높은, 여름날의 밤들도,
그리고 별들도, 지상의 별들까지도.
오, 언젠가는 죽어서, 별들을 무한히 알게 되겠지,
그 모든 별: 어찌, 어찌, 어찌 이것들을 잊겠는가!

보라, 그때 나는 애인을 향해 외쳤다. 그러나 그녀만
오는 것이 아니리라... 무른 무덤들을 열고 나와
소녀들도 내 곁에 서리라... 내 어떻게, 한번 외친 외침에,
어떻게, 선을 그을 수 있겠는가? 땅에 묻힌 소녀들은 여전히
땅을 더듬고 있다. ─ 너희 아이들아, 이승에서
한번 손에 넣었던 것이 많은 곳에 소용되리라.
운명이, 어린 시절의 밀도보다, 더한 것이라 믿지 마라;
얼마나 자주 너희는 사랑하는 남자를 추월했던가, 무를 향해,
탁 트인 세계를 향해, 복된 달리기 끝에 숨을 내쉬며, 내쉬며.

Hiersein ist herrlich. Ihr wußtet es, Mädchen, *ihr* auch,
die ihr scheinbar entbehrtet, versank —— , ihr, in den ärgsten
Gassen der Städte, Schwärende, oder dem Abfall
Offene. Denn eine Stunde war jeder, vielleicht nicht
ganz eine Stunde, ein mit den Maßen der Zeit kaum
Meßliches zwischen zwei Weilen —— , da sie ein Dasein
hatte. Alles. Die Adern voll Dasein.
Nur, wir vergessen so leicht, was der lachende Nachbar
uns nicht bestätigt oder beneidet. Sichtbar
wollen wirs heben, wo doch das sichtbarste Glück uns
erst zu erkennen sich giebt, wenn wir es innen verwandeln.

Nirgends, Geliebte, wird Welt sein, als innen. Unser
Leben geht hin mit Verwandlung. Und immer geringer
schwindet das Außen. Wo einmal ein dauerndes Haus war,
schlägt sich erdachtes Gebild vor, quer, zu Erdenklichem
völlig gehörig, als ständ es noch ganz im Gehirne.
Weite Speicher der Kraft schafft sich der Zeitgeist, gestaltlos
wie der spannende Drang, den er aus allem gewinnt.
Tempel kennt er nicht mehr. Diese, des Herzens, Verschwendung
sparen wir heimlicher ein. Ja, wo noch eins übersteht,
ein einst gebetetes Ding, ein gedientes, geknietes —— ,

이곳에 있음에 찬란함을 느낀다. 그걸 알았지, 소녀들아,
또 뭔가 아쉬운 듯한 **너희**도 그렇다 —, 또 너희는 도시의
가장 비참한 골목에 빠졌다, 곪아 터진 자들아, 쓰레기와
한 몸인 자들아. 한 시간만을 누렸다, 아니다, 누구나
온전히 한 시간도 아닌, 시간의 척도로 거의 잴 수 없는
두 순간 사이의 일순만을 누렸다 —, 이 세상에 존재했을 때.
모든 것을 가졌으리라. 현존으로 가득 찬 혈관을.
다만, 우리는 우리의 웃는 이웃이 인정해 주지 않거나
질투하지 않는 것은 너무 쉽게 잊는다. 우리는 행복을
남의 눈에 보이게 쳐들려 한다, 가장 두드러진 행복은
우리가 그것을 마음속으로 변용할 때 드러나는 법인데.

사랑하는 이여, 세계는 우리의 마음속 말고는 어디에도 없다.
우리의 삶은 변용 속에 흘러간다. 그런데 점점 더 외부 세계는
초라하게 줄고 있다. 한때 튼튼한 집이 있던 곳에,
가공의 형체가 비스듬히 서 있다, 상상의 세계에
완전히 사로잡혀, 모든 것이 여전히 뇌 속에 들어 있는 듯.
시대정신은 힘의 거대한 창고를 만들어 낸다, 이것은
모든 것에서 취해 온 긴장된 충동처럼, 형체도 없다.
시대정신은 사원을 더는 모른다. 이것, 마음의, 낭비를
우리는 더욱 은밀히 아낀다. 그렇다, 아직 하나의 사물이,
지난날 숭배하던 것, 무릎 꿇고 모시던 것이 남아 있으면 —,

hält es sich, so wie es ist, schon ins Unsichtbare hin.
Viele gewahrens nicht mehr, doch ohne den Vorteil,
daß sie's nun *innerlich* baun, mit Pfeilern und Statuen, größer!

Jede dumpfe Umkehr der Welt hat solche Enterbte,
denen das Frühere nicht und noch nicht das Nächste gehört.
Denn auch das Nächste ist weit für die Menschen. *Uns* soll
dies nicht verwirren; es stärke in uns die Bewahrung
der noch erkannten Gestalt. —— Dies *stand* einmal unter Menschen,
    Menschen,
mitten im Schicksal stands, im vernichtenden, mitten
im Nichtwissen-Wohin stand es, wie seiend, und bog
Sterne zu sich aus gesicherten Himmeln. Engel,
dir noch zeig ich es, *da!* in deinem Anschaun
steh es gerettet zuletzt, nun endlich aufrecht.
Säulen, Pylone, der Sphinx, das strebende Stemmen,
grau aus vergehender Stadt oder aus fremder, des Doms.

War es nicht Wunder? O staune, Engel, denn *wir* sinds,
wir, o du Großer, erzähls, daß wir solches vermochten, mein
    Atem
reicht für die Rühmung nicht aus. So haben wir dennoch

그것은 벌써, 있는 그대로, 보이지 않는 세계로 들어간다.
많은 사람은 그것을 알아채지 못하고, 그것을 마음속에다
지을 기회를 놓치고 있다, 기둥과 입상들로 더, 장대하게!

세계가 둔중하게 방향을 틀 때마다 폐적자들이 생기는 법,
이들은 이전의 것도 그리고 미래의 것도 갖지 못한다.
이 사람들에겐 바로 다가올 것 역시 너무 멀다. 우리가 이에
현혹될 필요는 없다; 이것은 우리가 이미 인식한 형상들을
보존하는 일을 강화시킬 뿐이다. ─ 이 형상들은 때론
　　　인간들 속에
서 있었고, 운명의 한복판에, 파괴적인 운명 속에 서 있었고,
어디로 갈지 모름의 한복판에 서 있었다, 존재하는 대로,
그리고 탄탄한 하늘을 휘어 별들을 제 쪽으로 당겨 놓았다.
천사여, 나는 그대에게 보여 준다, 보라! 그대의 눈길 속에
그것이 구원을 받게 해 다오, 마침내, 똑바로 선 채로.
기둥들, 탑문들, 스핑크스, 사라져 가는 또는 낯선
도시 위로 우뚝 솟아 버티는 대성당의 잿빛 지주(支柱)들.

그것은 기적이 아니었나? 오 천사여, 경탄하라, 바로 우리다,
우리다, 오 그대 위대한 자여, 우리가 그 일을 해냈다고 말해
　　　다오, 나의 호흡은
찬미를 하기에 벅차다. 하지만 우리는 공간들을

69

nicht die Räume versäumt, diese gewährenden, diese,

unseren Räume. (Was müssen sie fürchterlich groß sein,

da sie Jahrtausende nicht unseres Fühlns überfülln.)

Aber ein Turm war groß, nicht wahr? O Engel, er war es, ——

groß, auch noch neben dir? Chartres war groß ——, und Musik

reichte noch weiter hinan und überstieg uns. Doch selbst nur

eine Liebende ——, oh, allein am nächtlichen Fenster....

reichte sie dir nicht ans Knie ——?

Glaub *nicht*, daß ich werbe.

Engel, und würb ich dich auch! Du kommst nicht. Denn mein

Anruf ist immer voll Hinweg; wider so starke

Strömung kannst du nicht schreiten. Wie ein gestreckter

Arm ist mein Rufen. Und seine zum Greifen

oben offene Hand bleibt vor dir

offen, wie Abwehr und Warnung,

Unfaßlicher, weitauf.

소홀히 하지 않았다, 이 베푸는 공간들을, 이들
우리의 공간들을. (우리의 수천 년간의 느낌으로도 넘쳐 나지
않았으니, 이 공간은 얼마나 끔찍이 광대한 것일까.)
그러나 탑은 거대했다, 안 그런가? 오 천사여, 정말 그랬다, ―
거대했다, 그대 옆에 놓아도? 사르트르 성당은 거대했다 ― ,
그리고 음악은 훨씬 더 높은 곳까지 올라가 우리를 넘어섰다.
하지만 사랑에 빠진 여인 ― , 오, 밤의 창가에 혼자 서 있는
　　여인....
그녀도 그대의 무릎까지 다다르지 않았나 ― ?

　　　　　　　　　　　　내가 그대에게 구애한다고 믿지 마라.
천사여, 내가 구애를 한다고 해도! 그대는 오지 않는다. 나의
　　외침은
언제나 몰려감으로 가득 차 있는 까닭이다; 그렇게 세찬
흐름을 거슬러서 그대는 올 수 없다. 나의 외침은
쭉 뻗은 팔과 같다. 그리고 무언가 잡으려고
하늘 향해 내민 내 외침의 빈손은 그대 앞에
열려 있다, 방어와 경고처럼,
잡을 수 없는 천사여, 활짝 펼쳐진 채.

DIE ACHTE ELEGIE
Rudolf Kassner zugeeignet

Mit allen Augen sieht die Kreatur
das Offene. Nur unsre Augen sind
wie umgekehrt und ganz um sie gestellt
als Fallen, rings um ihren freien Ausgang.
Was draußen *ist*, wir wissens aus des Tiers
Antlitz allein; denn schon das frühe Kind
wenden wir um und zwingens, daß es rückwärts
Gestaltung sehe, nicht das Offne, das
im Tiergesicht so tief ist. Frei von Tod.
Ihn sehen wir allein; das freie Tier
hat seinen Untergang stets hinter sich
und vor sich Gott, und wenn es geht, so gehts
in Ewigkeit, so wie die Brunnen gehen.
  Wir haben nie, nicht einen einzigen Tag,
den reinen Raum vor uns, in den die Blumen
unendlich aufgehn. Immer ist es Welt
und niemals Nirgends ohne Nicht: das Reine,
Unüberwachte, das man atmet und
unendlich *weiß* und nicht begehrt. Als Kind
verliert sich eins im Stilln an dies und wird
gerüttelt. Oder jener stirbt und *ists*.
Denn nah am Tod sieht man den Tod nicht mehr

제8비가

루돌프 카스너에게 바침

온 눈으로 생물은 열린 세계를
바라본다. 우리의 눈만이 거꾸로 된 듯하며
덫이 되어 생물을 에워싸 바깥으로 나가려는
생물의 자유로운 움직임을 가로막고 있다.
바깥에 **존재하는 것**, 그것을 우리는 동물의
낯에서 알 뿐이다; 우리는 어린아이조차 이미
등을 돌려놓고 형상을 거꾸로 보도록
강요하기 때문이다, 동물의 낯에 깊이 새겨져 있는
열린 세계를 보지 못하도록. 죽음에서 해방된 세계를.
죽음을 보는 것은 우리뿐이다; 자유로운 동물은
몰락을 언제나 등 뒤에 두고
신을 앞에 두고 있다, 걷기 시작하면 동물은,
샘물이 흘러가듯이, 영원을 향해 걷는다.
　　우리는 결코, 단 하루도,
꽃들이 한없이 피어나는
순수한 공간을 앞에 두지 못한다. 늘 세계만 있을 뿐,
부정(否定) 없는 부재의 장소는 결코 없다: 순수함,
감시당하지 않음, 그러니까 숨 쉬며 무한히 알면서
탐냄 없는 순진함과 감시당하지 않음은 없다. 어릴 때는
가끔 이것에 가만히 골몰하다가 누군가에 어깨를 흔들린다.
또는 죽어 가는 사람도 그 상태에 이른다.
죽음과 가까이 있으면 죽음이 보이지 않으니

und starrt *hinaus*, vielleicht mit großem Tierblick.
Liebende, wäre nicht der andre, der
die Sicht verstellt, sind nah daran und staunen...
Wie aus Versehn ist ihnen aufgetan
hinter dem andern... Aber über ihn
kommt keiner fort, und wieder wird ihm Welt.
Der Schöpfung immer zugewendet, sehn
wir nur auf ihr die Spiegelung des Frein,
von uns verdunkelt. Oder daß ein Tier,
ein stummes, aufschaut, ruhig durch uns durch.
Dieses heißt Schicksal: gegenüber sein
und nichts als das und immer gegenüber.

Wäre Bewußtheit unsrer Art in dem
sicheren Tier, das uns entgegenzieht
in anderer Richtung —— , riß es uns herum
mit seinem Wandel. Doch sein Sein ist ihm
unendlich, ungefaßt und ohne Blick
auf seinen Zustand, rein, so wie sein Ausblick.
Und wo wir Zukunft sehn, dort sieht es Alles
und sich in Allem und geheilt für immer.

앞을 응시하게 된다, 아마도 동물의 큰 눈길로.
시선을 가로막는 상대가 없다면,
연인들은, 바로 그렇게 되어 놀라워하리라...
마치 실수로 그런 것처럼 그들에게는
상대방의 뒤가 환해진다... 그러나 아무도 상대를
지나치지 못하니 그들에겐 세계가 다시 돌아온다.
언제나 피조물을 마주하고 있는 까닭에 우리는
거기 피조물에 비친 열린 세계의 어두운
영상만을 볼 뿐이다. 혹은 어떤 동물이,
묵묵한 동물이 태연히 우리를 꿰뚫어 볼지도 모른다.
이것이 운명이다: 마주 서 있는 것
그리고 오직 이뿐이다, 언제나 마주 서 있는 것.

만약 불안을 모르는 동물에게 우리와 같은 의식이 있어,
다른 쪽에서 우리에게 다가온다면 —,
그 동물은 우리를 돌려세워 제가 가는 길로
끌고 가리라. 하지만 동물의 존재는
스스로에게 무한하고 파악되지 않는다. 자신의 상태를
인식하지도 않는다, 바라보는 그의 눈길처럼 순수하다.
그리고 우리가 미래를 보는 곳에서 동물은 모든 것을 보고,
모든 것에서 자신을 보며 영원히 치유된 상태에 있다.

Und doch ist in dem wachsam warmen Tier
Gewicht und Sorge einer großen Schwermut.
Denn ihm auch haftet immer an, was uns
oft überwältigt, —— die Erinnerung,
als sei schon einmal das, wonach man drängt,
näher gewesen, treuer und sein Anschluß
unendlich zärtlich. Hier ist alles Abstand,
und dort wars Atem. Nach der ersten Heimat
ist ihm die zweite zwitterig und windig.
　O Seligkeit der *kleinen* Kreatur,
die immer *bleibt* im Schoße, der sie austrug;
o Glück der Mücke, die noch *innen* hüpft,
selbst wenn sie Hochzeit hat: denn Schoß ist Alles.
Und sieh die halbe Sicherheit des Vogels,
der beinah beides weiß aus seinem Ursprung,
als wär er eine Seele der Etrusker,
aus einem Toten, den ein Raum empfing,
doch mit der ruhenden Figur als Deckel.
Und wie bestürzt ist eins, das fliegen muß
und stammt aus einem Schoß. Wie vor sich selbst
erschreckt, durchzuckts die Luft, wie wenn ein Sprung
durch eine Tasse geht. So reißt die Spur

하지만 따뜻하고 경계심 많은 동물의 내면에는
커다란 우울의 무게와 근심이 들어 있다.
자꾸만 우리를 압도하는 것이, 동물에게도
들러붙어 있기 때문이다. ─ 그건 바로 회상이다,
우리가 잡으려 하는 것이, 전엔 훨씬 가까이 있었고,
진실했으며 그것과의 관계는 한없이 다정했다는
회상이다. 이곳에서는 모든 것이 거리(距離)지만,
그곳에서는 호흡이었다. 첫 번째 고향을 떠난 후로
두 번째 고향은 혼란스럽고 바람만 드세다.
　　오 작은 생물들의 지복이여,
저희를 잉태했던 자궁 속에, 언제나 머물러 있으니;
오 모기의 지복이여, 너희는 아직도 안에서 뛰노는구나,
혼례를 할 때조차도: 이들에겐 자궁이 모든 것이니까.
그런데 보라, 새의 반쯤뿐인 안전을,
새는 태생적으로 이 두 가지를 거의 알고 있다,
새는 에트루리아인들의 영혼과 같다,
망자(亡者)에게서 나온 영혼은 공간 속으로 갔지만,
석관 뚜껑에는 여전히 망자의 형상이 누워 있으니.
그리고 자궁에서 태어난 처지에 날아야만 할 때
그 짐승은 얼마나 당혹스러울까. 스스로에게
화들짝 놀란 듯 새는 번개처럼 허공을 가른다, 마치
찻잔에 쩌억 금이 가듯이. 그렇게 박쥐의

der Fledermaus durchs Porzellan des Abends.

Und wir: Zuschauer, immer, überall,
dem allen zugewandt und nie hinaus!
Uns überfüllts. Wir ordnens. Es zerfällt.
Wir ordnens wieder und zerfallen selbst.

Wer hat uns also umgedreht, daß wir,
was wir auch tun, in jener Haltung sind
von einem, welcher fortgeht? Wie er auf
dem letzten Hügel, der ihm ganz sein Tal
noch einmal zeigt, sich wendet, anhält, weilt —— ,
so leben wir und nehmen immer Abschied.

자취가 저녁의 도자기를 가른다.

　그리고 우리는: 구경꾼, 언제, 어디서나,
모든 것과 마주할 뿐 결코 넘어서지 못한다!
우리는 범람한다. 아무리 정돈해도 무너진다.
우리는 다시 정돈하다가 스스로 무너져 내린다.

누가 우리를 이렇게 돌려놓았기에
무슨 일을 하든 우리는
늘 떠나는 사람의 자세인가?
자기가 살던 골짜기가 내려다보이는 마지막 언덕에
이르러 몸을 돌리며, 멈추어, 서성이는 사람처럼 ── ,
우리는 그렇게 살며 늘 이별을 한다.

DIE NEUNTE ELEGIE

Warum, wenn es angeht, also die Frist des Daseins
hinzubringen, als Lorbeer, ein wenig dunkler als alles
andere Grün, mit kleinen Wellen an jedem
Blattrand (wie eines Windes Lächeln) —— : warum dann
Menschliches müssen —— und, Schicksal vermeidend,
sich sehnen nach Schicksal?...

                                    Oh, *nicht*, weil Glück *ist*,
dieser voreilige Vorteil eines nahen Verlusts.
Nicht aus Neugier, oder zur Übung des Herzens,
das auch im Lorbeer *wäre*.....

Aber weil Hiersein viel ist, und weil uns scheinbar
alles das Hiesige braucht, dieses Schwindende, das
seltsam uns angeht. Uns, die Schwindendsten. *Ein* Mal
jedes, nur *ein* Mal. *Ein* Mal und nichtmehr. Und wir auch
ein Mal. Nie wieder. Aber dieses
ein Mal gewesen zu sein, wenn auch nur *ein* Mal:
irdisch gewesen zu sein, scheint nicht widerrufbar.

Und so drängen wir uns und wollen es leisten,

제9비가

왜, 우리가 삶의 기한을 월계수처럼
다른 모든 초록보다 좀 더 짙은 빛깔로,
나뭇잎 가장자리에 이는 (바람의 미소처럼)
잔물결을 만들며 보낼 수 있다면 — : 왜 굳이
인간이려 하는가 — 운명을 피하며,
또 운명을 그리워하며?...

                              오, 행복이 있기 때문이, 아니다,
행복이란 다가오는 상실에 한발 앞선 한시적인 누림일 뿐.
호기심 때문도 아니고, 또한 마음의 연습 때문도 아니다,
월계수에게도 그런 마음이야 있을 터이니.....

이곳에 있음이 중요하기 때문이다, 그리고 이곳에 있는
모든 것, 덧없는 이 모든 것이 분명 우리를 필요로 하고,
진정 우리의 관심을 끌기 때문이다. 가장 덧없는 존재인
    우리의.
모든 존재는 한 번뿐, 단 한 번뿐. 한 번뿐, 더 이상은 없다.
우리도 한 번뿐. 다시는 없다. 그러나 이
한 번 있었다는 사실, 비록 단 한 번뿐이지만:
지상에 있었다는 것은 취소할 수 없는 일이다.

그래서 우리는 달려들어 그 일을 수행하려 하며,

wollens enthalten in unsern einfachen Händen,
im überfüllteren Blick und im sprachlosen Herzen.
Wollen es werden. —— Wem es geben? Am liebsten
alles behalten für immer... Ach, in den andern Bezug,
wehe, was nimmt man hinüber? Nicht das Anschaun das hier
langsam erlernte, und kein hier Ereignetes. Keins.
Also die Schmerzen. Also vor allem das Schwersein,
also der Liebe lange Erfahrung, —— also
lauter Unsägliches. Aber später,
unter den Sternen, was solls: *die* sind *besser* unsäglich.
Bringt doch der Wanderer auch vom Hange des Bergrands
nicht eine Hand voll Erde ins Tal, die Allen unsägliche,
    sondern
ein erworbenes Wort, reines, den gelben und blaun
Enzian. Sind wir vielleicht *hier*, um zu sagen: Haus,
Brücke, Brunnen, Tor, Krug, Obstbaum, Fenster, ——
höchstens: Säule, Turm.... aber zu *sagen*, verstehs,
oh zu sagen *so*, wie selber die Dinge niemals
innig meinten zu sein. Ist nicht die heimliche List
dieser verschwiegenen Erde, wenn sie die Liebenden drängt,
daß sich in ihrem Gefühl jedes und jedes entzückt?

그것을 우리의 소박한 두 손 안에, 넘치는 눈길 속에,
말 없는 가슴속에 간직하려 한다.
그것과 하나 되고자 한다. ― 누구에게 주려고? 아니다,
모든 것을 영원히 간직하고 싶다... 아, 우리는, 슬프다,
다른 연관 쪽으로 무엇을 가지고 갈 것인가? 우리가 여기서
더디게 익힌 관찰도, 여기서 일어난 일도 아니다. 아무것도.
우리는 고통을 가져간다. 그러니까 무엇보다 존재의
     무거움을 가져간다,
그러니까 사랑의 긴 경험을 가져간다, ― 그래,
정말 말로 할 수 없는 것을 가져간다. 그러나 훗날,
별들 사이로 가면 어쩔 건가: **별들은 더 말로 할 수 없는**
     것이니.
방랑자 역시 산비탈에서 계곡으로 가지고 돌아오는 것은
누구도 말로 표현할 수 없는 한 줌의 흙이 아니라
어렵게 익힌 말, 순수한 말, 노랗고 파란 용담꽃 아니던가.
어쩌면 우리는 말하기 위해 **이곳**에 있는 것이다: 집,
다리, 샘, 성문, 항아리, 과일나무, 창문, ―
잘해야: 기둥, 탑.... 하지만, 너는 알겠는가, 오 이것들을
말하기 위해, 사물들 스스로도 한 번도 **진정으로**
표현해 보지 못한 방식으로. 대지가 연인들을 부추겨
그들의 감정이 대하는 것마다 황홀함을 느끼게 한다면,
이것은 과묵한 대지의 은밀한 책략이 아닌가?

Schwelle: was ists für zwei
Liebende, daß sie die eigne ältere Schwelle der Tür
ein wenig verbrauchen, auch sie, nach den vielen vorher
und vor den künftigen...., leicht.

Hier ist des *Säglichen* Zeit, *hier* seine Heimat.
Sprich und bekenn. Mehr als je
fallen die Dinge dahin, die erlebbaren, denn,
was sie verdrängend ersetzt, ist ein Tun ohne Bild.
Tun unter Krusten, die willig zerspringen, sobald
innen das Handeln entwächst und sich anders begrenzt.
Zwischen den Hämmern besteht
unser Herz, wie die Zunge
zwischen den Zähnen, die doch,
dennoch die preisende bleibt.

Preise dem Engel die Welt, nicht die unsägliche, *ihm*
kannst du nicht großtun mit herrlich Erfühltem; im Weltall,
wo er fühlender fühlt, bist du ein Neuling. Drum zeig
ihm das Einfache, das, von Geschlecht zu Geschlechtern
    gestaltet,
als ein Unsriges lebt, neben der Hand und im Blick.

문턱: 사랑하는 두 사람에겐 무엇을 뜻할까,
오래된 그들의 문턱을 조금 더 닳게 만든다는 것은,
그들보다 앞서 지나갔던 많은 이들에 이어 그리고
앞으로 올 많은 사람들에 앞서서...., 그리 가볍게.

여기는 말할 수 있는 것의 시간, 여기는 그 고향이다.
말하고 고백하라. 예전보다 부쩍
사물들은, 체험 가능한 사물들은 점점 사라지고 있다,
이들을 밀쳐 내며 대체하는 것은, 상(像) 없는 행위이다.
껍데기로 뒤덮인 행위이다, 안쪽에서 행동이 불어나
다른 경계를 요하면 금방 깨져 버리고 마는 껍데기로.
우리의 심장은 망치질을 견디며
존재한다, 우리의 혀가
이 사이에 있으면서도,
찬양을 그치지 않듯이.

천사에게 이 세상을 찬미하라, 말로 할 수 없는 세상은 말고,
호화로운 감정으로는 너는 천사를 감동시킬 수 없다; 천사가
모든 것을 절실히 느끼는 우주 공간에서 너는 초심자일 뿐.
그러니 천사에게 소박한 것을 보여 주어라, 몇 세대에 걸쳐
    만들어져
우리 것이 되어 우리의 손 옆에, 눈길 속에 살아 있는 것을.

Sag ihm die Dinge. Er wird staunender stehn; wie du standest

bei dem Seiler in Rom, oder beim Töpfer am Nil.

Zeig ihm, wie glücklich ein Ding sein kann, wie schuld — los
    und unser,

wie selbst das klagende Leid rein zur Gestalt sich entschließt,

dient als ein Ding, oder stirbt in ein Ding — , und jenseits

selig der Geige entgeht. — Und diese, von Hingang

lebenden Dinge verstehn, daß du sie rühmst; vergänglich,

traun sie ein Rettendes uns, den Vergänglichsten, zu.

Wollen, wir sollen sie ganz im unsichtbarn Herzen verwandeln

in — o unendlich — in uns! Wer wir am Ende auch seien.

Erde, ist es nicht dies, was du willst: *unsichtbar*

in uns erstehn? — Ist es dein Traum nicht,

einmal unsichtbar zu sein? — Erde! unsichtbar!

Was, wenn Verwandlung nicht, ist dein drängender Auftrag?

Erde, du liebe, ich will. Oh glaub, es bedürfte

그에게 사물들에 대해 말하라. 그는 놀라워하며 서
    있으리라; 네가
로마의 밧줄 제조공 옆에, 나일강의 도공 옆에 서 있었듯이.
사물이 얼마나 행복할 수 있는지, 얼마나 무구한지 그리고
    얼마나 우리 편인지,
탄식의 고통마저 어떻게 순수한 모습을 갖추고,
사물로서 봉사하는지, 사물 속으로 숨지는지 ─ , 그리고
바이올린에서 나와 복되이 저편 세계로 넘어가는지
    천사에게 보여 주어라. ─ 그리고 이들 무상함을
먹고 사는 사물들은 알고 있다, 네가 자신들을 칭송한다는
    것을; 죽어 가면서,
이들은 가장 덧없는 존재인, 우리에게서 구원을 기대한다.
이들은 우리가 자신들을 우리의 보이지 않는 마음속에서
─ 오 한없이 ─ 완전히 우리 속에서 변용시켜 주기를
바란다! 우리가 결국 누구든 간에.

대지여, 네가 원하는 것은 이것이 아니던가: 우리의
    마음속에서
보이지 않게 되살아나는 것? ─ 언젠가 보이지 않게 되는 것,
그것이 너의 꿈이 아니던가? ─ 대지여! 보이지 않게!
변용이 아니라면, 무엇이 너의 절실한 요청이랴?
대지여, 내 사랑이여, 나는 해낼 것이다. 오 믿어 다오,

nicht deiner Frühlinge mehr, mich dir zu gewinnen —— , *einer,*

ach, ein einziger ist schon dem Blute zu viel.

Namenlos bin ich zu dir entschlossen, von weit her.

Immer warst du im Recht, und dein heiliger Einfall

ist der vertrauliche Tod.

Siehe, ich lebe. Woraus? Weder Kindheit noch Zukunft

werden weniger..... Überzähliges Dasein

entspringt mir im Herzen.

내 마음을 사려고 내게 봄을 더 내놓을 필요는 없다 ── , 한 번,
아, 단 한 번의 봄도 나의 피는 감당하기 힘들다.
이름할 수 없이 나는 너로 결심했다, 한참 전부터.
늘 네가 옳았다, 네가 품은 성스러운 통찰이란
친구 같은 죽음이다.

보라, 나는 살고 있다. 무엇으로? 나의 어린 시절도 나의
    미래도
줄어들지 않는다..... 차고 넘치는 존재가
나의 마음에서 샘솟는다.

DIE ZEHNTE ELEGIE

Daß ich dereinst, an dem Ausgang der grimmigen Einsicht,
Jubel und Ruhm aufsinge zustimmenden Engeln.
Daß von den klar geschlagenen Hämmern des Herzens
keiner versage an weichen, zweifelnden oder
reißenden Saiten. Daß mich mein strömendes Antlitz
glänzender mache: daß das unscheinbare Weinen
blühe. O wie werdet ihr dann, Nächte, mir lieb sein,
gehärmte. Daß ich euch knieender nicht, untröstliche
    Schwestern,
hinnahm, nicht in euer gelöstes
Haar mich gelöster ergab. Wir, Vergeuder der Schmerzen.
Wie wir sie absehn voraus, in die traurige Dauer,
ob sie nicht enden vielleicht. Sie aber sind ja
unser winterwähriges Laub, unser dunkeles Sinngrün,
eine der Zeiten des heimlichen Jahres —— . nicht nur
Zeit —— , sind Stelle, Siedelung, Lager, Boden, Wohnort.

Freilich, wehe, wie fremd sind die Gassen der Leid-Stadt,
wo in der falschen, aus Übertönung gemachten
Stille, stark, aus der Gußform des Leeren der Ausguß
prahlt: der vergoldete Lärm, das platzende Denkmal.

제10비가

나 언젠가 이 통렬한 인식의 끝마당에 서서 화답하는,
천사들을 향해 환호와 찬양의 노래 부르리라.
내 심장의 망치 중 어느 하나 부드러운 현이나
의심하거나 격하게 물어뜯는 현에 닿는다 해도
맑은 소리 그치는 법 없으리라. 넘쳐흐르는 나의 얼굴이
나를 더욱 빛나게 하리라: 이 수수한 울음도 꽃피어 나리라.
오 너희 밤들이여, 나 비탄에 겨워하던 밤들이여, 그러면
너희는 내게 얼마나 소중하랴. 너희 슬픔에 젖은
     자매들이여,
왜 나는 너희를 받아들이기 위해 더욱 깊이 무릎 꿇고
너희의 풀어헤친 머리카락 속에 나를 풀어 바치지 않았나.
우리는 고통의 낭비자. 우리는 얼마나 고통을 미리
     내다보는가,
고통의 슬픈 지속을, 혹시 끝나지 않을까 하면서. 그러나
고통은 우리의 겨울 나뭇잎, 우리의 짙푸른 상록수,
우리의 은밀한 한 해의 계절 중의 한 계절 ─ , 그런 시간일 뿐
아니라 ─ , 고통은 장소요 주거지요 잠자리요 땅이요 집이다.

정말이지, 아아, 고통의 도시, 뒷골목은 낯설기만 하다,
그곳엔 꽝꽝 울리는 소음으로 만들어진 거짓 고요 속에서
공허의 거푸집에서 나온 주물이 자못 으스댄다:
바로 도금한 소음, 파열하는 기념비다.

O, wie spurlos zerträte ein Engel ihnen den Trostmarkt,
den die Kirche begrenzt, ihre fertig gekaufte:
reinlich und zu und enttäuscht wie ein Postamt am Sonntag.
Draußen aber kräuseln sich immer die Ränder von Jahrmarkt.
Schaukeln der Freiheit! Taucher und Gaukler des Eifers!
Und des behübschten Glücks figürliche Schießstatt,
wo es zappelt von Ziel und sich blechern benimmt,
wenn ein Geschickterer trifft. Von Beifall zu Zufall
taumelt er weiter; denn Buden jeglicher Neugier
werben, trommeln und plärrn. Für Erwachsene aber
ist noch besonders zu sehn, wie das Geld sich vermehrt,
anatomisch,
nicht zur Belustigung nur: der Geschlechtsteil des Gelds,
alles, das Ganze, der Vorgang — , das unterrichtet und macht
fruchtbar.........
....Oh aber gleich darüber hinaus,
hinter der letzten Planke, beklebt mit Plakaten des >Todlos<,
jenes bitteren Biers, das den Trinkenden süß scheint,
wenn sie immer dazu frische Zerstreuungen kaun...,
gleich im Rücken der Planke, gleich dahinter, ists *wirklich*.

오, 천사가 본다면 위안의 장터를 얼마나 흔적도 없이
　　짓밟아 버리겠는가,
장터 바로 옆에는 교회가, 사람들이 사들인 기성품 교회가
　　서 있다:
단정한 모습으로, 닫힌 일요일의 우체국처럼, 실망스레.
그러나 밖에는 대목장(場)의 가장자리에 언제나 잔물결이
　　인다.
자유의 그네여! 열정의 잠수부여, 곡예사들이여!
그리고 형형색색 예쁘게 꾸민 행운의 사격장에서는
꽤 능숙한 사람이 명중시킬 때마다 과녁이 흔들리다
넘어지며 덜커덩 소리를 낸다, 그 사람은 박수와
운수 사이에서 비틀댄다; 온갖 호기심을 자극하는 가게들이
외치며 북을 치며 물건을 사라고 아우성이다. 그러나
성인용의 특별한 볼거리도 있다, 돈은 어떻게 번식하는가,
해부학적 쇼, 흥미 본위만이 아님: 돈의 생식기,
모든 것, 전체, 과정 공개 — , 잘 들으면 돈의 생식 능력
향상에 효과 만점.........
....오 그러나 그곳을 벗어나자,
마지막 판자 뒤쪽에, 〈영생불사〉라는 광고문이 붙어 있다,
저 쓴 맥주, 술꾼들은 달콤하게 느낄 것 같다,
거기다가 늘 신선한 심심풀이를 곁들여서 씹는다면...,
광고판 바로 뒤쪽, 그 뒤쪽은, **현실적이다.**

Kinder spielen, und Liebende halten einander, —— abseits,
ernst, im ärmlichen Gras, und Hunde haben Natur.
Weiter noch zieht es den Jüngling; vielleicht, daß er eine junge
Klage liebt..... Hinter ihr her kommt er in Wiesen. Sie sagt:
—— Weit. Wir wohnen dort draußen....

                                        Wo? Und der Jüngling
folgt. Ihn rührt ihre Haltung. Die Schulter, der Hals —— ,
    vielleicht
ist sie von herrlicher Herkunft. Aber er läßt sie, kehrt um,
wendet sich, winkt... Was solls? Sie ist eine Klage.

Nur die jungen Toten, im ersten Zustand
zeitlosen Gleichmuts, dem der Entwöhnung,
folgen ihr liebend. Mädchen
wartet sie ab und befreundet sie. Zeigt ihnen leise,
was sie an sich hat. Perlen des Leids und die feinen
Schleier der Duldung. —— Mit Jünglingen geht sie
schweigend.

  Aber dort, wo sie wohnen, im Tal, der Älteren eine, der
    Klagen,
nimmt sich des Jünglinges an, wenn er fragt: —— Wir waren,

아이들은 놀고, 연인들은 포옹하고 있다, ─ 저편에서,
심각하게, 성긴 풀밭에서, 그리고 개들은 자연스럽다.
그 젊은이는 좀 더 걸어간다; 그는 어느, 젊은 비탄의 여인을
사랑하고 있는 것 같다..... 그녀 뒤를 따라 초원으로 들어선다.
    그녀가 말한다:
─ 좀 멀어요. 우리는 저기 바깥쪽에 살고 있어요....
                                어디요? 그러면서 젊은이는
따라간다. 그녀의 자태에 마음이 끌린다. 어깨와 목덜미 ─ ,
그녀는 귀한 가문 출신 같다. 그러나 그는 그녀를, 그냥
    두고,
돌아선다, 돌아서 손짓한다... 무슨 소용? 그녀는 비탄인걸.

다만 어려서 죽은 자들만이, 처음으로 맞는, 시간을 넘어선
평정의 첫 상태에서, 모든 습관을 버린 상태에서,
사랑으로 그녀의 뒤를 따른다. 그녀는 소녀들을
기다렸다가 그들과 친구가 되어. 그들에게 살짝,
자기가 지닌 것을 보여 준다. 고통의 진주 구슬과 인내의
고운 면사포. ─ 그녀는 소년들과 함께 걸어간다,
말없이.

    그러나 그들이, 사는 계곡에 이르자, 나이 지긋한, 비탄의
여인들 중 하나가 소년의, 질문에 응해 준다: ─ 우리는,

sagt sie, ein Großes Geschlecht, einmal, wir Klagen. Die Väter
trieben den Bergbau dort in dem großen Gebirg; bei Menschen
findest du manchmal ein Stück geschliffenes Ur-Leid
oder, aus altem Vulkan, schlackig versteinerten Zorn.
Ja, das stammte von dort. Einst waren wir reich. —

Und sie leitet ihn leicht durch die weite Landschaft der Klagen,
zeigt ihm die Säulen der Tempel oder die Trümmer
jener Burgen, von wo Klage-Fürsten das Land
einstens weise beherrscht. Zeigt ihm die hohen
Tränenbäume und Felder blühender Wehmut,
(Lebendige kennen sie nur als sanftes Blattwerk);
zeigt ihm die Tiere der Trauer, weidend, — und manchmal
schreckt ein Vogel und zieht, flach ihnen fliegend durchs
    Aufschaun,
weithin das schriftliche Bild seines vereinsamten Schreis. —
Abends führt sie ihn hin zu den Gräbern der Alten
aus dem Klage-Geschlecht, den Sibyllen und Warn-Herrn.
Naht aber Nacht, so wandeln sie leiser, und bald
mondet empor, das über Alles

굉장한 가문이었어, 그녀가 말한다, 옛날에, 우리 비탄들은.
우리 아버지들은 저기 큰 산에서 광산 일을 했어.
　　　사람들에게서
너는 가끔 매끄럽게 연마된 태곳적 고통 덩어리나
오래된 화산에서 캐낸, 화석화된 분노의 찌꺼기를 볼 거야.
그래, 그게 다 저기서 나온 거지. 옛날에 우린 부자였어. ─

그리고 노파는 소년을 광활한 비탄의 풍경으로 가볍게
　　　이끌어,
그에게 사원의 기둥들과 허물어진 성들을 보여
준다, 지난날 비탄의 영주들이 백성들을 어질게 다스리던
곳이다. 노파는 소년에게 우람한 눈물의 나무들과
꽃피는 슬픔의 밭들을 보여 준다,
(산 자들은 이것을 연약한 나뭇잎으로 알고 있다);
그녀는 소년에게 풀을 뜯고 있는 슬픔의 짐승들을 보여 준다,
─ 그때 가끔 새 한 마리가 깜짝 놀라 그들의 시야 안에서
　　　낮게
날아가면서 곳곳에 제 고독한 절규의 그림을 그린다. ─
저녁이 되자 그녀는 그를 비탄의 가문의 어른들 무덤으로
안내한다, 이들은 무녀들과 예언자들이다.
그러나 밤이 다가오자, 둘은 더 살포시 거닌다, 이윽고
환한 달처럼 만물을 굽어살피는, 묘비가 떠오른다

wachende Grab-Mal. Brüderlich jenem am Nil,
der erhabene Sphinx — : der verschwiegenen Kammer
Antlitz.
Und sie staunen dem krönlichen Haupt, das für immer,
schweigend, der Menschen Gesicht
auf die Waage der Sterne gelegt.

   Nicht erfaßt es sein Blick, im Frühtod
schwindelnd. Aber ihr Schaun,
hinter dem Pschent-Rand hervor, scheucht es die Eule. Und sie,
streifend im langsamen Abstrich die Wange entlang,
jene der reifesten Rundung,
zeichnet weich in das neue
Totengehör, über ein doppelt
aufgeschlagenes Blatt, den unbeschreiblichen Umriß.

Und höher, die Sterne. Neue. Die Sterne des Leidlands.
Langsam nennt sie die Klage: — Hier,
siehe: den *Reiter*, den *Stab*, und das vollere Sternbild
nennen sie: *Fruchtkranz*. Dann, weiter, dem Pol zu:
Wiege; *Weg*; *Das brennende Buch*; *Puppe*; *Fenster*.
Aber im südlichen Himmel, rein wie im Innern

마치 나일강 변의 것과 형제 같다,
엄숙한 모습의 스핑크스 — : 굳게 입을 다문 묘혈의
얼굴.
그리고 둘은 왕관을 쓴 머리를 보고 놀란다,
그 머리는 인간의 얼굴을 별들의 저울 위에
올려놓고 있었다, 말없이 그리고 영원히.

　소년의 눈길은 이른 죽음으로 아직 어지러워,
그 광경을 제대로 포착하지 못한다. 그러나 그들의 눈길은,
왕관 테 뒤의 부엉이를, 깜짝 놀라게 한다. 그러자,
부엉이는 느린 날갯짓으로 스핑크스의 뺨을,
그 가장 완숙한 둥근 모양을 쓸어내리며,
사자(死者)의, 새로운 청각에다가
양쪽으로 펼쳐진 종이에다 써넣듯이,
묘사하기 힘든 윤곽을 부드럽게 그려 넣는다.

그리고 더 높은 곳엔, 별들. 새로운 별들. 고통의 땅의 별들.
비탄은 별들의 이름을 천천히 불러 본다: — 여기,
봐 봐: 기수, 지팡이가 있지, 그리고 더 큰 저 별자리를
바로 과일 화환이라고 불러: 다음엔, 계속해서, 극 쪽을 봐:
요람; 길; 타오르는 책; 인형; 창문이 있지.
그렇지만 남쪽 하늘에는, 은총받은 손바닥의

einer gesegneten Hand, das klar erglänzende >*M*<,

das die Mütter bedeutet...... ——

Doch der Tote muß fort, und schweigend bringt ihn die ältere

Klage bis an die Talschlucht,

wo es schimmert im Mondschein:

die Quelle der Freude. In Ehrfurcht

nennt sie sie, sagt sie: —— Bei den Menschen

ist sie ein tragender Strom. ——

Stehn am Fuße des Gebirgs.

Und da umarmt sie ihn, weinend.

   Einsam steigt er dahin, in die Berge des Ur-Leids.

Und nicht einmal sein Schritt klingt aus dem tonlosen Los.

*

Aber erweckten sie uns, die unendlich Toten, ein Gleichnis,

siehe, sie zeigten vielleicht auf die Kätzchen der leeren

Hasel, die hängenden, oder

안쪽처럼 순수하게 밝게 빛나는 〈M〉이 있어,
이는 어머니들을 뜻하지....... ―

그러나 사자는 떠나야 한다, 늙수그레한 비탄은
말없이 그를 깊은 골짜기로 데리고 간다,
거기 달빛 속에 은은히 빛나는 것:
기쁨의 샘물이다. 비탄은 깊은 경외심에서
샘물을 그렇게 부르며, 말한다: "인간 세계에서
이것은 생명을 나르는 강줄기야."

그들은 산발치에 이른다.
그때 비탄은 그를 포옹한다, 울면서.

   홀로 그는 올라간다, 태곳적 고통의 산속으로.
그의 소리 없는 운명의 발걸음에서는 아무 소리도 울리지
      않는다.

                         *

그러나 그들, 영원히 죽은 자들이, 우리에게 하나의 비유를
      일깨워 주었다면,
보라, 그들은 어쩌면 손가락으로 텅 빈 개암나무에, 매달린
겨울눈을 가리켰는지도 모른다, 아니면

meinten den Regen, der fällt auf dunkles Erdreich im
   Frühjahr. ——

Und wir, die an *steigendes* Glück
denken, empfänden die Rührung,
die uns beinah bestürzt,
wenn ein Glückliches *fällt*.

비를 말했을까, 봄날 어두운 흙 위에 떨어지는. ─

그리고 **상승하는** 행복만을
생각하는 우리는,
어떤 행복한 것이 **추락할** 때면
가슴이 무너지는 듯한 충격을 느끼리라.

소설가 보리스 파스테르나크의 아버지 레오니드 파스테르나크가 그린
릴케의 초상화(1900년)

작가 연보

1875년   12월 4일 오스트리아 헝가리 제국의 속국이던 체코의
　　　　프라하에서 태어나다.

1886년   장크트 푈텐 육군 유년학교에 입학하다.

1891년   허약한 몸 때문에 육군 고등실업학교를 그만두다.

1895년   프라하의 카를페르디난트대학에서 예술사, 문학사, 철학
　　　　등을 공부하기 시작하다.

1897년   5월 12일 저녁 뮌헨에서 루 살로메(1861~1937)와
　　　　운명적으로 만나다.

1898년   베를린, 피렌체 등지를 여행하다.

1899년   부활절 무렵에 루 살로메 부부와 함께 첫 러시아 여행길에
　　　　나서다.

1900년   루 살로메와 함께 두 번째 러시아 여행을 하다.

1901년   브레멘 근교의 화가촌 보릅스베데에 체류하다. 4월 28일에
　　　　조각가 클라라 베스트호프(1878~1954)와 결혼하다.

1903년   파리의 로댕 집에 묵으면서 그의 전기 『로댕론』을 쓰다.

1905년   『기도시집』 출간. 루 살로메에게 헌정하다.

1906년   『형상시집』의 증보판 출간. 『기수 크리스토프 릴케의
　　　　사랑과 죽음의 노래』 초판 출간.

1907년   『신시집』 출간.

1908년   『신시집 제2권』 출간. 로댕에게 헌정하다.

1910년   아드리아 해안에 있는, 탁시스 후작 부인 소유의
　　　　두이노성에 손님으로 가다. 5월 31일 『말테의 수기』 출간.

1912년   두이노성에 머물다. 『두이노의 비가』의 몇몇 비가와 연작시
　　　　『마리아의 생애』를 쓰다.

1913년   스페인 여행. 여행 중 코란을 읽다.

1914년   6월 28일 1차 세계 대전 발발. 7월 19일에 독일로 돌아간 뒤

파리에 있는 재산을 전부 잃다.

1915년   헤르타 쾨니히 여사의 집에 머물다. 그 집에 걸려 있던
파블로 피카소의 그림 「곡예사 일가」를 보고 깊은 감명을
받다. 11월에 『두이노의 비가』의 「제4비가」를 쓰다.

1916년   빈에서 1월에서 6월까지 군 복무. 전사 편찬 위원회 근무.
시인 호프만스탈을 방문하다. 코코슈카, 카스너 등과
교제하다. 6월 9일에 군 복무에서 해방되다. 뮌헨으로
돌아가다.

1919년   루 살로메와 재회. 스위스 강연 여행. 나니 분덜리
폴카르트와 만나다. 릴케가 '니케'(바다의 여신)라고 부른
이 여인은 그가 어려움에 처할 때마다 도움을 아끼지
않았으며 그의 임종까지도 지켜보게 된다.

1921년   폴 발레리의 작품을 읽고 감명받아 그의 시집 『해변의
묘지』를 번역하다. 스위스의 시에르에 도착하다. 어느
상점의 쇼윈도에서 뮈조성을 찍은 작은 사진을 발견하다.
7월에 처음으로 뮈조성을 찾아가다.

1922년   뮈조성에 머물며 2월에 『두이노의 비가』를 완성하다.
『오르페우스에게 바치는 소네트』를 집필, 완성하다.

1923년   『두이노의 비가』와 『오르페우스에게 바치는 소네트』를
출간하다.

1924년   4월 6일에 폴 발레리와 처음으로 만나, 기념으로 뮈조성의
정원에 두 그루의 어린 버드나무를 심다.

1925년   1월 7일에서 8월 18일까지 생의 마지막으로 파리에
체류하다. 『말테의 수기』를 프랑스어로 번역한 모리스
베츠와 이야기를 나누다.

1926년   1925년 12월부터 1926년 5월 말까지 발몽 요양소 체류, 6월
1일에 뮈조성으로 돌아가다. 프랑스어 시집 『과수원』 출간.
11월 30일에 다시 발몽 요양소로 가다. 그곳에서 12월 29일
새벽 백혈병으로 영면(永眠)하다.

1927년   1월 2일 릴케 자신의 유언에 따라, 뮈조성이 있는
         시에르에서 멀지 않은 작은 마을 라론의 높은 언덕 위에
         위치한 교회 뒤편에 묻히다.

2부

전문 해설

「제1비가」에 대해서

「제1비가」는 1912년 1월 21일 이탈리아 트리에스테 해안의 두이노성에서 탄생했다. 「제1비가」에는 릴케가 평생 추구해 온 생각과 성찰들이 다양한 시적 모티프로 집적되어 하나의 보고(寶庫)를 이루고 있다. 사랑과 죽음 그리고 인간 존재, 시인의 사명 등 모든 테마가 여기에 들어 있다.

작품의 시적 화자인 '나'는 시인 릴케와 가까우면서도 시적 보편성을 지향하는 존재다. 릴케 자신으로 볼 수 있는 부분도 있지만 대체로는 『두이노의 비가』라는 시적 드라마를 이끌어 가는 독자적 역할을 맡는다. '나'는 앞으로 많은 굴곡의 길을 걷게 된다. 그것은 첫 비가로부터 마지막 「제10비가」에 이르기까지 변증법적 깨달음의 길이 될 것이다.

"내가 울부짖은들, 천사의 위계에서 대체/ 누가 내 목소리를 들어 줄까?" 첫 문장부터 시적 화자는 연극 무대의 조명 아래 홀로 서 있는 것처럼 허공을 향해 비탄의 외침을 내뱉는다. 천사를 향한 외침이지만 천사의 모습은 보이지 않는다. '울부짖은들'에 해당하는 독일어 동사의 원형은 'schreien'이다. 공포나 불안감에 내뱉는 특별한 뜻이 없는 소리다. 이런 울부짖음이 이 작품의 첫 시작을 알리는 것은 '비가'라는 장르와 정확히 일치한다. 그러나 이 문장이 독일어의 접속법 2식 즉 가정법임을 감안하면 시적 화자가 실제 소리를 지르는 것은 아니다. 오히려 시적 화자의 내면에 그와 같은 절규가 스며 있음을 암시한다. "천사의 위계"는 신의 왕좌를 에워싸고 있는 천사들의 서열을 말한다. 바울이 신약에서 "천사의 위계"의 배경이 되는 말을 한 바 있다.(「에베소서」 1장 21절, 「골로새서」 1장

16절 참조.) 그 힘에 있어 범접할 수 없는 존재들이다. 이 천사들에게서 릴케는 천사의 성격 일부를 가져오고 있다. 릴케의 천사는 시인과의 관계 속에서만 존재한다. "한 천사가 와락/ 나를 가슴에 끌어안으면, 나보다 강한 그의/ 존재로 말미암아 나 스러지고 말 텐데." "와락 나를 가슴에 끌어안으면"을 원문대로 직역하면 '나를 심장으로 와락 끌어안으면'의 의미이다. 외적인 포옹이 아니라 일종의 동화다. 폭풍처럼 강력한 힘이 내면으로 밀려올 때 시적 화자에게 떠오른 생각이다. 그런 포옹의 몸짓을 시적 화자는 견디어 낼 수 없다. "아름다움이란/ 우리가 간신히 견디어 내는 무서움의 시작일 뿐이므로." 아름다움은 우리가 어느 정도 견딜 수 있을 때만 즐길 수 있는데 우리의 그릇을 넘어서는 아름다움은 우리를 깨부술 수밖에 없다. 인간의 감각은 한계가 있다. 처음에는 대상이 감각적으로 달콤하게 느껴지다가 감각의 어느 한계를 넘어서면 느낌이 사라진다. 강력한 천사의 존재는 그렇게 느껴진다. 너무나 아름답기 때문에 무섭다. "우리 이처럼 아름다움에 경탄하는 까닭은, 그것이 우리를/ 파멸시키기를 냉정히 뿌리치기 때문이다." 천사는 악하지도 잔인하지도 않다. 천사는 인간을 사실 파괴하려 하지 않는다. 천사는 인간과 멀리 떨어져 있으며 실제 인간에게 크게 관심이 없다. 인간을 그냥 내버려 둘 뿐이다. 여기의 "그것"은 '아름다움'을 뜻하며 천사를 대변한다. 그런 면이 오히려 숭고해 보이는 것이다. "모든 천사는 무섭다." 천사가 갖는 절대적 아름다움과 거리감의 표현이다. 천사와 시적 화자의 거리가 이루 말할 수 없이 멀다는 것을 다시 강조하는 말이다. "나 마음을 억누르며 어두운 흐느낌의 꾀는 소리를/ 속으로 삼키는데," "꾀는 소리"는 원어로 'Lockruf'이다. 'locken' 즉 '유혹하다', '꾀다'와 'Ruf' 즉 '외침 소리'를 합쳐서 만든 말이다. 이 낱말은 번식기의 새가 짝을 찾는 소리다. 새의 본능을 릴케는 시적 메타포로 가져오고 있다. 이 말로 시적 화자는 천사를 향하여 자신의 속마음을 소리 내 외치고 싶음을 표현한다. 그러나 그는 그 말을 꿀꺽 삼키며 참는다. '속으로 삼키다'의 원어는 'schlucken'이다. 이는 하고 싶은 것을 하지 않고 참는 고통을 말한다. 천사를 유혹하는 외침을 내지르고 싶지만 그것을 겉으로 표출하지 않고 속으로 참는다는 것이다. "어두운 흐느낌"이라는 표현에서 '어두운'은 목구멍 깊은 곳에 소리가 걸려 있음을 나타낸다. 밝게 터져 나오지 못하고 어둠 속에 잠겨 있는 것이다. 여기서 천사와의 소통이 불가능함이 드러난다. 시적 화자는 감히 천사를 향해 소리를 지르지 못한다. 이것이 시적 화자가 처한 현재의 상태다. "아, 대체 우리는 그 누구를/ 쓸 수 있는가?"에서 '쓰다'의 원문은 'brauchen'이다. 이 동사는 보통 어떤 도구나 수단을 목적으로 가질 때 사용된다. 그러므로 대상이 생명체로 등장하는 것은 의외다. 시에서 나올 수 있는 어법이다. 이 세상의 고독한 처지 속에서 서로 돌보아 주고 마음을 주고받을 수 있는 존재는 과연 누구인가? 시적 화자는 스스로에게 묻고 있다. "천사들도 아니고 인간들도 아니다," 그것의 원인은 우리에게 있다. 대상과의 진정한 관계를 위한 그릇이 못 되는 책임은 우리 자신에게 있다. "영리한 짐승들은 해석된 세계에 사는 우리가/ 마음 편치 않음을 이미 느끼고 있다." 시적 화자는 "짐승들"에게 "영리한"이라는 속성을 부여하여 인간과 대비시키고 있다. 여기서 "영리한"은 'findig'를 번역한 것으로 '슬기롭다', '꾀가 많다'는 의미이다. 실제 동물들이 꾀가 많고 지혜롭다기보다는 인간의 아둔한 행태를 두드러지게 하는, 시인의 입장에서 본 판단이다. "해석된 세계"란 인간이 의식을 가지고 모든 사물을 판단하는 세계, 즉 인간 의식의 작용으로 금 긋고 나누고 구별하는 세계다. 인간은 에고를 중심으로 사고하기 때문에 무슨 생각을 하든 늘 에고로 돌아오고 에고에서 막힌다. 마음의 열림, 전체란 없다. "해석된 세계"는 인간의 의식에 대한 총체적 비판을 응축한 말이다. "해석된 세계" 속에서 또다시 스스로 해석을 가하며 사는 우리 인간은 늘 불안에 시달린다. 사물을 사물 그 자체로 보지 않고 자신의 그릇된 해석으로 채우며 점차 그 버릇에 길이 들어 간다. "우리에게 산등성이 나무 한 그루 남아 있어/ 날마다 볼 수 있을지 모르지. 우리에게 남은 건/ 어제의 거리와, 우리가 좋아하는/ 습관의 뒤틀린 맹종, 그것은 남아 떠나지 않았다." 인간이 관계를 맺을 수 있는 것들은 우연한 것들뿐이다. 그 몇 가지가 열거되고 있다. 산등성이의 한 그루 나무와 어제의 거리 그리고 습관의 뒤틀린 맹종 등이다. 필수 불가결한 것들이 아닌, 우연의 산물이다. 이것들과 맺어진 시적 화자의 관계는 진정하지 못하고 일시적일 뿐이다. 나무의 예를 보면, 어디선가 한 그루 나무를 본 기억이 있고 그 인상이 그에게 친근한 느낌을 주는 것이다. 그냥 보았다는 인상이다. 나무는 언제 베어질지 모른다. 어제 간 거리를 오늘도 걸을 수 있다. 습관은 일시적이지만 다른 것보다 끈질기다. "그것은 남아 떠나지 않았다."라고 시인은 말한다. 관습은 우리에게 안정성을 주지만 우리에게 타성의 버릇을 안겨 준다.

　이어지는 구절에서 갑자기 밤이 등장한다. "오 그리고 밤, 밤, 우주로 가득 찬 바람이 우리의/ 얼굴을 파먹으면 ─ , 누구에겐들 밤만 남지 않으랴." "오 그리고 밤, 밤"이라는 말과 함께 무상한 존재들과 상이한 것으로서 밤이 등장한다. 이 비가에서 밤은 기대의 시간이자 동시에 실망의 시간이다.(Guardini, 32) 시인은 무상성을 벗어난 대상으로 밤을 노래한다. "바람"은 사방으로 탁 트인 느낌을 전하는 표현이다. 특히 '밤'이 되면 바람은 "우주로 가득 찬"다. 릴케가 트리에스테 해안에 위치한 두이노성 발코니에서 파도 소리를 들으며 얼굴에 느꼈을 밤바람을 생각해 보면 이해가 된다. 우주 공간이 바람으로 가득할 때 시적 화자의 내면도 반응한다. 그것은 바로 우주 공간을 호흡하는 것이다. 바람은 무한성으로 가득 차 있지만, 지나가며 시적 화자와 그의 본질을 빨아 마신다. "우주로 가득 찬 바람이 우리의/ 얼굴을 파먹으면 ― ," 바람이 불어와 얼굴을 스치면서 얼굴을 한 꺼풀씩 떼어 가 우리의 얼굴은 점차 줄어든다. 개인 차원의 "얼굴"과 무한성 차원의 "밤"이 시공상으로 대조된다. 인간의 무상성을 우주로 가득 찬 밤바람이 얼굴을 스치며 녹이는 것으로 표현하고 있다. 결국 밤바람에 얼굴은 다 녹고 만다. 그리고 남는 것은 밤뿐이다. 이제 시적 화자는 "밤", 순수하게 "밤"에 대해서 이야기하려 한다. 시적 화자는 밤과의 접촉을 통해 영원성을 꿈꾼다. 연속된 돈호법에서 시적 화자가 밤에 열광함을 알 수 있다. 왜 밤을 노래할까? "그토록 그리워하던 밤, 외로운 이의 가슴 앞에 힘겹게 서 있는,/ 약간의 환멸을 느끼는 밤. 밤은 연인들한테는 더 쉬울까?" 밤은 안식을 주는 시공간이다. 인간은 밤을 그리워한다. 밤이 갖는 포용력 때문이다. 그러나 밤의 공간 속에서 사람들은 자신이 원하던 것을 만나지 못한다. 그래서 밤에 실망하고 환멸을 느낀다. 밤이 시적 화자에게는 힘들게만 보인다. 이것을 "외로운 이의 가슴 앞에 힘겹게 서 있는"이라고 표현한다. 시적 화자에게는 밤과의 연결점이 없다. 그래서 밤 속에서 환멸을 느낀다. 화자는 완전히 혼자다. 연인들의 사랑과 자신의 처지를 비교한다. "밤은 연인들한테는 더 쉬울까?/ 아, 이들은 그저 몸을 합쳐 서로의 운명을 가리고 있다." 연인들은 서로의 운명을 사랑이라는 이름으로 가리고 있을 뿐이다. 연인들은 운명을 가림으로써 진정한 열린 세계를 보지 못한다. 연인들의 사랑은 성급한 융합, 희생일 뿐이다. "너는 아직 그것을 모르는가? 우리가 숨 쉬는 공간을 향해/ 한 아름 네 텅 빔을 던져라." 시적 화자 자신의 경험에서 묻고 있다. "한 아름 네 텅 빔을 던져라."에서 "텅 빔"은 독일어 'Leere'를 번역한 것이다. 양팔을 벌려 생기는 그 공간의 자유로움을 말한다. 사랑에서 상대를 소유하여 상대의 자유를 억압하지 않으려는 자세, 즉 적극적으로 비우는 마음 상태를 뜻한다. 릴케가 강조하는 이상적 사랑의 다른 표현이다. 바깥에서 올 사랑의 대가를 받지 않음에 애인 없이 양팔은 텅 비어도 그 "텅 빔"을 받아들이고 그것을 세상에 선물할 때 진정한 사랑의 가치가 구현된다. 여기의 "너"는 시인 자신으로 볼 수 있다. 독자로 봐도 무방하다. 두 팔을 벌려 우리의 삶과 함께하는 공간을 받아들인 후 우주 공간을 향해 던져 보라는 말이다. 우리가 숨을 쉬는 이 우주 공간은 우리의 호흡과 함께 우리의 삶과 하나가 된다. 이 공간을 향해 소통의 몸짓을 해 보자는 것이다. 우주 공간을 향해 텅 빔을 던지는 몸짓은 자신의 진심을 세상을 향해 보이는 것과 같다. "그러면 새들은 한결/ 참되이 날갯짓하며 넓어진 대기를 느낄지도 모른다." 하늘을 나는 새들의 모습을 보여 주는 것은 앞에 나온 연인 간의 관계가 어떠해야 함을 알려 주려는 시인의 의도와 관련이 있다. 새가 더욱 마음껏 나는 것은 "한 아름 네 텅 빔"을 받았기 때문이다. 두 연인이 상대를 향한 소유를 넘어 진정으로 사랑할 때 새들도 날며 화답한다는 이미지를 그려 보이고 있다. "참되이"는 원문의 'innig'를 번역한 것이다. '내면에서부터 우러나서'라는 의미로 "참되이"로 옮겼다. 독일 어의 'innig'는 내적인 것에서 출발한 의미를 내포하면서 심장 과도 연결되고 또한 심정적인 것과도 결합하여 다양한 의미의 층을 거느리고 있다. 새들이 양 날개를 펼쳐 앞으로 공기를 던 져 날아가듯 연인들도 사랑을 앞으로 던져야 사랑을 지속할 수 있다.(Fuchs, 140)

"그래, 봄들은 아마도 너를 써 버렸겠지." 여기의 봄은 사랑 과 관련된 봄이다. 문장의 주체는 "너"가 아닌 "봄들"이다. "봄 들"이 "너"를 써 버린다. 이와 같은 '써 버리다'의 용례를 『신시 집』의 시 「시인」에서 찾을 수 있다. "내가 나를 바치는 모든 사 물들은/ 부자가 되어 나를 마구 써 버린다." 이렇게 보면 이 구 절은 "너" 즉 시인은 봄들이 건네는 말을 받아 적어야 한다는 뜻이 된다. "많은 별들은/ 네가 저희를 느끼기를 바랐다." "별 들"은 지상에 얽매인 사랑을 벗어난 무한성을 상징한다. 자유 와 같은 개념이다. 시인은 별들을 바라보며 이런 자유를 노래 하는 것이다. "과거 속에서/ 파도 하나 굽이치고, 혹은/ 네가 열린 창문 옆을 지나갈 때/ 바이올린이 자신을 바쳤다." "과거 속에서" 굽이치는 "파도"는 기억의 풍경들일 터이다. 행복했던 순간, 사랑했던 순간들, 무어라 할 수 없는 많은 것들이 마음 속에서 마치 풍랑처럼 휘몰아쳐 "파도"라는 이름으로 불리는 것이다. 거리를 걷던 중 열린 창문으로 바이올린 소리가 들려온다. 누가 켜는 걸까? 바이올린 소리는 지나가는 시적 화자에게 온몸을 바쳐 하소연한다. 무엇 때문에 그렇게 자신을 바쳐 호소하는지는 명시되어 있지 않다. 그러나 시인은 여기서 감흥을 느끼고 그것을 시 속에 집어넣는다. "그 모든 건 사명이었다." "사명"의 원어는 'Auftrag'이다. 여기서는 시인으로서 수행하도록 부여된 임무라는 의미이다. "봄들", "별들", "파도" 이런 외적인 현실이 시인에게 뭔가를 주문한다. 이것들은 시인의 심장 속으로 들어가 녹아들기를 바란다. "그러나 너는 그것을 완수했는가?" 시적 화자는 시인으로서 아직 자신의 소명을 완수하지 못했다. 완수의 길을 향해 가는 중이다. "모든 것이/ 네게 애인을 점지해 주는 듯한 기대감에/ 너는 언제나 마음이 어지럽지 않았는가?" 이성에 대한 사랑의 기대는 시적 화자의 마음을 어지럽힌다. 에고의 투영으로 주위가 분산된다.(Brück, 62) 이는 자기만의 시각으로 대상을 바라봄으로써 생기는 문제점을 말한다. 모든 것을 자신에게 초점을 맞추고 대상을 넘어서는 사랑을 하지 못하는 데서 오는 결함이다. "애인"은 우리가 보통 말하는 '사랑하는 사람'을 뜻한다. 이 "기대감"은 시적 사명의 완수와는 대척 관계다. "(네가 그녀를/ 어디에다 숨겨도, 크고 낯선 생각들은 네 가슴속에/ 들락거리며 밤마다 자꾸만 네게 머무르는데.)" 이 구절은 괄호 속에 들어 있다. 감각적 사랑은 어디에 숨겨도 결국 드러나기 마련이다. "들락거리며"는 마음이 사방으로 열려 있기 때문이다. "밤마다 자꾸만 네게 머무르는데"는 기대감을 저버리지 못하는 자신에 대한 스스로의 나무람이다. 사명을 수행하기보다는 뭔가를 요구하려는 자세가 문제다. 자신을 버리는 것이 이런 모든 가능성을 위한 전제가 된다. "꼭 하고 싶거든, 위대한 사랑의 여인들을 노래하라," 사랑의 그리움이 자꾸 일어나면 그때는 어떻게 해야 하나? 이에 대해 시적 화자는 무엇보다 포기하라고 권한다. 포기하여 사랑을 노래하라고 말한다. "위대한 사랑의 여인들"은 상대방에 대한 소유를 주장하지 않는 마음을 바탕으로 상대방의 반응에 개의치 않는 '자동적인 사랑'을 한 여인들이다. 마리안나 알코푸라두, 베티나 폰 아르님, 루이스 라베 등이 실제 위대한 사랑의 여인들을 대표하는 인물이다. "물론/ 그들의 유명한 감정도 결코 불멸하지는 못하리라." 사랑에 간여치 않을 때만 사랑이 영원할 수 있다는 말이다. "네가 시기할 지경인 저 버림받은 여인들, 너는 그들이 사랑에/ 만족한 남자들보다 사뭇 더 사랑스러움을 알았으리라." "네가 시기할 지경인"에서 '너'는 시적 화자 자신일 뿐만 아니라 독자, 그리고 변용의 과제를 짊어진 시인을 지칭한다. 이런 사랑의 여인들을 칭송하는 것이 진정한 사랑에 이르고자 하는 사람의 위대한 과제다.(Guardini, 39) "결코 다함이 없는 칭송을 언제나 새로이 시작하라;" 찬양을 통해 감정을 무한대로 들어 올리는 것을 말한다. 찬양에는 끝이 없으며 결코 완성이라는 것이 없다. "생각하라: 영웅은 영속하는 법. 몰락까지도 그에겐/ 존재하기 위한 구실이었음을: 그의 궁극적 탄생이었음을." 영웅은 시대의 흐름 속에서 돋보이는 행위로 영원히 이름을 남긴다. 이들은 후세의 마음속에 살아 있다. 장렬하게 최후를 맞는 영웅의 모습은 사람들에게 영생의 기념비로 남는다. "몰락"은 이세상에 더 이상 존재하지 않음의 시발점이지만 그 몰락의 껍질 속에 영생의 열매가 자라나는 것이다. "궁극적 탄생"은 그의 모든 행위와 사건의 결과다. 그가 수행한 모든 행위가 탄탄한 그의 모습을 만들어 내는 것이다. 영웅의 행위는 후세 사람들의 머리와 입에 계속 살아남으며 그것이 또 하나의 "탄생"이 되는 것이다. "그러나 지친 자연은 연인들을,/ 두 번 다시는 그 일을 할 기력이 없는 듯,/ 제 속으로 거두어들인다." 자연은 순리대로 작용한다. 그 법칙은 자연의 모든 존재에게 적용된다. 연인들은 사랑을 위해 자연의 힘을 극단적으로 사용한다. 이들의 불같은 사랑은 타서 사라진다. 자연이 한 쌍의 사랑을 위해 사용할 수 있는 에너지는 정해져 있다. 자연은 다른 사랑을 위해 힘을 거두어들이고 비축할 수밖에 없다. "너는 가스파라 스탐파를/ 깊이 생각해 보았는가,"의 가스파라 스탐파(1523~1554)는 르네상스 시대 이탈리아의 여성 시인이다. 베네치아의 콜랄토 백작과 나누었던 불행한 사랑을 나중에 시로 형상화했다. 고통에서 탄생한 시작품 속에 그려진 그녀의 사랑은 극히 이상적이다. 후세에 그녀와 비슷한 고통을 겪는 여인이 모범으로 삼을 만한 내용을 담고 있다. "사랑하는 남자의 버림을 받은/ 한 처녀가 사랑에 빠진 그 여인의 드높은 모범에서/ 자기도 그처럼 되었으면 하는 바람을 느끼는 것을?" "사랑하는 남자의 버림을 받은"이라는 구절의 원문은 'irgend ein Mädchen, dem der Geliebte entging'이다. 직역하면 '사랑하는 남자가 떠나 버린 어느 소녀'다. 이 원문을 글자 그대로 이해해 보면, 소녀는 지금 있는 곳에 그대로 서 있고 사랑하는 남자가 소녀에게서 벗어났다는 형상적인 의미이다. 꽃에 날아들었다가 이내 날아가는 나비가 연상된다. 여인은 그대로 있고 남자는 떠났지만 그녀는 아직도 꺼지지 않는 마음으로 그를 사랑하여 진정한 사랑의 모범을 보이는 것이다. "언젠가 이처럼 가장 오래된 고통이 우리에게/ 한결 풍성하게 열매 맺지 않을까?" 스탐파의 소네트에 표현된 사랑을 모범으로 삼고 싶다는 뜻이다. 고통에서 더욱 깊은 감정이 솟아난다. "가장 오래된 고통"이란 가스파라 스탐파가 콜랄토 백작과의 사랑에서 받은 상처들을 말한다. 이것을 더욱 내적인, 영원한 언어로 변용하는 것이 "한결 풍성하게 열매"로 맺게 하는 것이다. "지금은 우리가 사랑하며/ 연인에게서 벗어나, 벗어남을 떨며 견딜 때가 아닌가;" 진정한 사랑이란 무엇인가? 상대에게서 "벗어남"이 화살의 시위가 되는 순간을 생각해 보는 것이다. 이별의 고통을 받아들임으로써 더 나은 존재가 될 수 있다. "발사의 순간에 온 힘을 모아 자신보다 더 큰 존재가 되기 위해/ 화살이 시위를 견디듯이. 머무름은 어디에도 없으니까." 화살이 시위를 견디어, 그리하여 진정한 화살로 태어나는 것처럼 우리는 결국 발사의 순간을, 이별의 고통을 받아들여야 한다. 지금의 고정된 관계를 벗어나 더 큰 자유를 향하여 나아가는 것이 진정한 사랑, 진정한 존재를 누리는 것이 된다. 어차피 지상에 영속이란 없으니까.

"목소리들, 목소리들. 들어라, 내 가슴아," 여기서 시적 화자는 소리를 듣고 소리로 사명을 다하는 시인이다. 청각과 관련된 목소리와 귀가 모두 등장한다. "내 가슴아,"에서 "가슴"은 시적 변용을 수행하는 기관이다. 이 "목소리들"은 신의 목소리나 천사의 목소리는 아니다. 신과 천사의 목소리는 시적 화자가 견딜 수 없다. 그렇지만 일상의 귀가 아닌 초감각을 통해서 마음으로만 들을 수 있는 소리다. 이 목소리들도 시적 화자에게 "사명"을 요구한다. 목소리들의 주체는 뒤에 나오는 내용을 감안하면 세상을 뜬 자들이다. "엄청난 외침 소리가 그들을/ 땅에서 들어 올렸지만;" 성자들은 무언가를 본 것이 아니라 오로지 소리를 들었을 뿐이다. "엄청난 외침 소리"를. 이 소리는 초월적 존재, 신의 목소리다. 이 구절은 세계 여러 지역에서 알려진, 기도자나 명상자가 물리적으로 공중으로 올라가는 현상 즉 공중 부양을 암시한다. 성자들은 목소리를 듣고 황홀경에 취한 상태에서 공중 부양을 경험하는 것이다. "그들, 불가사의한 자들은/ 무릎 꿇은 채로 아랑곳하지 않았으니:/ **바로 그렇게** 그들은 귀 기울이고 있었다." 무릎을 꿇은 성자들의 자세는 이들이 겸허한 자세로 기도를 하고 있음을 보여 준다. 내적 음성에 귀를 기울이는 것이다. "신의 목소리야/ 더 견디기 어려우리." 신을 직접 대면하는 것은 힘들다. 신의 목소리는 『두이노의 비가』 첫머리에서 천사가 그랬던 것과는 완전히 다른 방식으로 파괴적일지도 모른다. 성자들에게 들려온 것은 천지를 창조한 신의 목소리였다.(Guardini, 52) "그러나 바람결에 스치는 소리를 들어라," "바람결에 스치는 소리"는 신비로움으로 가득 찬 소리다. 분명 뭔가 소리는 있지만 형체가 없는 말이다. "정적 속에서 만들어지는 끊임없는 메시지를." 소리로 분명하게 들리지 않고 느낌으로만 알 뿐인, 현상의 배후에서 들려오는 존재의 전언이다. "이제 그 젊은 죽음들이 너를 향해 소곤댄다." 웅성대는 듯한 소리가 분명한 목소리로 바뀐다. 릴케는 두이노성에 묵을 때 그 집안의 어려서 죽은 세 귀신들이 그의 근처에 함께 있다는 느낌 속에서 살았다고 한다.(Taxis, 44~46) 이 어린아이들의 운명에 릴케는 마음 깊은 충격을 느꼈다. "네가 어디로 발을 옮기든, 로마와 나폴리의 교회에서/ 그들의 운명은 조용히 네게 말을 건네지 않았던가?" 로마와 나폴리라는 지명이 구체적으로 나온다. 릴케가 직접 방문했던 교회들이다. "아니면 얼마 전의 산타 마리아 포르모사의 비문처럼/ 비문 하나가 네게 엄숙히 그것을 명하지 않았던가?" "산타 마리아 포르모사"는 베네치아에 있는 교회 이름이다. 릴케는 1911년 4월 3일에 탁시스 후작 부인과 함께 그곳을 방문했다. 이곳에 한 인간의 삶과 죽음을 다룬 비문이 있다. 비문의 내용은 다음과 같다. "다른 사람들을 위해 나는 살았다, 내 인생은 그렇게 오래 지속되었다./ 하지만 마침내, 내가 죽은 뒤에도,/ 나는 꺼지지 않았다, 오히려 나는 차가운/ 대리석 속에서 나를 위해 살고 있다,/ 아드리아해는 나를 그리워하며 탄식한다,/ 그리고 가난은 나를 부른다./ 그는 1593년 9월 16일에 세상을 떴다." "그들은 내게 무엇을 바라는가? 나 그들의 영혼의/ 순수한 움직임에 때때로 조금이라도 방해가 되는/ 옳지 못한 자세를 조용히 버려야 하리라." 어려서 죽은 자들에 대해 보통은 안됐다느니, 너무 아깝다느니 하는 이야기들을 한다. 이것을 릴케는 "옳지 못한 자세"라고 말한다. 인간의 편견이 혼령들의 "순수한 움직임"을 방해한다. 이 "순수한 움직임"은 '영혼의 정화'와 관련된다. 이제 시인은 일찍 죽은 자들의 운명을 차분히 가슴에 받아들여야 한다. 그리고 노래해야 한다.

"이 세상에 더 살지 못함은 참으로 이상하다," 이 말과 함께 시적 화자는 저편 세계의 상황을 전한다. 망자들은 지상을 떠나 어떤 존재를 영위하는지 그 비밀을 따라가 본다. "이상하다,"라는 것은 우리와 다른 존재 상황 속으로 들어갔음을 알리는 말이다. "겨우 익힌 관습을 버려야 함과," 이승에서 익힌 관습이나 대상을 다루는 법은 이른 죽음과 함께 버릴 수밖에 없다. 젊은 죽음이기 때문에 "겨우 익힌 관습"이다. 관습이란 이 세상의 사물 및 사람들과 어떻게 지내야 하는지를 알려 주는 방법들의 집합체다. "장미와 그 밖에 무언가 하나씩 약속하는 사물들에게/ 인간의 미래의 의미를 선사할 수 없음과;" 장미는 젊어서 죽은 자들의 맥락에서 이승에서 맞는 인생의 봄, 미래의 사랑을 상징한다. 시적 화자는 인간의 관습 중에서 상징의 사용에 대해서 말하고 있다. 사물에 상징적 의미를 부여하는 것은 삶을 성찰하는 계기가 된다. 이 구절은 사물들 중에서 인간의 미래를 지시할 수 있는 사물들을 골라 거기에 의미를 실어 주는 행위를 더는 하지 못하는 망자들의 상황을 말한다. "한없이 걱정스러운 두 손 안에 든 존재가/ 더 이상 아닌 것, 그리고 자기 이름까지도 마치/ 망가진 장난감처럼 버리는 것은 참으로 이상하다./ 소망을 더는 품지 못함은 이상하다." 죽은 자들의 심정 상태를 대변하는 구절이다. 특히 이름은 이승에서의 정체성을 상징하는데 이것을 버리는 것이다. 죽음의 공간으로 넘어가면서 망자는 이승과의 고리를 잃을 수밖에 없다. "한없이 걱정스러운 두 손 안에 든 존재"는 가족 구성원으로서 식구들로부터 지극한 사랑을 받는 것을 의미한다. 이승에서 지녔던 이름은 이제 쓸모가 없어 지니는 것이 아무 의미가 없으므로 마치 아이가 깨 버린 장난감과 같다. 죽는다는 것은 결국 이름 없는 존재가 되는 것이다. "서로/ 뭉쳐 있던 모든 것이 그렇게 허공에 흩어져 날리는 것을/ 보는 것은 이상하다." 이제 연결되어 있던 모든 것들이 허공에 휘날린다. 이름과 사물과 이들 사이에 형성되었던 의미 관계가 다 흩어져 날리는 것이다. 주인을 잃은 채 빨랫줄에 걸려 바람에 날리는 옷가지를 연상시킨다. 망자들은 옷을 벗어 던지듯 이승의 모든 것을 다 떨쳐 버렸다. "그리고 죽어 있다는 것은/ 점차 조금의 영원을 맛보기 위해 잃어버린 시간을/ 힘겹게 보충하는 것. ── ﹞망자는 이승의 모든 가치와 관계를 상실하고 저승에서 영원성을 향한 인식을 새로 해야 하므로 힘겹다. 원래 죽음은 삶의 열매와 같이 되어야 한다는 것이 릴케의 생각인데 어린 망자들은 이른 죽음으로 그것을 완수하지 못했으므로 저승에서 보충하는 작업을 해야 한다. 여기의 "보충"은 원어로 'Nachholn'으로 '만회'의 의미를 갖는다. "잃어버린 시간을 힘겹게 보충하는 것. ── ﹞뒤의 줄표를 통한 휴지는 시적 화자 스스로 자신을 돌이켜 보는 계기를 준다. "그러나 살아 있는 자들은 모두/ 너무나 뚜렷하게 구별하는 실수를 범한다." 살아 있는 인간들은 산 자와 죽은 자를 뚜렷하게 구별한다. 이승과 저승을 분명하게 구별하지만 실제 두 영역은 하나다. "천사들은 살아 있는 자들 사이를 가는지 죽은 자들/ 사이를 가는지 때때로 모른다(고 사람들은 말한다)." 천사를 하나의 이상적인 존재로 보고 있다. 중요한 것은 천사는 인간들과 달리 구별하고 구분하는 의식을 갖고 있지 않다는 것이다. 경계를 나누고 금을 긋는 이데올로기로부터 완전히 자유로운 존재가 천사다. 괄호를 한 것은 시적 화자 자신이 직접 경험한 것이 아니기 때문이다. 그런 비밀스러운 이야기가 전해진다는 뜻이다. "영원한 흐름은 두 영역 사이로 모든 세대를/ 휩쓸어 가니, 두 영역 속의 모두를 압도한다." "영원한 흐름"은 영원한 생성과 소멸을 말한다. 이 흐름의 과정은 이승과 저승, 두 영역 사이를 꿰뚫고 흐르며 두 영역을 결합시킨다. 이곳이 천사의 고향이다. 인간의 어떤 세대도 이 "영원한 흐름"에서 자유로울 수 없다. 이 영원한 흐름 속에서는 대립도 없고 구별도 없다. 시간 개념도 지양된다. "모든 세대"는 과거, 현재, 미래의 "모든 세대"를 뜻한다. 모든 차이를 휩쓸어 가는 하나의 통합적인 존재의 강물이다. 시적 화자는 이승만을 알고 저승은 미지의 영역이지만, 천사들은 두 영역에 자유롭게 걸쳐 있다. 두 곳에 다 고향을 갖고 있으며 이승과 저승을 전체로 본다.

"끝내 그들, 이른 나이에 죽은 자들은 우리를 필요로 하지 않으니," 실제 일찍 죽은 자들은 우리의 도움이 필요하지 않다. 이들은 저승 세계에 스스로 알아서 잘 적응한다. 그러니 살아 있는 우리가 나서서 그들에게 도움이 될 수 있다는 덧없는 생각을 할 필요가 없는 것이다. "어느덧 자라나 어머니의 젖가슴을 떠나듯 조용히 대지의/ 품을 떠난다." 지상에 태어난 젖먹이처럼 그들은 영원의 세계 속에서 초심자다. 그들은 이승을 미련 없이 버리는 법을 익힌다. 시간이 흐르면 어머니의 젖가슴을 떠나듯이 이승의 품을 떠나 독립된 존재의 길로 들어선다. "우리는, 그러나 그토록 큰 비밀을/ 필요로 하는 우리는, 슬픔에서 그토록 자주 복된 진보를/ 우려내는 우리는 ─: 그들 없이 존재할 수 있을까?" "우리는"은 시적 화자를 포함한 인류 전체를 의미한다. "큰 비밀"은 다의적이다. 한편으로는 망자들이 머물게 된 장소와 새로운 존재 상태를, 다른 한편으로는 그들이 겪은 삶과 체험을 뜻한다. 이들의 존재 비밀은 우리를 감동시키고 우리의 상상력을 자극하고 우리의 동정을 불러일으킨다. 죽음의 존재가 삶의 의미를 북돋아 준다. 슬픔을 통해 우리는 더욱 강렬한 복된 감정을 경험할 수 있다. 오히려 우리 산 자들이 죽은 자들의 존재를 필요로 한다. '일찍 떠난 자들'을 통해 우리는 현존재의 의미를 깨닫는다. "큰 비밀"은 바로 이들 죽은 자들의 존재이다. "언젠가 리노스를 잃은 비탄 속에서 튀어나온 첫 음악이/ 메마른 경직을 꿰뚫었다는 전설은 헛된 것인가;" 그리스 신화에서 리노스는 비가의 화신으로 헤라클레스의 음악 선생이다. 음악을 가르치던 중 불같은 성격의 헤라클레스에 의해 리라에 맞아 죽임을 당한 인물이다. 그는 한창 꽃피던 중에 죽음의 세계로 떨어진 운명을 대변한다. 릴케는 그를 음악의 목동으로서 어려서 죽은 자들의 총체 개념으로 설정하고 있다. "메마른 경직"은 리노스가 죽은 뒤 뒤에 남은 자들의 굳어 버린 표정, 자세를 말한다. 이 경직을 꿰뚫은 것이 리노스의 죽음을 슬퍼하는 가슴들에서 튀어나온 노래다. "거의 신에 가까운 한 젊은이가 갑작스레 영원히/ 떠나 버려 놀란 공간 속에서 비로소 공허함이 우리를/ 매혹하고 위로하며 돕는 울림을 시작했다는 것은." "젊은이"는 리노스를 말한다. "놀란 공간"은 뒤에 남은 사람들의 마음 상태를 표현한 것이다. 체험의 심도는 공간마저도 놀란 것으로 묘사하게 한다. "공허함"은 리노스가 떠나 버린 '텅 빔'을 말한다. 사랑하는 사람이 떠나 버려 아쉬운 마음이 모든 비가의 시작점이다. "공허함"은 살아 있던 대상이 사라짐으로써 만들어지는 허전함을 뜻한다. 비탄이 공허의 공간 속에서 감동의 음악으로 급변한다. 이 순간 슬픔에 젖어 있던 사람들은 상실을 극복한다. "울림을 시작했다는 것은"에서 "울림"의 원어는 'Schwingung'이다. 매질의 진동에 따른 소리 같은 것이다. 공기의 매질을 고대 그리스에서는 에테르라고 했다. 이 에테르를 타고 소리는 영원의 세계로 퍼지는 것이다. 시의 화자는 질문을 던져 놓고 답을 기다리는 사이 스스로 답을 찾아낸다. 리노스의 죽음을 노래한 전설은 결코 헛되지 않았다. 그가 떠난 자리가 우리를 위로하고 돕기 때문이다. 태초에 음악이 탄생한 배경을 다룬 신화다. 이때 리노스는 오르페우스와 같은 역할을 한다.

「제2비가」에 대해서

「제2비가」는 1912년 1월 말에서 2월 초에 걸쳐 두이노성에서 쓰였다. 이 비가는 천사의 비가라고 할 수 있다. 비가답게 지금 이곳에 없는 천사를 그리워하고 안타까워한다.

"모든 천사는 무섭다." 이 첫 구절은 「제1비가」의 7행에도 그대로 등장한다. 「제1비가」에서 말했던 천사에 대한 두려움이 이어지고 있다. 시적 화자는 아직 천사를 상대할 수 있는 위치에 있지 못하다. 폴란드의 번역자 홀레비츠에게 쓴 1925년 11월 13일 자 편지에서 릴케는 이렇게 말한다. "비가의 천사는 우리가 하는 보이는 것에서 보이지 않는 것으로의 변용을 이미 완수한 완벽한 존재입니다. ……비가의 천사는 보이지 않는 것에서 더 높은 현실을 인식하는 존재입니다." 두 개의 영역을 자유로이 오가며 우리의 능력을 넘어서는 천사의 존재는 우리 인간에게는 두려울 뿐이다. "하지만, 아 슬프다,/ 너희, 거의 치명적인 영혼의 새들을, 잘 알아서,/ 나 노래로 찬양했다." "아 슬프다,"라는 한탄은 천사들과 직접 교류하던 시절이 이제는 과거의 이야기가 되었음을 나타낸다. 천사는 "거의 치명적인 영혼의 새들"이다. 직접 마주하면 "거의" 목숨을 내놓아야 한다. 그러나 이 "거의"가 천사에게 다가갈 수 있는 여지를 준다. 반드시 치명적인 것이 아니라 "거의" 치명적이기 때문이다. "영혼의 새"라는 표현 속에는 천사가 정신적 존재라는 사실이 내재되어 있다. "토비아의 시절은 어디로 갔는가,/ 빛나는 천사들 중 하나 길을 떠나려 약간 변장하고/ 수수한 사립문 옆에 서 있던, 조금도 두렵지 않던 그 시절은/ (호기심으로 바라보는 그 청년의 눈에도 청년으로 보이던)." 성서 외경의 토비

트서에는 인간과 신의 사도 사이의 절친한 교우 관계 이야기가 나온다. 토비아는 아버지의 심부름을 위해 막 길을 떠나려던 참에 믿을 만한 길동무를 찾고 있었다. 그때 그는 이미 옷을 차려입고 여행 떠날 준비를 마친 한 젊은이를 발견했는데, 신이 보낸 천사인 줄 모른 채 그에게 인사를 하고 "언제부터 여기 있었지, 멋진 친구?"라고 물었다고 한다. "해석된 세계"인 현재와 달리 세계상이 아직 분열되지 않았던 신화의 시대에는 약간만 변장을 해도, 우리 인간에게 낯설고 이질적인 것이 금방 친숙하고 다정하게 보였던 것이다. 여기서 천사 라파엘의 변장은 천사를 두려워하는 인간의 두려움을 덜어 주기 위한 것이다. 그러나 "약간 변장하고"라는 말에서 보듯 천사의 모습이 다 가려진 것은 아니다. 한순간에 위험한 존재가 될 수도 있다. 그러나 토비아의 눈에는 그냥 청년으로 보였다. 그것은 토비아의 순수함을 말해 주는 것이다. 이 순수함 때문에 그는 천사에 대한 두려움을 이겨 낼 수 있었다. 만약 지금의 우리가 천사에 대해 두려움을 느낀다면 그것은 바로 이 순수함을 상실했기 때문일 것이다. 오래전 구약 시절에 있었던 이야기이니 시적 화자는 지금으로서는 가늠하기 힘든 토비아의 순수하고 겸손한 마음을 상상으로나 그려 볼 수밖에 없다. "이제는 위험한 천사, 그 대천사가 별들 뒤에 있다가/ 우리를 향해 한 걸음만 내디뎌도:" "그 대천사가 별들 뒤에 있다가"는 천사가 접근할 수 없는 높은 거리에 있음을 드러내는 표현이다. 천사가 우주 공간에 위치하는 것으로 상정하여 그 초인간적인 힘을 보여 준다. 원문 첫머리에 접속법 2식 동사 'träte' 즉 "내디뎌도"가 나온다. 시적 화자의 상상이다. 구약 시절 토비아가 보았던 천사와 달리 현재의 천사는 무섭다. "이제는 위험한 천사"다. "하늘 높이 요동치며 우리/ 심장의 고동은 우리를 쳐 죽일 텐데." 천사가 직접 나타나 시적 화자에게 위해를 가하지 않아도 그 존재 자체만으로도 심장은 고동칠 것이며 결국에는 그 심장의 고동이 우리를 쳐 죽일지도 모른다는 두려움이다. "심장의 고동"이 "우리를 쳐 죽일 텐데."라는 표현은 천사를 보는 순간 시적 화자가 얼마나 경악할지 가늠하게 한다. 심장이 천사를 향해 하늘로 솟구쳤다가 화자 자신을 향해 떨어지며 쳐 죽일 것이라는 발상이다. 천사가 지닌 순수한 내면을 보려는 시적 화자는 자신의 목숨을 걸 수밖에 없다. "너희는 누구인가?" 이렇게 무서운 천사들의 정체는 무엇인가? 다음 연에서는 천사를 규정하는 찬양의 말들이 열거된다.

천사의 정의를 설파하는 곳에 이르러 시적 화자의 말은 빨라지고 거침이 없다. 마치 준비했던 원고를 읽는 듯하다. 그만큼 릴케는 평소 천사에 대해 많은 생각을 했던 것으로 보인다. 이 부분의 어법은 '비가'가 아니라 '찬가'에 가깝다. "일찍 성취된 것들," 이것은 신이 세상을 만들면서 초반에 성공한 작품이라는 의미이다. 원래 있던 것이 아닌, 신의 손길에 의해서 비로소 생겨난 존재들이다. "너희 창조의 귀염둥이들," 여기의 "창조"는 신의 '피조물'이라는 의미이다. 정신적인 존재로서 천사가 지상의 다른 모든 것들에 앞서 창조되었다. 천사는 신의 사랑을 받는 "귀염둥이들"로 지칭된다. 귀염둥이에게 많은 선물이 주어지듯 천사에게 많은 훌륭한 속성이 부여된다. "산맥들," 그 장려함으로 천사의 숭고함을 표현한다. "아침노을 드리운 모든 창조의/ 산마루, ─ " 해 뜰 녘의 아침노을로 반짝이는 산등성이를 떠오르게 한다. 천사의 원초성과 아름다움이

다시 한번 강조된다. 시적 화자는 여기서 잠시 멈추고 생각한다. "산마루" 다음의 줄표는 이를 뜻한다. "꽃피는 신성(神性)의 꽃가루," 이번엔 다시 인간계의 식물에서 가져온 메타포를 사용하고 있다. 인간계, 광물계, 식물계, 이런 식으로 모든 것이 망라되고 있다. 이렇게 다양한 영역에서 가져온 메타포는 천사의 속성이 우주 곳곳에 미친다는 것을 암시한다. 성적인 것에 대한 환유로서의 "꽃가루" 같은 낱말과 정신을 뜻하는 전통적인 속성인 "빛" 같은 낱말의 직접적인 결합은 릴케의 반이원론적인 세계관을 특징적으로 보여 준다. "빛의 관절"이라는 독특한 표현을 통하여 릴케는 빛이 어느 곳으로나 뻗어 나갈 수 있음을 알리고 있다. "복도들, 계단들, 왕좌들," 천사들의 위계와 관련된 낱말들이다. 전체를 하나로 묶어 주는 연결점으로서의 "복도들"과 "계단들"을 이해할 수 있다. "복도들"은 수평의 공간들을 이어 주고, "계단들"은 위와 아래를 이어 준다. 이 모두는 정신의 운동을 상징한다. "왕좌들"은 천사의 수장으로서 대천사들을 가리킨다. 복도, 계단으로 빛이 흐르고, 왕좌에 와서 빛은 모인다. "본질의 공간들," 천사는 허세나 가짜가 아닌 속이 알알이 차 있는 존재다. 이는 만물을 포괄하는 존재의 지복이나 만물을 꿰뚫는 역동성을 말한다.(Brücke, 85) 천사들은 우리보다 더 강렬하게 느끼고 본질로 이루어져 있다. 천사는 닫힌 형상이 아니라 본질의 뻗침, 열림, 깊이와 높이다.(Guardini, 70) 천사의 본질을 묘사하는 가운데 "환희의 방패들"이라고 한 것은 "폭풍처럼/ 날뛰는 감정의 소요,"의 배경에서 설명될 수 있다. 하늘에서 한데 쏟아져 내리는 환희의 형체들이 연상된다. 방패를 든 천사상은 서양의 조각이나 회화에서 많이 발견된다. 특히 천사 미카엘은 갑옷을 입고 방패를 들고 사탄을 맞아 싸우는 모습으로 자주 등장한다. "환희의 방패들"과 "폭풍처럼/ 날뛰는 감정의 소요,"라는 구절은 천사가 지복과 감각의 전형임을 알려 준다. "그리고 갑자기 하나씩 나타나는/ 거울들:" 이제 시적 화자는 천사의 모습을 본다. "제 몸에서 흘러 나간 아름다움을/ 다시 제 얼굴에 퍼 담는 거울들." 이 구절에 이르러 "갑자기" 앞에서 흩어지듯 나타나던 여러 가지 것들이 한곳으로 수렴된다. 그 중심은 거울이다. 인간의 속성은 세월의 흐름에 따라 나이를 먹고 늙으며 일방적으로 흘러간다는 데 있다. 이것이 바로 무상성이다. 천사는 이와 다르다고 시적 화자는 규정한다. 이 구절의 앞에서 천사를 명명하는 낱말들이 나오다가 거울이 등장한다. 거울은 천사를 가장 본질적으로 표현한다. 빛을 반사하는 거울처럼, 천사들에게서는 신성이 나온다. 천사의 눈빛이나 얼굴, 천사 자체가 거울이다. 천사는 자신에게서 나간 아름다움을 되담는다. 즉 아름다운 존재로서 천사는 자신의 아름다움을 내뿜으면서도 전혀 변하지 않고 다시 그 아름다움을 품는다. 근원에서 나와 고향으로 돌아가는 순환을 계속하여 영원성의 상징이 되는 것이다. 천사는 자신의 아름다움을 발산하지만 그 아름다움을 다시 쓸어 담는다. 장미가 아무리 아름다워도 일단 개화하면 시들어 가지만, 천사는 이런 무상성에서 초월해 있는 것이다. 장미처럼 시간의 흐름 속에 사로잡혀 있는 인간과 달리 천사는 시간에서 벗어나 있다.

"우리는 느낄 때마다 증발하는 까닭이다. 아,/ 우리는 숨을 내쉬면서 사라진다;" 앞에서 천사의 본질을 보여 준 데 이어 이번 연에서는 우리 인간의 무상성을 드러내는 메타포들이 화려하게 전개된다. 가장 먼저 나오는 것은 느낌이라는 감각적 행위다. 감각 행위는 우리의 숨쉬기와 함께한다. 그러나 우리는 호흡과 함께 스러진다. 생명은, 느낌의 힘은 시간과 더불어 사라진다. "장작불처럼 타들어 가며/ 우리는 점점 약한 냄새를 낼 뿐이다." 한때 우리에게 불꽃을 지르게 했던 느낌과 감정은 세월이 흐르면서 끝내 재를 남길 뿐이다. 자신에게서 나간 아름다움을 다시 퍼 담는 천사와 달리 인간들은 숨을 내쉬며 지속적으로 타서 사라진다. 초반에 향기롭던 장작불 냄새가 차츰 약해지다가 나중에는 아무런 향도 내지 못하는 것과 같다. "그때 누군가 말하리라:" "누군가"라는 표현은 시적 화자가 보편적인 것을 성찰함을 뜻한다. 이 "누군가"는 보통의 인간을 넘어서는 존재다. "그래, 너는 내 핏줄 속으로 들어온다, 이 방은, 봄은 너로/ 가득 찬다..." 시적 화자는 사랑의 순간을 '피'와 "방"과 "봄"으로 표현한다. "누군가"의 그 사람은, 혹은 그 존재는 '우리'의 본질을 받아들여서 그가 접하는 모든 것에서 '우리'를 느끼게 된다. 그가 있는 곳 어디에서나, 즉 "방"에서나 "봄"에서나 그는 '우리'를 느낀다. "무슨 소용인가, 그는 우리를 잡아 둘 수 없어,/ 우리는 그의 속, 그의 언저리에서 사라진다." 우리가 아무리 상대를 속속들이 이해하고 그의 마음과 영혼, 감정을 다 건드린다 해도, 그 사랑의 감정은 단 한순간일 뿐이다. 그는 우리를 잡아 둘 수 없다. 그의 핏줄 속에서도 그의 주변에서도 우리는 사라진다. 잠시 서로 가까이 갈 수 있지만, 사랑의 감정은 대상을 불태워 버릴 뿐이다. "아름다운 자들,/ 오, 그 누가 그들을 잡아 둘까?" "아름다운 자들"도 사라진다. 감정의 무상성으로부터 출발하여 시적 화자는 육체적 아름다움의 덧없음에 대해서 숙고하기에 이른다.

"그들의 얼굴에는 끊임없이/ 표정이 서렸다 사라진다." 인생은 얼굴에 지울 수 없는 흔적을 남긴다. 존재하느라 우리의 육체는 소모된다. "새벽 풀에 맺힌 이슬처럼/ 우리의 표정도 우리에게서 떠난다." 시적 화자는 보편적 진리를 말하는 위치에서 인간은 모두 이런 법칙 아래 놓이게 마련임을 이야기한다. "마치 뜨거운 요리에서/ 열기가 떠나듯이." 차려 놓은 음식도 시간이 흐르면 열기가 식는다. 열기뿐만 아니라 향기와 맛까지도 사라진다. 우리는 우리에게서 떠난 것들, 젊음, 사랑을 다시 되돌릴 수 없다. 우리에게서 흘러 나간 것을 다시 퍼 담지 못한다. "오 미소여, 어디로 갔는가?" "미소"는 인간의 내부에서 흐르는 감정의 움직임에 출발점을 둔 것으로 우리 인간의 덧없음을 가장 상징적으로 보여 주는 표현이다. "오, 우러러봄이여: 심장의 새롭고, 뜨겁고, 사라지는 물결 — ;/ 아아, 우리는 **그런 존재들**," 우리가 우러러보는 새로 나온 심장의 물결도 사라진다. 시적 화자는 이 현실을 인정할 뿐이다. "우리는 **그런 존재들**." 겉으로만 그런 것이 아니라 무상성이 우리의 본질이다. "우리가 녹아 들어간/ 우주 공간에서도 우리 맛이 날까?" 우리가 밖으로 내보낸 본질을 혹시 천사들이 맛보진 않을까? "천사들은/ 정말로 제 것만, 제 몸에서 흘러 나간 것만 붙잡나,/ 아니면, 가끔 실수로라도 우리의 본질도 약간/ 거기에 묻혀 들어갈까?" 천사들은 자신의 아름다움을 발산하였다가 다시 자기 몸 안으로 받아들이니까 혹시 그때 우리의 본질도 살짝 묻어 들어가지 않을까, 시적 화자는 스스로에게 묻는다. 사실 이것은 가능성 없는 소망에 불과하다. 오히려 천사와의 거리감만을 드러낼 뿐이다. "우리는 천사들의 표정 속으로/ 임신한 여인들의 얼굴에 미생의 아기가 희미하게 떠오르듯/ 묻혀 들어갈까? 그들은 제 안으로의 귀환의 소용돌이/ 속에서 그것을 알아채지 못하리라. (어찌 알까.)"임신한 여인들의 얼굴에 미생의 아이가 모호하게 떠오르듯"은 아주 흥미로운 비유다. 아이와 엄마는 하나로 연결되어 있으니 충분히 가능한 이야기다. 이승과 저승이 하나로 연결되어 있다고 생각하는 화자 입장에서는 우주 공간에 던져져 있던 우리의 본질을 천사가 맛보고 그 표정을 짓지 않을까 기대하는 것이다.

"연인들은, 혹시 통하는 게 있다면, 밤공기 속에서/ 놀라운 말을 할 수 있으리라.""연인들은"이라는 표현은 '혹시 연인들이라면 사정이 다를까?'라는 가정을 내포하고 있다. 「제1비가」에서 이미 연인들은 밤과 결합된 존재들로 나온다. 연인들은 사랑하는 순간에 "서로가 삶과 의미로 가득 차 있고 하나이며 모든 것이기 때문에"(Guardini, 79) 평범한 우리와 달리 어쩌면 천사들의 말을 알아들을지도 모른다는 가정이다. "밤공기 속에서" 즉 밤의 깊은 어둠 속에서는 모든 대상성이 사라진다. 사물들의 경계가 희미해지고 신비스러운 분위기가 조성된다. 이런 분위기 속에서 연인들은 혹시 잘 통하여 천사의 말을 알아들을까? "우리에겐 모든 것이 비밀을/ 알려 주지 않으려 하니." 시적 화자는 일단은 연인들을 우리보다 높은 위상에 놓고 있다. "비밀"은 앞의 연인들의 "놀라운 말"과 연결되는 말이다. 연인들은 밤공기 속에서 혹시라도 서로 통하여 천사의 말을 알아들을 수 있겠지만 우리에겐 그것이 "비밀"처럼 들린다는 것이다. 우리 같은 보통 사람들에겐 이 세상 모든 것이 비밀일 뿐이다. 낯설고 신비롭게만 여겨진다. "보라, 나무들은 **존재하고**; 우리가 사는/ 집들은 여전히 서 있다." 나무와 집들 역시 무상성을 극복한 존재는 아니지만, 이것들은 우리보다 오래 남는다. 우리는 이것들 곁을 흔적도 남기지 못하고 지나칠 뿐이다. "우리는 다만 들며 나는 바람처럼/ 모든 것 곁을 지나칠 뿐이다." 사방에는 사물들이 그대로 서 있지만 우리의 존재는 사방팔방으로 새어 나가고 스러진다. 우리는 "들며 나는 바람처럼" 모든 것을 스치며 가진 것을 잃을 뿐이다. "그리고 모두 하나 되어/ 우리에 대해 침묵한다. 어쩌면 우리를 수치로 여겨서인지,/ 어쩌면 말로 다 할 수 없는 희망을 봐서 그런지 몰라도." "모두"는 지상의 만물을 뜻한다. 사물들은 마치 자기들끼리 편을 먹은 것처럼 우리에게서 나간 것이 무엇인지 우리에게 알려 주지 않는다. 어쩌면 우리를 창피하게 여기거나, 아니면 말할 수 없는 희망으로 여겨서. 그럼에도 모두 우리에게 "말로 다 할 수 없는 희망"을 걸고 있다. 우리는 스스로를 잘 알지 못한다. 결국 우리는 지상의 만물 앞에 "수치"와 "말로 다 할 수 없는 희망" 사이에서 흔들린다. 우리의 무상성을 보며 지상의 만물은 부끄럽게 여겨서인지, 아니면 우리에게 뭔가 형언할 수 없는 희망이 있어서 그런지 입을 다물고 있다. 궁극에는 우리 스스로 우리의 입으로 지상의 것에 대해 말해야 한다. 지상의 것에 의미를 부여하는 것은 결국 우리다.

"연인들아, 너희 서로에게 만족한 자들아, 너희에게 묻는다./ 우리에 대해. 너희는 껴안고 있다. 증거라도 있는가?" 연인들은 서로가 정신적, 영혼적으로 하나가 되어 있다. 연인들은 서로가 서로에게 중요한 존재이고 의지처가 된다. 우리 덧없는 존재들에게서 흘러 나가 사라지는 것들이 연인들에게서는 서로 상대방으로 흘러 들어가 녹아드는 것 같다. 이들은 규

칙적으로 주고받는 순환 속에서 서로에게 만족하며 완벽하게 하나가 된 존재다. 실제 그런가? 서로에게 진실한 하나라는 증거가 있는가? 연인들의 존재 상황에서 시적 화자는 인간 일반의 실존 상황을 유추한다. "보라, 나의 두 손이 서로를 알게 되거나,/ 나의 지친 얼굴이 두 손 안에서 쉴 때가/ 있다. 그러면 약간의 느낌이 온다." 얼굴을 가린 두 손의 메타포는 시에서 아주 중요하다. 연인들 사이의 사랑의 합일 과정을 시적 화자는 자신에게 전이한다. 각각의 두 손이 연인이 되어 사랑의 은신처를 마련해 준다. 삶으로 지치고 외로울 때 두 손은 서로를 위한 의지처가 되어 준다. 얼굴은 인간 존재에 대한 제유이다. 두 손에 얼굴을 묻고 있는 이 순간을 "약간의 느낌이 온다."고 즉 존재의 안정감을 느낀다고 시적 화자는 말한다. 무상함에서 잠시 떠나는 순간이다. "그렇다고 해서 누가 감히 존재한다 할 수 있으랴?" 그런 약간의 느낌이 온다고 해서 존재한다고 할 수 있는가? 현존재의 무상함은 연인들처럼 그런다고 멈출 수 있는 것이 아니다. "그러나 상대가 압도되어/ 이제 그만 — ; 이라고 간청할 때까지/ 상대방의 황홀감 속에서 성장하는 너희, 수확 철의/ 포도송이처럼 손길 아래서 더욱 무르익는 너희;" 연인들은 둘의 관계를 통해 더 높은 존재에 이른다. 황홀이라는 말은 정신적 매력을 뜻하고 이때 영혼은 초감각의 차원에 이른다. "그만"은 성취의 완성을 암시한다. "이제 그만" 다음의 줄표는 시적 화자의 멈춤을 표현한다. 연인들은 자신을 상대방에게서 발견한다. 한쪽이 압도적으로 감정을 받아 우위를 점해서 그 힘에 의해 스러질까 이들은 두려워한다. 시인은 "수확철의 포도송이" 비유로 연인 간의 사랑을 표현하고 있다. 손길이 닿을수록 포도송이는 황홀하게 익어 간다. "포도송이"는 사랑의 기쁨을 상징한다. 두 사람은 이때 세상을 잊는다. 최고 몰입의 경지다. "손길 아래서"는 사랑의 체험이 아주 웅축되어 반영된 구절이다. 사랑하는 연인은 사랑의 손길에서 더욱 풍요롭고 충만하며 "수확 철의 포도송이처럼" 붉게 타오른다. 포도송이가 손길의 보살핌을 받아야 잘 자랄 수 있듯이, 사랑의 엑스터시를 포도송이의 탱탱한 열매에 비유한 데서 에로틱한 이미지 구사를 읽을 수 있다. "상대방이 우위를 점하는 이유 하나만으로도 가끔/ 쇠락하는 너희:" 사랑 놀이 때에는 파트너들 사이에서 생성과 소멸이 함께 진행된다. 한쪽이 우위를 점하면 다른 쪽은 위축된다. 연인들이 사로잡혀 있는 이런 지속적인 흐름 때문에 시적 화자는 이들에게 인간적 존재의 지속성에 대해 다시 묻는다. "너희에게 묻는다, 우리에 대해." 이 문장이 두 번씩 반복되는 것은 연인들이 과연 우리 존재를 알고 있는지 시적 화자 입장에서 확답을 받고 싶은 것이다. 사랑하는 두 사람은 실제 우리 인간이란 무엇인지 더 잘 알까? 사랑은 인간이라는 수수께끼의 해답이 될 수 있는가?(Brück, 95) "나는 안다, 그처럼 행복하게 서로 어루만지는 까닭은/ 애무하는 동안 너희 연인들이 만진 곳이 사라지지 않고,/ 너희가 거기서 순수한 영속을 느끼기 때문임을." 애정 속에서 상대방을 확실히 알게 되기에 '너희는 행복하다.' '너희는' 그래서 무상성을 벗어났다고 생각한다. 사랑을 나누는 동안은 시간의 흐름이 멎는다. 이때 연인들은 영속감을 느낀다. 어루만지는 손길 아래로 영속의 강이 흐른다. 여기서 릴케가 탁시스 후작 부인에게 쓴 편지(1913년 12월 16일 자)는 많은 것을 이야기해 준다. "이 대목은 완전히 글자 그대로입니다. 사랑하는 사람이 손을 얹었던 곳은 사라짐, 늙음으로부터, 즉 우리의 본질의 거의 모든 사그라져 돌아감과 관련된 모든 것으로부터 그로써 벗어나는 것입니다. 한마디로 그 사람의 손길 아래서 영생하는 것이죠. 이 부분을 그대로 이탈리아어로 살려서 잘 이해가 되도록 번역하는 것이 문제입니다. 이 부분을 둘러서 표현하면 원래의 맛이 사라집니다. 안 그런가요? 저는 이 대목을 써 놓고 사실 너무나 기뻤습니다. 이렇게 표현해 낸 것이 말입니다." 이 대목을 릴케가 얼마나 아꼈는지 충분히 알 수 있다. "그리하여 너희들은 포옹으로부터 거의/ 영원을 기대한다." "거의 영원을 기대한다."는 영원을 기대하지만 실제로는 그렇지 못할 것임을 암시한다. 연인들의 꿈은 사랑의 영속이지만 현실에서 그것은 불가능하다. 연인들은 서로 접촉하는 가운데 무한성을 손에 쥔다. 자신에게서 흘러 나간 것이 상대에 가서 고여 서로에게 지속의 거처가 되리라 생각하고 무상성을 극복했다고 믿는다. 그래서 영원을 기대하는 것이다. "그리고 하지만, 너희가/ 첫 눈길의 놀람과 창가의 그리움, 단 한 번/ 정원 사이로 함께한 너희의 첫 산책까지 겪어 낸다면," "첫 눈길의 놀람"은 첫 만남에서 오가는 벼락 같은 사랑으로 첫눈에 반한 것을 뜻한다. "창가의 그리움"은 상대방을 애타게 그리워하며 기다리는 상황을 장소적으로 응축한 묘사다. "너희의 첫 산책까지"의 내용은 첫 만남의 전율과 창가에서의 기다림, 마침내 재회이며, 이것은 시적 화자의 직접 체험을 반영하는 내용이다. "그래도 너희는 그대로인가?" 사랑의 많은 단계를 거친 후 아직도 처음 그대로인지를 시적 화자는 묻고 있다. 이제 연인들의 존재는 어떤 상태인가? 이들은 사랑을 위해 많은 감정을 소모했으므로 애틋한 사랑의 관계가 그대로 유지되기 힘들다. "너희가/ 서로 입을 맞추고 ── : 꿀꺽꿀꺽 키스를

마시기 시작하면:" 상대방의 입술에 대고 음료를 마시듯 키스를 하는 순간부터 사랑의 재앙은 시작된다. 이어 바로 "행동", 서로에게서 몸을 빼는 행동이 기다리고 있기 때문이다. "오, 마시는 자는 얼마나 기이하게 그 행동에서 떠나고 있을까." 연인들이 키스를 나누는 순간 각자 이미 딴생각을 한다. 키스의 숨결을 나누던 사람은 그 행동에서 이미 떠나고 있다. '떠나고 있다'는 원문의 'entgeht'를 번역한 것이다. 하던 행동을 두고 마음속으로 그 자리를 뜨는 것을 의미한다. 릴케 고유의 방식으로 'entgehen'이라는 낱말 자체의 원래 형태를 염두에 두고 쓴 말이다. 즉 어느 상황에서 벗어나 '가 버리다', '사라지다'라는 의미이다. 사랑의 순간은 이내 사라지기 시작한다.

 "아티카의 묘석에 새겨진 사람의 몸짓의 조심스러움에/ 너희는 놀라지 않았는가?" 고대 아테네 시절에 만들어진 묘석에는 이별의 장면이 많이 새겨져 있다. 『두이노의 비가』를 쓰던 때인 1912년 1월 10일 자 루 살로메에게 쓴 편지에서 릴케는 나폴리에서 본 고대의 묘석을 두고 이렇게 말한다. "언젠가 나폴리에서 어떤 고대의 묘석 앞에 섰을 때 거기 묘사된 것보다 더 강렬한 몸짓으로 사람을 건드리는 것을 본 적이 없다는 느낌이 불쑥 들었습니다. 그리고 정말로 나는 손을 한 어깨에 살며시 올려놓음으로써 내 마음속에 쇄도하는 모든 것들을 어떤 상실이나 재앙 없이 그렇게 표현할 수 있다는 믿음을 갖게 되었습니다." 강요나 상실 없이 대상을 묘사하는 법에 대해 말하고 있지만 사랑을 상대에게 고요히 전하는 법을 안에 담고 있는 구절이다. "조심스러움"이라는 말 속에는 시인의 소망이 들어 있다. 인간의 몸짓은 본디 어떠해야 하는가? 이렇게 조심스러워야 한다. "사랑과 이별이, 마치 우리와는/ 다른 소재로 만들어진 듯, 그토록 가볍게 어깨 위에/ 걸쳐 있지 않았던가?" 이 연인들의 몸짓에는 강요가 없다. 어깨에 손을 살짝 올려놓는 것 이상의 몸짓은 포기한다. "가볍게"는 어떤 강요를 가하지 않는 것을 말한다. 상대에게 자신의 뜻을 받아들이라고 억지를 쓰지 않는 자세는 인간적 행위이면서 예술가의 마음 자세이다. "몸통 속에는 힘이 들어 있지만/ 살포시 놓여 있는 그 손들을 생각해 보라." 여기서 "몸통"의 원어는 'Torsen'이다. 이탈리아어로 인간의 몸의 본체를 말한다. 그러니까 힘의 중심지이다. 토르소는 보통 몸통과 근육질의 몸을 자랑하기 때문에 상당히 완력적으로 보인다. 이 와중에 역사(力士) 헤라클레스의 가벼운 손동작이 연상된다. 이것은 거친 힘을 제어할 줄 아는 자세를 이 인물들이 익혔음을 말해 준다. "절제된 이 인물들은 알고 있었으니, 거기까지라고," 연인들은 자신의 감정을 억제해야 한다. 상대에게 강요하지 말고 관계를 그냥 편히 두어야 한다. "이것이 우리 몫, 그렇게 살짝 어루만지는 것;" 이것이 하나의 인간으로서 시적 화자가 얻은 해답이다. "그러나/ 신들은 더 세차게 우리를 압박하니, 그건 신의 몫이다." 그러나 인간 위에 다른 존재들이 있어 이들은 인간들을 압박한다. 이들은 "신들"이다. 인간은 상대를 건드리는 순간 서로 불행에 빠진다. 초월적 존재로서 신들이라면 인간과 달리 "세차게" 자신의 힘을 발휘할 수 있다. 세계의 지배자로서 신들은 인간들의 운명을 좌우한다.

"우리도 순수하고 절제되고 좁다란 인간적인 것을,/ 그래 강물과 암벽 사이에서 한 줄기 우리의 옥토를/ 찾을 수 있다면 좋겠지," "순수하고 절제되고 좁다란 인간적인 것"은 침착하고 체념적이며 어떤 요구도 없이 조심스러우나 진정으로 우리의 본질에 속하는 것을 말한다. 장소로 치자면 이곳은 우리의 넘치는 감정을 숨길 수 있는 곳이다. 자기 절제는 모든 인류에 해당하는 덕목이기 때문에 "좁다란 인간적인 것"이라는 표현이 쓰였다. "한 줄기 우리의 옥토"는 우리 인간의 생활 영역이다. 그러나 이곳은 강물이 언제라도 범람할 수 있는 곳이다. 우리의 삶에서 절제가 필요한 이유다. 이 영역은 흐르는 것과 굳은 덩어리 사이에 위치한다. 그것은 정신과 물질 사이를 말한다. 흐름과 굳음 사이의 이러한 이상적인 중간 상태의 이미지는 릴케가 이집트 여행에서 가져온 것이다. "손댈 수 없을 정도로 물려 내려온 자연 풍경의 놀라움입니다. 그곳에는 강물의 신과 계속되는 황야 옆으로 빽빽하게 뭉쳐진 단호한 삶의 한 줄기가 흐르고 있습니다."(1911년 6월 27일 자 릴케의 편지) "우리의 마음은 여전히 우리를/ 넘어선다, 예전 사람들이 그랬듯이." "여전히"라는 말에서 "우리의 마음이 우리를 넘어"서는 것은 늘 있어 온 일임이 드러난다. 인간은 태생적으로 그런 존재인 까닭이다. 감정은 우리의 내면에서 넘쳐흘러 우리를 범람한다. 그러나 시적 화자는 범람하는 의지 가운데에서 자신을 찾기를 바란다. "예전 사람들"은 고대 사람들을 말한다. 예나 지금이나 사람들의 행동 방식은 변함이 없다. "우리는 우리의 마음을/ 달래 주는 그림을 통해 우리 마음을 더는 볼 수 없고, 또한/ 마음이 한결 누그러지는 신들의 몸을 통해서도 아니다." 고대 그리스인들은 그들의 마음이 그들을 넘어설 때 그것을 고귀한 그림들로, 즉 도시의 사원에, 철학자들의 생각 속에, 시인들의 시에다 수용했다.(Guardini, 88) 그런 그림을 통해서 우리 인간은 자신의 한없는 욕구를 다스려 왔다. 고대 그리스 시절에는 신화의 인물들이 절제나 좌절의 본보기를 보여 주어 인간이 가야 할 방향을 정해 주었다.(Brück, 123) 무한한 욕망의 마음을 신들을 통해서 보는 것을 말한다. 그러나 우리는 이 모든 것을 그대로 수행할 수 없다. 절제가 필요하다. 예전에는 이 과제를 신화가 수행했지만, 오늘날에는 시가 이 역할을 맡아야 한다. 흐르는 강물과 암벽 사이의 한 뙈기 밭에서 절제된 삶을 수행하는 것이 시인의 과제다.

「제3비가」에 대해서

「제3비가」는 1912년 초 두이노성에서 시작하여 1913년 늦가을 파리에서 마무리되었다. 시인 자신의 사랑, 기쁨, 고통 등 많은 직접적 체험이 마치 심리 분석의 대상처럼 녹아든 시 작품이다.

「제3비가」는 에로스의 장이다. 그 중심에는 한 젊은이가 있다. 상반되는 힘들, 즉 하늘과 땅, 빛과 어둠 등으로 상징되는 여러 요소가 이 마당에서 서로 대적하면서 한 편의 드라마를 선보인다. 무의식적 본능의 발로를 보여 준다. "하나는 사랑하는 여인을 노래하는 일. 또 하나는, 괴롭다,/ 저 숨겨진 죄 많은 피의 하신(河神)을 노래하는 일." 사랑하는 여인을 노래하는 것이야 어려울 것이 없다. 아름답게 노래하면 그만이다. 시적 화자의 입장에서는 노래를 부르는 것이 즐겁고 편하다. 이 "여인"은 뒤에 가서 순수한 인물로 등장하며 속성상 하늘에서 내려오는 별과 빛으로 규정된다. 여성적인 것으로서 초지상적인 존재로 이상화되어 있다. 이와 대응하는 것으로서 밑으로부터 올라오는 힘인 "피의 하신"이 등장한다. 이 힘이 순수한 정신의 힘보다 더 강력한 것으로 드러난다. "피의 하신"은 "죄 많은" 신이다. "죄 많은"이라는 표현에서 이 힘에 악마적이고 폭압적인 성향이 있음이 드러난다. "괴롭다,"는 두 가지 서로 반대되는 것을 노래해야 하기 때문에 나온 간투사다. "괴롭다"는 독일어 'wehe'를 번역한 것으로 다른 말로 하면 '슬프다' 또는 '아아' 정도가 될 것이다. 이런 언어적 흐름은 "피의 하신"을 말함에 있어 시적 화자가 상당한 고통을 느끼고 있음을 드러낸다. "피의 하신"은 온몸을 핏줄 속으로 흐르고 떠도는 불확정적이고 원초적인 어두운 충동과 폭력의 소유자다. "죄 많은"은 청년에게 성적인 역할을 부여하는 것을 말한다. "그녀가 멀리서도 알아보는 그녀의 청년은/ 욕망의 신에 대해 무엇을 알고 있을까." 너무나 친숙하여 거리가 멀어도 그녀는 자신의 애인을 금방 알아본다는 뜻으로 물리적, 정서적 거리감이 없음을 표현한다. "그녀의 청년"은 이번 비가의 중심에 위치하는 인물이다. 그를 둘러싸고 시적 화자의 진술은 전개된다. "욕망의 신"은 무의식의 영역에 속하는 존재로 청년은 이것을 제대로 인식하지 못하고 있다. "욕망의 신은/ 외로운 자에게서, 소녀가 달래 주기도 전에, 자주/ 그녀가 눈앞에 없는 듯, 신의 머리를 들어 올렸다." "신의 머리"는 남근을 상징한다. "외로운 자"는 청년을 말한다. 청년은 외롭고, 소녀는 지금 그 자리에 없다. 그를 달래 줄 수가 없다. 그때 내적 충동이 일어난다. 젊은이의 몸속에서 이 신은 머리를 쳐든다. 욕정은 젊은이가 알지 못하는 곳으로부터 오는 것처럼 묘사된다. "아, 미지의 것에 흠뻑 젖어, 밤을 끝없는 소용돌이로 몰고 가며." "아"라는 부르짖음은 젊은이가 피의 하신에게 맡겨졌음을 알려 준다. "미지의 것"은 방에 외로이 누워 있는 젊은이의 성욕을 자극하는 그 무엇 또는 그것의 산물인 정액 같은 것이다. 몽정을 연상시킨다. 이런 일은 "밤"이라는 시공간 속에서 벌어진다. "밤"이 청년의 외로움을 일깨워 어둠의 신과 접촉하도록 하는 매개 역할을 한다. "소용돌이"는 원어 'Aufruhr'를 번역한 것이다. "피의 하신"이 강이나 바다에 일으키는 소란을 의미하기 때문이다. "오 피의 넵투누스여, 오 무시무시한 삼지창이여./ 오 나선형 소라를 통해 그의 가슴에서 불어오는 어두운 바람이여." 앞서 나왔던 "하신"이 바다의 신이 되었다. "피의 넵투누스"라는 명칭에서 앞의 "피의 하신"의 확장임이 드러난다. "넵투누스"는 로마 신화에 나오는 해신(海神)이다. 그리스 신화의 포세이돈에 해당하며 사랑에 빠진 자아를 조정하는 에로틱한 무의식의 힘을 나타낸다. 넵투누스의 상징적인 표지는 삼지창과 소라고둥이다. "무시무시한 삼지창"은 남근을 연상시킨다. 넵투누스는 삼지창과 소라로서 자웅 동체의 성격을 갖는다. 세 번에 걸친 감탄사 "오"가 피의 하신이 재앙을 불러옴을 알려 준다. "나선형 소라"는 여성적인 것의 상징이다. "움푹하게 비워져 가는 바람의 소리에 귀 기울여라. 너희 별들이여," 앞의 "나선형 소라를 통해 그의 가슴에서 불어오는 어두운 바람"을 그대로 이어받아 "움푹하게 비워져 가는 밤의 소리"가 들려온다. 움푹 팬 공간 속으로 바람이 불고 소리가 난다. 내면에서 일어나는 성적 동요가 외적 이미지를 빌어 표현되고 있다. 넵투누스는 소라고둥을 불어 폭풍을 일으킨다. 이때 가슴의 공간 속으로 바람이 지나간다. 넵투누스가 폭풍을 일으켜 밤의 공간을 움푹하게 만들어 놓는다. 청년의 내면에서 일어난 바람이 우주 공간으로 확장되는 것이다. "어두운 바람"에는 굶주림의 이미지가 곁들여 있다. "움푹하게 비워져 가는 밤의 소리"는 무언가를 빨아들이려 한다. 이 공간 속으로 성적 합일이 이루어진다. "자기 애인의 얼굴을 향한 연인의 기쁨은 너희에게서/ 온 것이 아닌가?" "연인의 기쁨" 중 "기쁨"의 원어는 'Lust'이다. 앞에서는 "피의 하신"과 연결해서 이 낱말을 "욕망"으로 옮겼지만 이 대목에서는 애인의 얼굴을 바라보는 "기쁨"으로 보는 것이 좋다. 상대를 향한 욕망은 욕망이지만 별과 같은 순수한 여인을 바라보는 관점에서는 "기쁨"이 마땅하다. "별들"과 함께하는 순수함과 맑음을 대하는 자세이기 때문이다. "애인의 순수한 얼굴에 대한/ 그의 따뜻한 통찰은 순수한 별자리에서 온 것이 아닌가?" 이 구절에서 시적 화자가 소녀에 대해 어떤 이상화된 생각을 갖고 있는지 알 수 있다. "따뜻한"은 원문 'innig'를 전이된 의미로 번역한 것이다. 마음이 진실되고 포근한 즉 '진심 어린'의 의미이다. 이 낱말은 심장의 작용과 관련된다. '가슴속 깊이 느낀', '속 깊은'의 의미를 갖는다. "순수한 별자리"는 「제1비가」와 「제2비가」에서 언급된 이상적인 것을 표시한다. 별빛의 순수성은 "피의 하신"의 욕정과 뚜렷한 대비를 이룬다. 청년이 품은 욕망의 어두운 밤과 소녀의 맑은 별빛이 현격한 대조를 이룬다. "순수한 얼굴"과 "순수한 별자리"는 외적인 면모뿐만 아니라 내적인 가치로서의 정신적 순수성을 의미한다.

"그대도 아니요, 아아, 그의 어머니도 아니다,/ 그의 눈썹을 기대감으로 그리 구부려 놓은 것은." "눈썹"은 그 생긴 모양에서 밖을 내다보며 누구를 기다리는 장소로서의 창문턱과 유사하다. "눈썹"은 그 자체로 기대감에 대한 상징이다. 여기의 눈썹이 휘어지는 것은 성적인 것, 충동적인 것을 향한 열망의 표현이다. 꼭 여자가 있어서 성적 본능이 작동하는 것은 아니다. 이제 욕망의 성취를 향한 체험이 시작된다. "그대"는 소녀를 말한다. 이는 이어지는 "그를 느끼는 소녀여,"라는 표현에서 분명해진다. "그의 어머니도 아니다." 앞에서 소녀가 맡았던 역할이 이제는 "청년"의 "어머니"에게로 넘어간다. 어머니는 아이를 집어삼키는 섬뜩한 힘에 대항하여 아이를 보호하고 아이에게 활력을 주는 힘이다. "그대 때문이 아니다, 그를 느끼는 소녀여, 그대 때문에/ 그의 입술이 무르익은 표현으로 휘어진 것은 아니다." 사랑을 느끼게 하는 근원은 "소녀"나 "그의 어머니"가 아닌 다른 곳에 있다는 뜻이다. "무르익은 표현으로 휘어진 것"은 큰 의미를 품은 미소를 뜻한다. 뭔가 기쁨의 말을 하려는 찰나를 포착한 것이다. "그대는 정말로 하늘하늘한 그대의 모습이 그리 그를/ 흔들었다고 생각하는가, 새벽 바람처럼 걷는 그대여?" "새벽바람처럼 걷는 그대"의 "새벽바람"은 신선함을 주는 첫사랑의 신호로서 넵투누스가 일으키는 격정의 "어두운 바람"과 대비된다. 매력적으로 걷는 소녀가 "그"를 완전히 매료했다고 볼 수만은 없다. 시적 화자는 소녀에게 착각하지 말라고 경고한다. 더 깊은 무언가가 있다는 뜻이다. 소녀와의 만남이 청년의 마음을 뒤흔들기는 했지만, 그렇다고 소녀의 존재 하나만으로 그의 마음에 생긴 동요를 설명할 수 있을지를 묻고 있다. "새벽바람처럼 걷는 그대여?"라는 구절은 시적 화자가 소녀를 아주 청순하게 생각하고 있음을 알려 준다. 어두운 욕망과 달리 소녀는 청초한 별처럼 여겨진다. 그러나 하늘거리는 그녀의 모습 하나만으로 청년의 가슴에 소용돌이가 생겼을까? "그대는 그의 가슴을 놀라게는 했다." 시적 화자는 '그를 놀라게 했다'라고 하지 않고 '그의 가슴을 놀라게 했다'라고 말하고 있다. "가슴"을 에로스적 충동이 완전히 사로잡았음을 강조한 어법이다. "그러나 그대의/ 순진한 몸짓에 오래된 공포들이 그의 가슴을 덮쳤다." 소녀의 청초한 아름다움은 청년의 몸속에 내재된 충동을 풀어놓는 촉매제 역할을 할 뿐이다. 중요한 것은 원초적인 힘이다. "오래된 공포들"은 눈에 보이지 않는 다른 영역에 있는 충동이다. 시간상 인간의 무의식 속에 들어 있는 오래된 원초적 충동 층위를 말한다. 그녀의 몸짓이 오래된 공포를 그의 몸속에 풀어놓았다. "불러 봐라… 그대는 그를 어두운 교제에서 빼내지 못한다." 실제로 그녀의 눈빛과 몸짓에 그가 움직인 것이라면 그녀의 부름에 그는 서슴없이 달려올 것이다. 그리고 그녀와 완벽한 관계를 맺을 것이다. 그러나 실제 그러한가? "불러 봐라" 다음의 말줄임표는 약간 조롱의 음조를 담고 있다. 불러내 보려고 해 봐야 소용없다는 뜻이다. 낯선 힘에 지배를 받는 것, 즉 성적 충동에 휩싸이는 그를 완전히 막지는 못한다는 말이다. "물론 그는 **도망치려** 하고 도망친다;" 고딕체로 강조한 것은 실제 그렇게 하고 싶으나 젊은이는 그러지 못한다는 것이다. 도망쳐 보나 실제 도망은 불가능하다. "그는 한결 편해져/ 그대의 은밀한 가슴에 적응하여 자신을 찾고 자신을 시작한다." 소녀와의 접촉으로 청년은 자신을 찾는 계기를 마련한다. 소녀가 청년을 위한 보호처 역할을 해 주기 때문이다. 먼저 보호를 받아야 그 힘을 바탕으로 자기 자신을 찾을 수 있다. 그녀의 가슴이 그에게는 새로운 삶의 은닉처가 된다. "은밀한"은 'heimlich'를 옮긴 것이다. 'Heim'이 '집'을 뜻하므로 소녀가 청년에게 집 역할을 하게 되는 것이다. 애당초 그는 자신을 소유한 적이 없다. 자신을 갖기커녕 늘 남의 것이었다. 자신의 내부에서 들끓어 오르는 근원적 욕망의 손아귀에 들어가 있었다. 이제 자신을 손에 움켜쥐고 자신을 시작한다. "그러나 그는 사실 스스로를 시작한 적이 있는가?" 그는 누군가의 도움이 있어야 충동의 손아귀에서 벗어나 자신을 찾을 수 있다. 스스로 그 일을 해낸 적이 없다. 그는 감정에 있어 독립적이지 못하다. "어머니, **당신**은 그를 작게 만들었어요, 그를 시작한 것은 당신입니다." 앞에서 나왔던 소녀의 역할이 어머니의 역할로 바뀐다. 앞에서의 "청년"이 이제는 아이가 된다. 성적인 역할이 나이와 상황에 따라 변한다. 그것을 묘사하기 위해 시적 화자는 소녀를 어머니로, 청년을 아이로 바꾸어 놓고 있다. 거꾸로 추적하는 것이다. "당신은 그를 작게 만들었어요."라는 구절을 눈여겨볼 필요가 있다. 어법이 상당히 어린아이 같은 데가 있다. 그만큼 시적 화자의 서술은 어린아이의 눈높이에 맞추어져 있다. 실제 아들의 존재를 가능케 한 것은 어머니다. 다음 문장 "그를 시작한 것은 당신입니다."를 보면 어머니가 있어서 아들이 존재하게 되었다는 의미이다. 직역을 하면 상당히 이상하나 릴케는 이미 그것을 의식하고 과감하게 축약한 어법을 구사한다. 언어를 완전히 초보적인 의미로 구사하여 시어에 새로운 강도를 부여하는 릴케식 어법을 우리는 여기서 다시 확인하게 된다.(Guardini, 101) 이런 어법을 우리는 릴케의 시나 산문을 읽다가 종종 만나게 된다. 릴케는 신에 대해 생각하며 자신과 신의 관계를 꾸려 나간다는 의미로 "우리는 신을 시작하는 것입니다."(1903년 12월 23일 자 릴케의 편지)라고 말한다. "그를 시작한 것은 당신입니다." 사랑의 만남을 통해 그리고 분만을 통해 그의 개인적인 삶은 시작된다. "당신에게 그는 새로웠고, 당신은 그의 새로운 눈 위에 친근한/ 세계를 둥글게 드리워 놓고 낯선 세계가 다가오지 못하게 했지요." 그러나 늘 새로운 존재인 아들을 어머니는 어떻게 대했는가? 이미 앞에서부터 시적 화자는 "당신"을 강조하여 그의 세계가 제대로 성장하지 못한 책임을 어머니에게 묻고 있다. 보호막을 쳐서 낯선 것을 배척하고 익숙함의 길로만 안내하려 한 책임이다. 가림막을 치는 첫 작업은 어머니가 허리를 굽혀 아이의 눈을 바라보는 것에서 시작한다. "새로운 눈"은 아이가 아직 세상의 사물들을 파악하는 데에 익숙하지 않다는 뜻이다. 아

직은 세상이 서먹서먹하다. 그런 아이의 눈에 어머니의 존재
는 친근하기만 하다. 배 속에서부터 함께 나누어 온 존재라 둘
은 하나라는 느낌을 갖고 있다. 이 친근함의 파리채로 어머니
는 낯선 모기들을 쫓아 준다. "낯선 세계"는 그의 영역 바깥
에 있게 된다. 배 속의 분위기, 즉 포근함이 지금까지는 지속
된다. "아, 당신의 호리호리한 몸 하나로 그를 위해 혼돈의 파
도를/ 너끈히 막아 주던 그 시절은 어디로 갔나요?" "혼돈의
파도"의 원어는 'wallendes Chaos'이다. 카오스 자체에 창조적
인 혼돈의 의미가 있으니 아들에게 세계의 본래 모습을 보지
못하게 어머니가 막아섰다는 뜻도 되고, 세상의 안 좋은 것들
로부터 아들을 보호해 주었다는 의미도 된다. "호리호리한 몸"
은 "혼돈의 파도"와 대비된다. 앞에서 나왔던 소녀의 하늘하늘
한 몸짓과 비슷하다. "당신은 그에게 많은 것을 숨겼지요; 밤
이면 미심쩍은/ 방들을 무해한 것으로 만들었고, 은신처 가득
한 당신 가슴에서/ 더욱 인간적인 공간을 꺼내서 그의 밤 공
간에다 섞어 넣었지요." 어린 시절의 밤은 두려움의 공간이다.
밤의 공간은 '의심스러운 것들'로 가득 찬다. 이 공간은 모호하
고 위험스럽다. "무해한 것으로 만들었고,"는 어머니가 끔찍하
고 섬뜩한 것들을 덜어 냈다는 뜻이다. "은신처 가득한 당신
가슴"은 시적 응축미가 돋보이는 구절이다. 두려움으로부터 포
근하게 품어 주는 어머니의 마음이 저절로 연상된다. 무서움
의 공간을 어머니는 "더욱 인간적인 공간"으로 변화시켜 놓는
다. 어머니의 가슴속에는 인간적인 향료 같은 것이 들어 있어
서 어머니는 그것을 꺼내 아들의 어두운 가슴의 방을 환히 밝
혀 준다. "당신은 어둠 속이 아니라, 그래, 언제나 당신의 삶 근
처에/ 야간 등을 켜 놓았고, 등불은 다정하게 빛을 던졌어요."

151

어머니는 등불을 가져다가 어둠 속이 아니라 탁자 위에 올려 놓았다. 여기부터가 문제의 부분이다. 어머니는 아들이 겪는 어둠을 고쳐 주는 것이 아니라 무마용으로 등불을 자기 근처에만 놓았다. 아들이 직접 해결하는 것이 아니라 이런 어머니의 개입은 아들에게 심각한 결과를 가져온다. 어머니는 아들이 겪어야 할 원초적 감정을 모두 순화하고 무해하게 만들어 버렸다. "어디서 삐거덕 소리가 나든 당신은 미소 지으며 설명해 줬지요," 원문은 직역하면 '어디서 삐거덕 소리가 나든 당신이 미소 지으며 설명하지 못할 소리는 없었다'이다. 밤에는 이곳저곳에서 삐거덕 소리가 들려온다. 그때마다 아이는 두려움에 몸을 움츠린다. 그리고 '저게 뭐야?' 하고 묻는다. 그러면 어머니는 상냥하게 미소를 띠며 아무렇지도 않게 무마하는 설명을 해 준다. 아이는 한결 마음이 놓인다. "마루가 언제쯤 소리를 낼지 미리 알고 있는 것 같았어요..." 어머니는 때맞추어 답을 준비했다가 아이를 안심시키는 말을 해 준다. "언제쯤" 마루가 삐거덕 소리를 낼지 미리 알고 있는 것처럼. 아이는 어머니의 설명을 듣고 마음 편히 잠이 든다. "그리고 그는 귀 기울였고 안심했지요." 아들은 모든 두려움을 떨어 냈고, 가슴속에 일던 두려움도 잔잔해졌다. "안심했지요."의 원어는 'linderte sich'이다. 'lindern'은 앞에서 소녀가 청년을 '위로해 주다'의 뜻으로 쓰인 바 있다. 청년과 아이의 긴장을 풀어주는 의미에서 소녀와 어머니가 맡은 역할은 유사하다. "당신은 자리에서 일어나/ 다정스레 이리 많은 것을 해냈어요;" 이 부분이 뒤의 문장들을 좌우한다. 즉 어머니는 자리에서 일어나 아들을 위해 보호자 역할을 톡톡히 해낸다. "그의 운명은 외투를 걸친/ 큰 모습으로 옷장 뒤로 걸어갔고, 그리고 그의 불안한 미래는/ 금세 구겨지는 커튼 주름 사이로 몸을 숨겼어요." "큰 모습으로"라는 구절을 보자. 어린아이는 이제 성장한 모습을 하고 있다. "그의 운명"을 이야기할 때가 되었다. 그의 운명은 우뚝 선 채로 그를 내려다본다. 외투를 입어 속 모습이 잘 보이지 않는다. 어머니가 일어나 다가가자 운명은 슬쩍 자리를 피한다. 그러나 운명은 "옷장 뒤로" 갔을 뿐 완전히 사라진 것은 아니다. 언제 다른 옷을 입고 나타날지 모른다. 그의 앞에 놓인 것은 미래다. 불안한 미래다. 어머니가 자리에서 일어서자, 그의 미래는 이 구겨진 커튼 틈으로 몸을 일단 숨긴다. 커튼 뒤로 숨은 미래의 모습은 보이지 않는다. 그러나 커튼의 주름이 구겨지며 펄럭일 때마다 그의 불안한 미래는 언뜻언뜻 모습을 드러낸다. 그래도 아이는 일단 평온한 마음으로 잠이 든다. 일시적 안정이다. 앞으로 다가올 운명의 알 수 없는 얼굴은 가려져 있다.

　"그리고 이제 안심하고 잠자리에 누워 그가/ 졸린 눈꺼풀 속으로 당신의 섬세한 모습의/ 달콤함을 녹이면서 천천히 잠들 때면 ─: 그는/ 자신이 보호받는 것 **같았지요**..." "당신의 섬세한 모습의 달콤함을 녹이면서"는 상당히 감각적인 표현이다. 어머니가 주는 잠은 이런 사탕 맛을 갖고 있다. 반쯤 잠이 든 상태에서는 이것을 느낄 수 있다. 어머니라는 생각, 어머니의 존재 자체 내에 이 같은 달콤함이 들어 있다. 아이가 어머니의 도움으로 불안을 어떻게 덜어 내고 잠을 청하게 되는지 잘 묘사하는 구절이다. 말줄임표는 시적 화자가 많은 사념 속에 있음을 알려 준다. 스스로 잘 아는 소년의 과거이기 때문이다. 이미 위험 속에 있으면서 겉으로는 안전한 척하는 것에 대한 생각이다. 일시적인 안정은 영원할 수 없고, 터질 둑은 터지게 마련이다. "보호받는 것 같았지요..."라는 표현 속에 이미 폭풍 전야의 불안감이 들어 있다. "그러나 그의 내면에서는:/ 누가 그의 내면의 혈통의 홍수를 막거나 돌릴 수 있을까요?" 드디어 터질 것이 터졌다. 앞에서 안도의 한숨을 쉬며 잠든 아이는 어머니의 힘으로 막을 수 없는 홍수 앞에 서게 된 것이다. "혈통의 홍수"는 아이의 내면 깊은 곳으로부터 터져 나온다. 아이가 직접 접하지 않은 종족의 오랜 과거가 묻어 나온다. 이 무의식 아래쪽 깊은 곳까지는 어머니의 사랑이 미치지 못한다. 어머니는 현재의 표면에 존재하는 의식이기 때문이다. "아, 잠든 아이에게 경계심이란 **없었어요**; 자면서, 그러나 꿈꾸면서,/ 그러나 열병에 걸려서: 그는 얼마나 빠져들어 갔던가요." "자면서, 그러나 꿈꾸면서"는 어릴 때 겪는 꿈속의 섬뜩한 세계를 묘사한다. "그러나"가 잠만 편안하게 자는 것이 아니라 꿈을 꾸고 있다는 이야기를 끌어내고 있다. 닥쳐오는 것들에 완전히 자신을 내맡긴 결과 소년은 "열병"을 앓는다. 열병은 의식의 보초들의 눈을 피해 야수처럼 다가와 그를 짓밟고 지나간다. 그는 충동과 본능의 파도가 가지고 노는 공에 불과하다. "잠든 아이"는 혼자다. "잠든" 이상 의식이 손을 쓸 수 없다. "신출내기이자 멈칫거리는 자인 그는 그 얼마나/ 내면의 사건의 뻗어 가는 덩굴손에 얽혀 있었던가요." "신출내기"라서 이쪽 길은 처음이다. 얼마 전까지만 해도 어머니의 품 안에서 놀았지만 어머니의 사랑이 통하지 않는 길로 걷고 있다. 꿈속에서 걷는 무시무시한 길이다. '청년'은 "멈칫거리는 자"다. 익숙하지 않은 어둠의 영역으로 들어가는 까닭이다. "내면의 사건"은 소년의 가슴속에서 벌어지는 일이다. 그 가슴속은 깊은 수

렁이다. 이 수렁은 늪이라서 소년이 발을 디딜 때마다 더 빠져든다. 이제 그를 얽어매 끌고 가는 것은 어머니가 아니라 덩굴손, 즉 성적 본능이다. 인간적인 것은 사라지고 식물이 지배한다. 사람을 옴짝달싹 못 하게 하는 덩굴은 내면에서 손을 뻗어 의식과 행동을 온통 친친 동여매는 강압적 본능과 같은 것의 상징이다. "문양을 이루며, 숨 막힐 듯 자라며, 짐승처럼 내달리는 모양으로." 당초문 같은 문양을 이루며 덩굴손들은 뻗어 나간다. 이 덩굴손에 삼켜져 소년은 이제 한 인간으로서의 개성을 잃고 이 당초문양의 한 부분이 된다. 묘사가 문양에서 살아 있는 식물로, 식물에서 내달리는 짐승으로 점층적으로 진행된다. 소년의 내부에서 진행되는 성적 충동의 흐름을 표현한 것이다. "그는 얼마나 몰두했던가요 —. 그는 사랑했어요./ 그는 자신의 내면의 것을 사랑했어요, 내면의 황야를,/ 내면의 원시림을 사랑했어요." 두려움을 가득 느끼면서도 꿈을 꾸는 소년은 이런 분위기를 좋아한다. 그는 결국 충동에 완전히 자신을 내맡긴다. "내면의 황야"나 "내면의 원시림" 같은 이미지는 웅장함을 뽐낸다. "그의 심장은 쓰러진 말 없는/ 거목 위에 연둣빛으로 놓여 있었지요." 거목들은 곳곳에 쓰러져 죽어 있다. 그러나 이들 거목 중의 하나 위에 그의 심장이 연둣빛으로 놓여 있다. "연둣빛"은 소년의 심장 즉 감정의 센터가 아직 젊음을 뜻한다. 원시림에서 이미 넘어져 썩어 가는 전대의 나무들에서 새로운 싹이 나오듯이 "연둣빛"이라는 말이다. "그는/ 그곳을 떠나 자신의 뿌리를 지나서 울창한 근원을 향해 갔어요," 소년은 자신의 생성의 길을 거슬러 올라가고 있다. 시간상으로는 과거로 회귀하고 있는 것이다. "울창한 근원"은 그의 무의식의 숲을 말한다. "그곳의 그의 작은 탄생을 지나갔어요."

이 울창한 근원에서 "그의 작은 탄생"이 있었다. 근원의 울창한 숲에서 "그"가 태어났기 때문에 울창한 근원이 소년보다 훨씬 나이가 많은 것은 당연하다. 뭔가 모를 근원의 힘은 그곳을 지나 그를 점점 더 시원의 어두운 계곡으로 이끈다. 소년의 방랑은 계속된다. "사랑하는 마음으로/ 그는 더욱 오래된 피를 향해, 깊은 계곡을 향해 내려갔습니다," 계곡을 향해 내려가는 것은 자신의 원천을 탐색하는 과정이다. 소년은 깊고 깊은 피의 계곡으로, 심연으로 한 걸음 한 걸음 내려간다. 더 오래된 종족의 뿌리를 향해 가는 것이다. 혈통의 흐름이므로 "더욱 오래된 피를 향해"라고 분명하게 언급된다. "피"를 기반으로 한 내면의 풍경이 전개된다. "그곳엔 무서운 것이 아버지들을 먹고 배불러 누워 있었어요." 여기의 "무서운 것"은 생명을 만들어 내고 삼키는 본능적 쾌락이다. 이 무서운 것이 조상들을 소모시켰음을 뜻한다. "무서운 것"은 독일어 원어 'das Furchtbare'를 옮긴 것이다. '괴물'이나 '마귀' 같은 구체적인 지칭 없이 "무서운 것"이라고 한 것은 뒤에 나오는 "경악스러운 것"과 함께 어떤 분위기까지 포함하려는 의도로 보인다. 구체적 대상을 지칭하지 않고 추상화함으로써 이해와 수용의 폭은 사뭇 확장된다. "그리고 끔찍한 것들 하나하나가 그를 알아보고,/ 눈짓을 보내며, 서로 알았다는 표정을 지었습니다./ 그래, 경악스러운 것이 미소를 지었어요…" "미소"는 소녀에게서도 나오고 어머니에게서도 나오고 끔찍한 것에게서도 나온다. "미소"만을 놓고 보면 시적 화자에게 착한 존재냐 악한 존재냐의 구별이 없음이 드러난다. 괴물, 마귀처럼 끔찍하고 경악스러운 것 역시 아름다움과 선의 한 부분이기 때문에 그것을 보고 미소를 보내고 사랑하지 않을 수 없는 것이다. 그런데 여기의 경악스러운 것은 성적 충동과 관련된 본능이다. 본능은 인간에게 자연스러운 것이다. 이것에 대한 사랑이 소녀나 어머니에 대한 사랑보다 근원적으로 훨씬 먼저다. 그렇기 때문에 이 사랑은 더 근원적이다. 아이가 태어나기 전의 근원적 영역이다. 이곳은 하나의 개성이 녹아 사라지는 보편의 장소다. "당신은,/ 그렇게 다정스레 미소 지은 적이 없어요, 어머니. 그 끔찍한 것이/ 그에게 미소를 보내는데, 그가 어찌 그것을 사랑하지 않겠어요." "그에게 미소를 보내는"이라는 구절을 보면 이 시의 화자는 소년이 아니다. 시적 화자가 소년의 행동을 묘사하고 있다. "끔찍한 것"은 충동적인 생활력의 위협을 뜻한다. "끔찍한 것"이라는 표현에서 이 대상들과 소년의 거리감이 엿보인다. 그는 신출내기이기 때문이다. 이 표현은 천사와의 거리감 표현과 함께 충동적인 "피의 하신"과의 거리감 표현에도 쓰인다. "당신을 사랑하기에 앞서 그는 그것을 사랑했어요. 당신이 그를 가졌을 때/ 이미 그것은 태아를 뜨게 하는 양수 속에 녹아 있었으니까요." 어머니에게 길이 들기 전에 본능과 쾌락이 먼저 있었다. 아이는 그쪽에 자연히 끌린 것이다.

"보라, 우리는 꽃들처럼 기껏해야 1년만/ 사랑하지 않는다." 첫 구절부터 시적 화자는 다시 소녀에게 말한다. 이제는 사랑이라는 말이 꽃과 결합되어 나온다. 꽃의 특성은 오래가지 못한다는 것이다. "그러나 우리가 사랑할 때면/ 태곳적 수액이 우리의 양팔을 타고 오른다." 꽃과 다른 인간의 이미지가 전개된다. 인간은 나무가 되어 양팔을 뻗고 서 있다. 그래서 "사랑할 때면 태곳적 수액이 우리의 양팔을 타고 오른다." 나무는 한곳에 서서 뿌리에서 일어났던 일, 일어나는 일을 그대로 받아들인다. "수액"은 모든 과거사가 응축되어 있는 정수다. "오 소녀여,/ 이것: 우리 내면에서 단 하나의 것이나 미래의 것이 아니라/ 무수히 끓어오르는 것을 사랑하는 것;" 소녀에게 하는 권유의 말이 독특하다. 소년은 결국 소녀를 사랑한 것이 아니다. 그것은 표피적 사랑일 뿐이다. 겉으로 드러난 아름다운 외모가 아니라 그가 여기서 사랑하는 것은 뭔가 어둡고 컴컴하고 섬뜩한 것이다. "단 하나의 것"이라는 표현처럼 우리가 사랑할 것은 특정한 하나의 존재가 아니며 또 "미래의 것"이라는 말이 보여 주듯 또 우리가 사랑해야 할 것은 사랑으로 낳아서 키울 하나하나의 자식이 아니라는 의미이다. 오히려 우리가 사랑해야 할 것은 "무수히 끓어오르는 것"이다. 시적 화자는 이런 성적 본능의 근원적 특성을 '끓어오른다'고 표현하고 있다. "낱낱의 자식이 아니라/ 산맥의 잔해처럼 우리의 가슴 밑바닥에서/ 쉬고 있는 아버지들을 사랑하는 것;" 보통 자연스럽게 앞으로 자라나 꽃 피어날 자식을 사랑하는 것이 아니라 "아버지들"을 사랑하는 것은 사랑의 방향이 역전된 현상이라 할 수 있다. 게다가 이 "아버지들"은 "산맥의 잔해처럼 우리의 가슴 깊은 밑바닥에서/ 쉬고 있"다. "한때의 어머니들의/ 메마른 강바닥을 사랑하는 것 ── ;" 이 어머니들은 "한때의 어머니들"이다. 과거에 자신의 역할을 해낸 어머니들이다. 그리고 이 어머니들 자체를 사랑하는 것이 아니라 "어머니들의/ 메마른 강바닥을 사랑하는 것"이다. 추측할 수 있듯이 "어머니들의 메마른 강바닥"은 남자의 씨앗을 품어 성장시켜 주는 밭의 역할을 하는 자궁이다. 강물은 생명의 씨앗으로서의 남자의 정액임이 드러난다. 근원에 대한 소년의 사랑은 아버지들과 어머니들의 존재를 구분하지 않는다. "구름 끼거나/ 아니면 맑은 숙명 아래 펼쳐진 말 없는 자연 풍경 전체를/ 사랑하는 것 —: 이것이, 소녀여, 너보다 앞서 왔다." 젊은이는 운명의 굴레를 벗어날 수 없다. 이것은 '아버지들의 폐허'와 어머니들의 "메마른 강바닥"의 결과다. 소년은 소녀와의 사랑에서 이어질 앞으로의 세계를 사랑하는 것이 아니라 "말 없는 자연 풍경 전체를 사랑하는 것"이 중요하다고 본다. 그런데 자연 풍경은 우리가 일상에서 보는 자연 풍경이 아니다. 그것은 우리 내면 깊은 곳에 자리 잡은 풍경이다. 때로는 좋았지만 때로는 불행했던 것들의 집합체다. 이것을 시적 화자는 "구름 끼거나/ 아니면 맑은 숙명 아래 펼쳐진 자연 풍경 전체"라는 인상적인 비유를 통해 말한다. 그런데 문면에서 보듯 이 하늘은 "숙명"으로 규정되어 있다. 이 숙명이 때로는 구름을 몰고 오고 때로는 햇살을 비춰 주는 것이다. 이런 숙명의 하늘도 아버지들, 어머니들과 함께 태곳적 폐허에 묻혀 있다. 이것에 대한 사랑이 "소녀여, 너보다 앞서 왔다."고 시적 화자는 말한다.

"그리고 너, 너 자신은 무엇을 알고 있는가 —," 소녀는 이 과거에 대해 아주 희미하게 알고 있을 뿐이라고 시적 화자는 추측한다. "너는/ 네 애인 속의 태곳적 잔해를 마구 휘저어 놓았다." 소녀는 애인의 내면에서 쉬고 있는 태곳적 잔해들을 마구 흔들어 깨웠다. 소녀를 만나지 않았으면 소년의 내면은 그냥 잠들어 있었을 것이다. 소녀가 사랑하는 한 남자를 만나, 둘의 느낌과 생각이 서로 교차할 때면 그것은 단순히 소녀와 청년의 만남이 아니라 두 사람의 과거와 인간적 본질이 서로 마주치는 것이다. "죽어/ 일그러진 존재들로부터 어떤 감정이 들끓어 올라왔는가." "죽어 일그러진 존재들"은 개별적 인격이 녹아서 원천으로 회귀한 상태라서 보통의 인간처럼 분명한 형체를 갖지 못하고 흐물흐물한 모습이다. "어떤 감정"은 여러 가지가 뒤섞인, 섬뜩한 것이다. 이 감정은 "들끓어" 오르는 감정이다. 원어는 'wühlen'으로 이는 무언가를 헤집어 놓는 것을 말한다. 가만 두면 죽은 척 있을 것을 누군가가 부지깽이 같은 것으로 휘저어 요동치게 만든 것이다. "어떤/ 여인들이 그곳에서 너를 미워했는가." 소녀는 과거의 여인들이 했던 역할을 떠맡고 그로 인해 이 여인들에게 미움을 받는다. 이 여인들이 다가와 소녀에게 질투심을 폭발시킨다. "젊은이의 핏줄 속에서/ 너는 어둠 속에 묻힌 어떤 남자들을 깨워 놓았는가?" 소녀는 남자의 핏줄 속에 들어 있는 남성성을 일깨워 놓는다. 이 "남자들"은 부정적이고 폭력적이다. 충동적이며 어둡다. "죽은/ 아이들은 너에게 가려고 했다..." 죽은 아이들은 왜 소녀를 찾는가? 그것은 새로운 생명에 대한 소망 때문이다. 예전에 세상에 나왔던 아이들은 소년의 내면에 존재하는 남자들 세대를 통해 소녀와 접촉하고 소녀를 그들의 새어머니로 본다. 소년과의 사랑으로 소녀는 소년의 내면에 죽은 자들과 충동으로 가는 문을 열어 놓은 것이다. "가려고 했다" 다음의 말줄임표에서 보듯 시적 화자는 잠시 생각한 후 소녀가 해야 할 일을 정해서 말한다. 소녀는 자신이 가진 힘을 써서 소년을 이끌어야 한다. "오 부드럽게, 부드럽게,/ 그를 위해 사랑스러운 일과를, 신실한 일과를 시작하라, ─ " 시적 화자는 소녀에게 소년을 위해 새로운 날을 시작하라고 주문한다. 그것의 핵심은 베풂에 있다. 현재로서는 작은 일이지만 소년의 미래를 위해서는 큰일이다. 일상에서 당연시되는 일이 큰 역할을 하는 것이다. 이것에 대한 깨달음이 중요하다. "그" 즉 젊은이는 안에서 들끓는 성적 충동으로 위험한 상태에 있다. 이때 소녀의 도움이 필요하다. 그리 어려운 일은 아니다. 젊은이에게 사랑을 베푸는 일 즉 "신실한 일과"는 소녀의 마음에서 우러나는 것이어야 한다. 소녀는 낮에는 그를 위해 삶을 유지하는 일들을 다정하게 수행한다. 낮에 할 일을 열거한 뒤에 시적 화자는 줄표를 통해 잠시 말을 멈추고 생각에 잠긴다. 그사이에 소녀가 밤에 해야 할 일을 떠올린다. "그를 정원으로 인도하여 그에게 넘치는 밤들을/ 베풀어라......" 정원은 야생이 아니다. 정원은 인간의 생각이 이상적인 것을 염두에 두고 만들어 낸 꽃피는 공간이다. 인간과 자연이 조화를 이룰 수 있는 곳이다. 정원은 앞에 나왔던 원시림과 달리 의식적으로 만들어진 공간이다. 자연의 무한대함이 이곳에서는 통제 가능하다. "그에게 넘치는 밤들을 베풀어라......"라는 구절을 과잉되게 해석할 필요는 없다. 여기의 "넘치는 밤들"은 활력은 넘치지만 선을 넘어서는 그런 방종이 아니다. 정원의 절제된 사랑으로 충동적이며 파괴적인 본능적 에로스에 대항하여 '밤들의 우세'(넘치는 밤들)로 무게의 균형을 맞추라는 뜻이다. "밤들을 베풀어라"라고 한 다음에 다시 말줄임표로 점 여섯 개가 이어진다. 시적 화자는 잠시 생각에 잠긴다. 많은 점을 위치시킨 것은 생각의 깊이와 길이를 뜻한다. 이윽고 시적 화자는 깊은 숨을 몰아쉬면서 명령문을 말한다. "그를 자제시켜라......" 「제3비가」의 마지막은 별도의 한 행으로 끝난다. 문장도 한 행의 중간에 배치되어 있다. 사랑의 지속을 위해서는 젊은이의 욕망을 다스려야 한다. 영원한 사랑은 대상과의 거리감을 통해 가능하다. 「제2비가」의 마지막 연이 "순수하고 절제되고 좁다란 인간적인 것"에 대한 그리움으로 시작한 것처럼 「제3비가」 역시 순수하고 절제된 것,

인간적인 것에 대한 노래로 끝난다. 말줄임표 여섯 개가 만들어 내는 한숨과 함께 그 말은 무한대를 향하여 메아리로 잦아든다.

「제4비가」에 대해서

「제4비가」는 1차 세계 대전이 한창이던 1915년 11월 22일에서 23일 사이에 뮌헨에서 쓰였다. 『두이노의 비가』는 각 비가가 느닷없는 외침으로 시작되는 경우가 많다. 「제1비가」는 속으로 삭이는 시적 화자의 울부짖음으로 시작된다. 이런 갑작스러운 외침 앞에 독자는 당혹감과 함께 생각에 잠기게 된다. 이번에는 "생명의 나무들"에게 시적 화자는 묻고 있다. "오 생명의 나무들이여, 오 언제가 겨울인가?" 생명의 나무는 쉼이 없다. 그래서 겨울이 언제인가를 묻고 있다. "생명의 나무"는 신화적 상징으로 전 우주를 뜻한다. 시적 화자는 "우리"를 이야기하기 전에 우주적 차원에 대해 말함으로써 대비의 배경을 만들고 있다. 인간 존재의 약점이 "생명의 나무"라는 큰 배경 앞에서 확연히 드러나는 것이다. "우리는 하나 되지 못하고 있다." 우리는 찢긴 상태로 모순 속에 살고 있다. 우리 인간은 삶과 하나 되지 못하고 있다. 그것은 인간이 갖고 있는 의식에서 오는 결함이다. 인간의 의식은 과거에의 집착을 낳고 거기서 불안을 낳으며 모든 것을 그 자체로 자연스럽게 보지 못하게 만든다. 인간은 늘 투사하는 사유 방식에 사로잡혀 있다. "우리는 철새 떼처럼/ 서로 통하지 못한다." 철새는 계절이 바뀌면 떠난다. 철새들은 언제 출발해야 할지 잘 안다. 본능으로 이미 서로 잘 통하고 있다. 철새는 주변 환경과 하나 되어 움직인다. 주변 환경의 변화와 이에 대한 인지, 생체적인 필요성이 일체가 된다. "우리"는 "철새 떼들"에 비해 단점이 두드러진다. 인간들은 알맞은 소통의 구조를 갖고 있지 못하다. 이와 같은 소통의 결함은 우리가 우리 존재와 제대로 하나 되지 못하고, 다른 사람들, 세계와도 하나 되지 못한 데서 온다. "너무 앞서거나, 뒤처져 가다가/ 갑자기 바람에 맞서 치근대다가/ 무심한 연못으로 곤두박질친다." 이 철새 떼는 병든 상태다. 본능도 제대로 작동하지 않는다. 상징성이 다양하게 배어 있는 구절이다. 앞에서는 올바른 행동을 하는 철새 떼였지만 우리 인간은 그런 철새 떼가 되지 못한다. 제대로 된 철새들은 서로 소통하면서 쉬기도 하고 계절에 맞추어 제때 출발하지만 인간들은 뒤죽박죽일 뿐이다. 뒤처진 것을 알고 자신들을 품어 주려 하지 않는 바람에 맞서 치근대다가 기껏 무심한 연못으로 추락한다. 이 모두 무모함의 표현이다. "무심한 연못"이라고 할 때 "무심한"은 아무런 호의도 베풀지 않는다는 뜻이니 연못이 이미 얼어붙어서 물에 안착할 수 없음을 암시한다. "피어 남과 시듦을 우리는 한꺼번에 알고 있다." 꽃은 순리대로 피었다가 지지만, 우리 인간은 이를 한꺼번에 의식하여 마음속에서 모든 것이 뒤엉켜 있다. "그리고 어딘가 아직 사자들이 어슬렁거리며 걷고 있다,/ 그들은 위엄이 살아 있는 한 노쇠 따위는 모른다." 이 문장 속에는 초조함이나 불안감이 들어 있지 않다. 오히려 신비로움이 엿보인다. 위엄이 있기 때문에, 즉 힘이 있기 때문에 사자들은 노쇠 따위는 신경도 쓰지 않는다. 늙어서 죽으면 그뿐이다.

"그러나 하나를 마음에 두는 순간, 우리에겐/ 벌써 또 하나의 짐이 느껴진다." 앞에서 우리 인간 존재의 약점에 대해 말하면서 이미지가 강한 비유를 썼던 시적 화자는 이번에는 우리가 평소 인간관계에서 느끼는 영혼의 문제를 건드린다. "하나를 마음에 두는 순간"은 특정한 것에 완전히 골몰하는 것을 말한다. 한 가지를 염두에 두면서 동시에 느끼는 '마음의 짐'을 말한다. 앞에서 보았던 "피어남과 시듦을 우리는 한꺼번에 알고 있다."라는 구절과 동일한 맥락이다. 뭔가 하나를 해 보겠다고 생각하는 순간 이미 다른 것들의 필요성이 대두되는 상황을 말한다. "적대감은/ 우리의 가장 가까운 이웃이다." 적대감은 본디 인간관계에서 발생하는 대립 감정이다. 이런 관점에서 적대감은 우리의 마음속에 이는 갈등이다. 이 갈등은 언제나 우리 곁에 있다. 그러기에 적대감이 우리의 가장 가까운 이웃이 된다. 사물을 전체로 보지 못하고 이분법적으로 보기 때문에 우리에게 나머지 반쪽은 늘 적대적으로 보이게 마련인 것이다. "연인들은 언제나/ 서로의 벼랑으로 다가가고 있지 않은가,/ 광활함과 사냥과 고향을 서로 약속한 그들이." 연인들에게도 앞에서 한 말이 바로 적용된다. "벼랑"은 'Rand'를 번역한 것이다. '가장자리'라고 할 수도 있다. 이 "벼랑"을 잘 인식해서 상대를 지나치게 밀어붙이지 않는 것이 중요하다. 조금만 움직여도 연인들은 금방 상대의 마음의 벼랑에 도달한다. 상대의 사유와 감정의 지평이 그리 끝 간 데 없이 넓은 것은 아니기 때문이다. 연인들 앞으로는 길이 무한히 뻗은 것 같지만 바로 도중에 심연이 입을 벌리고 있다. 서로가 적이 되지 않을 가능성은 여기에 있다. 서로가 다르며 나름의 영토를 갖고 있음을 존중하는 것이다. 상대의 "광활함"을 제한하거나 자유로운 "사냥"을 막거나 포근한 "고향"에 위협을 가하지 않을 때 가능한 존재 상황이다. "한순간에 그리는 스케치에도/ 힘들어 대비의 바탕이 마련될 때/ 그림이 잘 보인다; 사람들은 우리를 아주 뚜렷이 보려 하니까." 시적 화자는 "한순간"을 강조하여 말한다. 우리가 느끼고 의식하는 지금의 이 시간을 말한다. 그림을 그리는 주체가 명확하지 않다. 우리가 겪는 일들을 누군가가 화판에 그린다. 아무튼 그림이 뚜렷하게 보이게 하려면 그리는 대상과 상반된 바탕색을 써야 한다. "대비의 바탕"은 그림에서 그려진 형체가 돋보이도록 바탕색으로 상반된 색상을 쓰는 것을 말한다. 밝은 기쁨이 두드러지게 하기 위해서는 바탕색을 고통으로 시커멓게 칠해야 한다. 삶에서 이런 배경이 되는 바탕색을 마련하는 일은 힘들다. "사람들은 우리를 아주 뚜렷이 보려 하니까."의 원문은 'denn man ist sehr deutlich mit uns.'이다. 인간이 가진 의식이라는 것이 이렇게 작용한다. 함께 붙어 있는 것도 떼어서 분석하려 한다. 이렇게 개념으로 만드는 것도 의식의 작용이다. 우리는 보통 서로 반대되는 모순된 요소들을 다 드러내 보여야 전체 모습을 알 수 있다. "우리는 느낌의 윤곽을 알지 못한다:/ 그 윤곽을 만들어 내는 바깥의 것만을 알 뿐." 인간들은 "느낌의 윤곽" 자체를 제대로 알지 못한다. 즉 우리 인간은 서로 상반된 감정들을 나란히 늘어놓음으로써 비로소 윤곽의 존재를 어슴푸레 느낄 뿐이다. 우리는 우리의 느낌에 대해 그와 같이 분명한 윤곽을 만들 수 없다. 외부에서 낯선 것이 힘을 가했을 때 비로소 우리의 느낌의 모양새를 얼추 그려 볼 수 있다. 느낌의 순간 그것을 알아채지 못하고 다음 순간의 것, 외부의 것으로 그 느낌을 그리고 규정하려 하는 것이 인간이다. 우리는 "느낌의 윤곽"을 직접 우리 안으로부터 창출하지 못한다. 환경이나 관습 같은 "바깥의 것"을 통해 정해진 대로 따라간다. 우리의 '사랑의 윤곽'은 개성 있게 우리가 만든 것이 아니라 사회적 제도와 관습이 만든 것을 추수(追隨)하는 것일 뿐이다. "마음의 장막 앞에 불안감 없이 앉아 본 자 누구인가?" 시인은 이제부터 윤곽의 안쪽 것을 기술해 보려 한다. 외부의 관습이나 편견이 개입되지 않은 상태의 모습 그대로 보여 주는 것이다. 시적 화자는 수사적 질문을 통하여 누구나 그렇다는 것을 강조한다. 자신의 내면과 대면하는 사람은 누구나 불안을 느낀다는 것이다. 내면의 힘들이 노정되는 모습은 정리되고 이성적으로 해석된 세계 이상의 것을 보여 주기 때문이다.(Brück, 137) 극도의 집중을 통하여 이 그림들은 장막에 투사된다. 그 뒤에 내면의 것이 숨어 있다. "장막이 올라갔다: 이별의 장면이었다." 마치 책장이 펼쳐지듯이 장막이 올라가면서 시적 화자는 그 책에 그려진 자기 내면의 모습을 직관하게 된다. 삶 자체는 이별의 연속이다. 옛것과의 이별은 항상 일어난다. 이별이 무대에 가장 먼저 올라간 것은 인간의 실존적 상황에 비추어 결코 우연이 아니다. "금방 알 수 있었다. 눈에 익은 정원이었다, 정원이/살짝 흔들렸다:" 가장 먼저 눈에 들어온 것은 시적 화자를 포함해서 누구나 익히 아는 정원이다. 보통의 무대를 연상시킨다. 사랑의 관계가 시작되는 장면이다. 눈에 익은 정원에서 사랑하는 남녀가 거닌다. 이별의 충격으로 정원이 흔들린다. 시적 화자의 내면도 흔들린다. 자신이 바라보고 있는 내면의 무대가 일종의 가설 무대처럼 보이는 것이다. 스스로 확실하고 안전하다고 생각하는 실존의 현실은 늘 이렇게 가설 무대처럼 흔들린다. "이어서 먼저 남자 무용수가 등장했다." 무용수는 동작으로 시적 화자의 감정을 표현한다. 그의 동작에 영혼이 없는 것은 아니지만 그의 몸짓은 궁극적으로 관객의 반응을 목표로 한다. 그의 감정은 내키지 않는 것이고 표피적이고 속은 텅 비어 있다. "저 사람은 아니야, 관둬!"라고 시적 화자는 말한다. 무용수는 자신의 감정을 완벽하게 구현할 수 없다.

실제 그 자신이 되지 못한 채 동작만 할 뿐이다. "몸짓이 아무리 날렵해도,/ 그는 변장한 것일 뿐, 한 사람의 시민의 모습으로/ 부엌을 지나 거실로 들어갈 테니까." 시적 화자가 이렇게 불만을 표시하는 것은 등장한 남자가 몸짓이 날렵하기는 하지만 그냥 흉내를 내는 것에 불과하기 때문이다. 그는 가짜일 뿐 실제 알맹이가 가득 차 있지 못하다. 배우이면서 소시민이라는 이중성 때문이다. 부엌을 통해서 거실로 들어간다는 표현은 어딘가 상대를 조롱하는 듯한 느낌을 담고 있다. 끝없는 변화, 변용은커녕 무용수는 소시민의 전형적인 삶에 매달려서는 진정한 "이별"을 연기할 수가 없다. 반쯤만 채워진 인물이다. "나는 이 반쯤 채워진 가면들을 원치 않아,/ 차라리 인형이 좋아. 인형은 가득 차 있거든." "반쯤 채워진 가면들"은 "남자 무용수" 같은 존재들이다. 무용수는 무대에서는 자기 역할을 하지만 실제로는 평범한 소시민일 뿐이다. 차라리 속이 비어 있으면 맡은 역할에 충실할 수 있다. 릴케는 역할을 맡아서 수행하는 배우보다 인형이 낫다고 본다. 무용수는 자기 자신의 실제 신분이 있어 역할이 분열되지만, 인형은 맡은 역할을 다 표현할 수 있는 형태를 갖고 있다. 그래서 시적 화자는 오히려 "인형은 가득 차 있거든."이라고 말한다. 속이 완전히 비어 있어서 오히려 가득 차 있는 것이다. 이는 하인리히 폰 클라이스트(1777~1811)의 인형극 이론과 같은 관점이다. 1913년 12월 16일 자 탁시스 후작 부인에게 쓴 편지에서 릴케는 클라이스트의 『인형극론』(1810)을 거듭 읽었다고 밝히면서 "그저 감탄할 뿐인 걸작"이라고 말하고 있다. 클라이스트의 『인형극론』의 핵심은 인간의 그릇된 의식과 대비되는 인형의 자동적인 움직임이다. 인형은 몸을 자유자재로 움직일 수 있으며 생존을 위해 무언가에 시달릴 필요도 없고 신체의 병이나 정신적 문제로 고통받을 이유도 없다. 그저 움직이는 껍질뿐이다. "몸통과 철삿줄 그리고 외양뿐인/ 얼굴은 참을 수 있어." "외양뿐인/ 얼굴"의 원어는 'Gesicht aus Aussehn'이다. '외양으로 이루어진 얼굴'이라는 뜻이다. 속이 비어 있는 꼭두각시에 색깔을 칠하여 외양을 꾸몄다는 의미이다. 인형의 움직임을 바라보는 일은 일순 섬뜩하다. 피도 영혼도 없는 것이 생명이 있는 듯 가끔 눈을 흘기면서 뒤뚱대며 걷는 꼴이 그렇다. 그래도 시적 화자는 "참을 수 있어."라고 말한다. 인형은 주체의 감정을 오롯이 받아들이고, 자기 뜻대로 반응하거나 행동하지 않는다. 시적 화자는 인형의 수동성에서 장점을 보고 있다. 시적 화자는 오로지 앞을 바라보면서 속이 텅 빈 인형에게 자신의 모든 감정을 불어넣을 수 있다. "여기. 나는 무대 앞에 있다." 시적 화자는 진정한 구경꾼이 되어 무대에서 무슨 일이 일어나든 참고 버티면서 모든 광경을 뚫어지게 바라보리라고 다짐한다. "조명이 나간다 해도, 누가 '이젠 끝났어요 —'라고/ 말한다 해도, 불어오는 잿빛 웃풍에 실려/ 무대로부터 공허가 밀려온다 해도," 연극은 끝나 무대 위의 인물들은 다 사라졌다. 무대는 텅 비었다. 조명도 나갔다. 캄캄하다. 연극이 끝나도 시적 화자는 그 자리에 앉아 있다. 연극이 끝났다는 말이 들려온다. 무대에서 불어오는 웃풍에는 공허가 묻어 있다. 공허의 바람이 불어와 그곳에 앉아 있는 시적 화자의 마음을 물들인다. 색깔이 "잿빛"이라서 어둠침침한 분위기를 품고 있다. 죽음에 가까운 색깔이다. "말 없는 나의 조상 중 어느 누구도/ 더는 내옆에 앉아 있지 않아도, 어떤 여자도,/ 심지어 갈색의 사팔눈을 한 소년이 없어도:" 마치 저승에서 불어오는 듯한 그 바람

속에는 뒤이어 나오는 "조상"과 이미 세상을 뜬 '사팔뜨기 소년'의 모습이 들어 있다. 시적 화자와 함께 관람할 만한 인물들로 "말 없는 나의 조상"이 나온다. 이 조상들은 세상을 떠났지만 이미 그와 하나가 되어 있는 존재들이다. 그들은 그의 기억 속에 살아 있다. "어떤 여자"는 그 자신의 가문이거나 그가 가까이했던 여인들을 이르는 것으로 보인다. "나는 그 자리에 앉아 있으리라. 줄곧 지켜보면서." "그 자리에"는 '마음속 무대' 즉 내면의 풍경을 뜻한다. 그곳에서 시적 화자는 수대에 걸친 조상들을 만나고 있다. 조상들이나 다른 여인이나 사팔눈의 소년이나 다 세상을 떠나고 없지만 시적 화자는 혼자 남아 계속 마음의 무대를 지켜보리라고 말한다. 폭풍에 모두 휩쓸려 가고 홀홀히 혼자만 남은 형상이다. 그래도 계속해서 자신의 마음속을 들여다볼 것이다. 잠시 있자 "아버지"의 모습이 나타난다.

"제가 옳지 않나요?" 여기의 시적 화자는 거의 릴케 자신으로 보인다. 희망과 불안이 상호 교차한다. 장교가 되기를 바랐던 부모의 꿈을 저버리고 시인의 길로 나섰던 릴케의 자기변명으로 읽을 수 있다. 아버지와 식구들에게 자신의 입장을 확인하는 호소다. 어린 시절과 청춘 시절이 다시 소환된다. "당신, 내 인생을 맛본 뒤로/ 나 때문에 인생이 온통 쓴맛이 되어 버린 아버지," "내 인생"은 내가 마련한 것으로 아버지가 맛보는 음식이다. "내 인생"은 달지 않고 썼기 때문에 그 맛을 본 아버지 역시 인생이 다 쓴맛이 되어 버렸다. "내가 자라나면서, 내가 해야 할 일들이 만들어 낸/ 텁텁한 첫 국물 맛을 계속해서 맛보면서," 군대에서 입신출세하려던 꿈을 접은 아버지가 자기 소망을 투영한 탓에 어린 릴케는 자신의 뜻과 다

르게 군사 학교에 다녀야 했다. 여기서 실패한 릴케를 이번에
는 상업 학교에 보내 그 길에서 성공하기를 기대했지만 그 역
시 실패로 돌아갔다. 이것이 시인 릴케가 만든 첫 번째 인생
의 수프다. 자신이 만들고 싶었던 요리가 아니라 아버지의 과
잉된 요구로 만든 것이다. 본래 아버지 자신이 끓였어야 할 수
프였다. 어린 아들이 끓인 그 수프는 아버지에게 쓰고 텁텁하
게 느껴졌을 것이라고 시적 화자는 한탄한다. 불안과 내키지
않음이 뒤섞인 재료로 끓인 수프가 맛이 날 리 없다. "사뭇 낯
선 장래의 뒷맛 생각에 골치를 썩이면서/ 당신은 나의 흐릿한
눈빛을 살피셨습니다, ──" "사뭇 낯선 장래"는 아들이 걸어
갈 시인의 길을 말한다. 이 길에 대해 아버지는 아는 바가 전
혀 없다. 그 맛은 과연 어떠할지 가늠할 수도 없다. 아직 맛을
보지 않았기 때문에 그 뒷맛이 걱정이다. 그러면서 아버지는
아들의 "흐릿한 눈빛을" 살핀다. 간유리 창문처럼 그의 눈빛은
흐릿해서 앞날의 운명을 파악하기가 쉽지 않다. 아들의 운명
이 어디로 흐를지 걱정하는 아버지의 모습이 선하다. "나의 아
버지, 당신은 돌아가신 뒤로도 내가 나의/ 희망대로 살아갈지
내 마음속에서 늘 걱정하셨고,/ 사자(死者)들이 누리는 평온
함을, 평온함의 왕국을/ 보잘것없는 저의 운명을 위해 포기하
셨습니다." 아버지의 걱정은 저쪽 세계에 가서도 계속된다. 보
통 안식을 얻는 저승에서 아버지는 아들을 위해 "평온함의 왕
국"을 포기했다. 여기의 "평온함"은 원문의 'Gleichmut'를 번역
한 것이다. 침착, 평정의 의미를 갖고 있는 이 낱말은 세상의
요동치는 폭풍에도 흔들리지 않는 물속의 잔잔함을 나타낸다.
시적 화자는 "제가 옳지 않나요?"라는 질문을 세 번에 걸쳐
반복함으로써 자신의 생각이 옳음을 항변하고 있다. 세 번의

질문에 대한 답이 그만큼 중요하다. 이 마지막 질문을 끝으로 화자의 시선은 그를 사랑했던 사람들 쪽으로 넘어간다. "그리고 당신들, 내가 옳지 않은가," 이제 시선이 아버지로부터 시적 화자 자신을 사랑했던 모든 사람들을 향한다. "당신들에 대한 내 작은 사랑의 시작의 보답으로/ 나를 사랑했던 당신들, 거기서 나는 늘 벗어났다,/ 내가 사랑하기는 했지만, 당신들 얼굴에 서린 공간이/ 내게는 우주 공간으로 바뀌었기 때문이다, 당신들은/ 없는 우주 공간으로 바뀌었다....:" 이들은 시적 화자의 작은 사랑에도 화답하여 그를 사랑했다. 그러나 그는 늘 그 사랑에서 도망쳤다. 그는 더 큰 것을 바라보았기 때문이다. 그것을 시적 화자는 에둘러 "당신들 얼굴에 서린 공간이/ 내게는 우주 공간으로 바뀌었기 때문이다,"라고 말한다. 「제1비가」에서 보았던 가스파라 스탐파의 사랑과 같은 것이다. 이 구절을 다른 말로 표현하면 '나의 사랑은 당신들의 가슴보다 훨씬 더 큰 사랑, 자유로운 사랑을 지향한다.' 정도가 될 것이다. 그가 사랑한 것은 특정 인간이 아니라 우주 공간이다. 그래서 시적 화자는 "거기서 나는 늘 벗어났다,"고 말한다. "당신들은 없는" 이 말은 이들이 "우주 공간"으로 바뀐 공간에는 더는 존재하지 않는다는 뜻이다. 이어서 말줄임표가 이어진다. 드디어 개인적, 가족적인 것들로부터 벗어나 "우주 공간"을 향하게 되었음을 말줄임표로 웅변하고 있다. 속으로 많은 생각들이 점점이 이어지다가 쌍점이 나오면서 구체적인 상황이 진술된다. "인형극 무대 앞에서/ 공연을 기다리고 싶은 생각이 들 때면," 시적 화자는 이제 자기 내면의 인형극 무대 앞에서 공연을 기다린다. 순수한 관객으로서. 시적 화자가 무대의 인물로 나와 주기를 바라는 것은 살아 있는 무용수가 아니라 인형이다. 그는 온 감각을 다 바쳐 바라본다. "아니,/ 뚫어져라 무대를 응시하여 결국 내 응시에 대해/ 보상을 해 주기 위해" 관객으로서 무대를 응시하는 시적 화자의 눈길은 아주 순수해야 한다. 어떤 잡념도 없이 집중하는 눈길이어야 한다. "그곳에 천사 하나가 조종자로/ 등장하여 인형들의 몸통을 한껏 치켜들 때면." 드디어 천사가 등장한다. 이제 천사가 인형들을 조종한다. "조종자"는 원문에 'Spieler'로 되어 있는데, 이는 인형 조종자 'Puppenspieler'를 뜻한다. 천사 하나가 무대 위쪽에 조종자로 등장하여 인형들의 몸통을 위로 치켜든다. 각각의 인형들은 감정의 일면을 나타낸다. 인간 인형 조종자로는 충분치 못하다. 앞에서 '반쯤 찬' 인간 무용수로는 안 되었던 것과 같은 이유다. 인간 조종자는 순수하지 못하다. 그에겐 자꾸만 인간의 의식이 개입된다. 천사는 인간의 그런 관습적 의식에서 벗어나 있으므로 완전히 자유로운 상태에서 인형을 조종할 수 있는 것이다. "천사와 인형: 이제 마침내 공연은 시작된다." 이제야 제대로 된 공연이 올라간다. 천사와 인형이 멋진 한 쌍이 되어 인형극을 만들어 보여 준다. 인형은 표현을 맡고 천사는 연출을 한다. 텅 비어 있던 무대가 가득 찬다. 천사는 순수한 내면을, 인형은 순수한 외면을 뜻한다. 천사는 모든 것을 꿰뚫는 영원한 존재를, 인형은 완전한 무생명체를 상징한다. 이 상태에서 천사는 철삿줄을 움켜쥐고 인형의 몸통에 숨결을 불어넣는 것이다. 천사가 조종자로 적격인 까닭은 천사는 이 지상에 매여 있지 않고 분열을 모르는 전일성과 평정성을 구현하기 때문이다. 무대와 인형이 존재하는 곳은 이 비가에서 그것을 바라보는 응시자의 '마음'이다. 시적 화자는 어떻게 하면 순수한 관찰과 응시가 가능할지 구체적으로 천사의 존재를 상정하여 보여 주고 있다. 천사와 인형이 각각 자기 역할을 맡고, "이제 마침내 공연은 시작된다." 연극이 펼쳐진다. "우리가 존재함으로써 우리가 언제나/ 둘로 나누었던 것이 합쳐진다." 이 문장은 잠언적이다. 우리의 존재 자체가 무엇을 둘로 나누는가? 우리가 이 세상에 있다는 것만으로 우리의 존재 자체가 성취되는 것은 아니다. 인간이 수행해야 할 과제가 있다. 그것은 단절된 의식의 편협함에서 벗어나는 일이다. 「제1비가」에서 말한 "해석된 세계" 속에 살아가는 존재 방식이 이런 이분법을 낳는다. 대상과 마주 섬의 자세를 버리고 순수한 의식의 상태가 되어야 하는데 그것이 힘들다. 앞에 인용한 구절에서 현존재의 통일체를 형성하는 것은 천사, 인형 그리고 바라보기이다.(Guardini, 145) "이제야 우리 인생의/ 계절들로부터 전체 순환의 원이 생겨나리라." 인생에는 아무것도 없는 공(空)과 무(無)를 바라보는 겨울도 있고, 공연이 한창인 여름도 있으며, 그 사이에 봄과 가을도 있다. 여기의 "계절"은 또한 인생의 정점과 저점으로 그리고 나이로, 지나가는 세월로 볼 수 있다. 계절의 메타포는 이 비가의 초두와 연결된다. 우리 인간은 이 계절과 하나 되지 못하고 있다고 시적 화자는 한탄한 바 있다. 이제야 이 계절이 순환의 구조를 갖추는 것이다. "이윽고 우리 머리 위에서 천사가/ 인형을 조종한다." 시적 화자는 구경꾼으로서 무대를 바라보고 있다. 무대에서는 시적 화자의 인생 장면이 펼쳐진다. 인생 장면은 천사의 손길에 의해 연출된다. 천사는 인형과 연결된 줄을 잡고 휘휘 돌려 가며 인형들에게 동작을 부여한다. 천사가 "우리 머리 위에서" 인형을 조종하고 있다. 천사의 위치가 무대 위쪽 인형 조종자의 판자 위가 아니라 "우리 머리 위"인 것은 시적 화자가 천사의 존재를 그만큼 높은 곳에 상정하기 때문인 것으로 보인다. 천사는 시적 화자의 의지를 넘어서는 먼 곳에 있으면서 인형을 조종한다. 천사는 시적 화자의 정신과 영혼의 줄을 잡고 인형을 조종한다. 천사는 시적 화자의 인생과 감정에 맞는 인형들을 등장시켜 가며 인형극을 보여 주는 것이다. "보라, 죽어 가는 자들을, 그들은/ 분명히 짐작하리라, 우리가 이곳에서 행하는/ 모든 것이 얼마나 구실로 가득 차 있는지를." 이 구절에서 시적 화자는 본질의 문제를 묻고 있다. 본질적인 것을 알고 있는 자는 이승의 존재가 아니다. 이승의 존재는 이곳의 모든 것과 얽혀 있기 때문이다. 죽는 순간은 현존재의 본질을 파악하는 시간이다. 열린 상태가 되었을 때 인간 존재는 오히려 정체성을 찾는다. 이때 죽어 가는 자들은 깨닫는다. "이 세상/ 무엇도 그 자체인 것은 없다." "죽어 가는 자들"은 삶에 대해 생각해 보았을 것이므로 이 세상의 허실을 잘 안다. 이 세상 모든 것은 구실로 가득 차 있다. 구실에는 진실성이 없다. 삶을 위한 구실 역시 마찬가지이다. 오히려 놀이만이 실적을 추구하지 않으므로 그렇지 않다. 삶의 욕망에 넘치는 자아를 버리고 순수한 마음만 남을 때가 인간으로서 본질적인 상태이다. 인간은 분열로 차 있다. 진정 자신이지 못하다. "그 자체인 것"은 가식이 아닌 본질적인 것을 뜻한다. "오 어린 시절의 시간이여," 어린아이는 아직 세계가 온전하게 보이는 '순진무구한' 존재다. 아직 때가 묻지 않아서 앞에서 보았던 "인형들"처럼 모든 것을 선입견 없이 수용한다. 어른들과 달리 시간 개념에 의해 의식이 분열되기 전이다. 시적 화자는 앞에서 "죽어 가는 자들"을 말하고 이어서 "어린아이들"을 이야기한다. 둘 다 경계의 존재들이다. 어린 시절을 그리워하는 시적 화자의 어조에는 사뭇 비가적인 느낌이 배어 있다. "그때는 모든 형상 뒤엔 과거 이상의 것이 있었고/ 우리 앞에 놓인 것은 미래가 아니었다." 극명한 대비가 돋보이는 문장이다. 어린아이의 세계와 어른의 세계가 대조된다. 어린아이들은 세계를 소박한 눈길로 보지만, 어른들의 눈에는 세계가 가식과 무상함과 끝없는 생각으로만 가득하다. 어른들은 매사에 의도를 갖고 있으며 스스로가 분열된 의식 속에 사로잡혀 있기 때문이다. "우리는 자라났고, 더 빨리 자라나려고,/ 가끔 서두르기도 했다." 자란다는 것은 성인, 어른의 상태로 넘어가는 것을 뜻한다. "더 빨리 자라나려고,/ 가끔 서두르기도 했다."라는 표현 속에는 사실 가만히 두었으면 그러지 않았을 텐데 다른 외적 요인 때문에 그랬다는 나무람이 들어 있다. "가끔"이라는 말이 그것을 암시한다. 어린아이는 그 상태에 있고 싶어 하면서도 또 자라야겠다는 열망을 갖는다. "그것은 어른이라는 것밖에/ 내세울 것이 없던 사람들 때문이었다." "어른이라는 것밖에 내세울 것이 없던 사람들" 때문에, 즉 자신들이 다 자란 어른이라는 것을 무기로 내세우는 사람들 때문에 어린아이는 원래의 행복한 상태를 포기하게 된다. 즉 현재, 이 순간을 누리지 못하고 미래에 얽매이게 되는 것이다. "하지만 우리는 우리의 고독한 길에서/ 영원한 것에 만족하고 세계와 장난감 사이의/ 틈새에 서 있었다." "우리"는 어린아이들을 뜻한다. 주변 어른들의 재촉에 못 이겨 어서 자라려고 신경을 쓰면서 오히려 아이는 홀로 남아 고독한 상태가 된다. "영원한 것"은 '아이다움'의 다른 말이다. 앞서 보았던 순진무구함과 같은 계열의 의미이다. 어린아이들은 이때 영원성을 접한다. 어린아이는 영원성을 놀이에서 느낀다. 여기서 어린아이는 즐거움과 마음의 평화까지 느낀다. 어린아이의 삶은 대부분 놀이로 이루어져 있다. 그 때문에 시적 화자는 어린 시절을 "세계와 장난감 사이의 틈새"에 '서 있는 것'으로 그리고 있다. "태초부터 순수한 과정을 위해 마련되어 있던/ 어느 한 자리에." 이 구절은 어린아이 상태에 대한 이상화 과정을 보여 준다. 어린아이의 특성을 태초부터 주어진 것으로 본다. 어린아이다움이 바로 "순수한 과정"이다. 피동적인 강요가 없는 열린 세계와 놀이가 만나는 곳에 "순수한 과정"이 있다. 과정은 완결이 아니기 때문에 열려 있다. 여러 가지 요소가 서로 주고받는 상호 영향 관계다. "순수한 과정"은 아이가 갖는, 아이다운 실존을 뜻한다. 순수한 하나의 동력이다. 이 "순수한 과정"이 어린아이에게 의지처가 될 수 있는 것이다. 『두이노의 비가』에서 시적 화자가 줄곧 찾는 것이 바로 이 "순수한 과정"이다. 어린 시절은 한편으로는 인생에서 덧없이 빨리 지나가는 첫 단계이기도 하지만 또 한편으로는 남아서 늘 영향을 끼치는 존재의 기본 층이기도 하다.(Guardini, 156)

"누가 어린아이를 있는 그대로 보여 주나?" "누가"는 그 어느 존재인지 분명하지 않다. 어찌 보면 우주 배후에서 작용하는 힘인지도 모른다. 그것이 어떤 힘이든 간에 이 연 전체를 보면 어린아이의 존재를 시적 화자가 칭송하고 있음이 드러난다. 이미 앞 연에서부터 어른과 대비하여 어린아이를 이상화하고 있는 시적 화자다. 어린아이에게서 원초적, 태곳적의 형상을 보고 이것을 하나의 이상적 상태로 고양하고 있다. 이어 시적 화자는 어린아이의 이 같은 모범성을 더욱 돋보이게 하기 위해 우주적 차원의 이미지를 동원한다. "누가 어린아이를/ 별들 사이에 세우고 거리 재는 자를 손에 들려 주는가?" 어린아이가 얼마나 대단한 존재인지 알려 주는 그림이다. 광활한 하늘에 떠 있는 '어린아이'라는 별자리가 연상된다. 현재의 별자리는 고대 세계로부터 물려받은 것이지만 시적 화자의 입장에서는 반드시 있어야 할 별자리로서 '어린아이'를 제시하는 것이다. 어린아이의 이른 죽음을 말하는 부분에 들어서면서 시적 화자의 말투는 결코 가볍지도 도취적이지도 않다. 어린아이가 완전한 삶을 끝까지 살지 못하고 일찍 세상을 뜨기 때문에 문장 끝에 가서 결국엔 물음표가 붙는다. 신화적 차원의 상상력이다. 이것은 어린아이가 죽었을 때 가능하다. 죽어서 별들의 세계로 올라간다는 사념이 이런 급변을 가능케 하는 것이다. 다음 행에 어린아이의 죽음 이야기가 나오는 것은 그러므로 당연하다. 영웅처럼 충분히 보상받을 만한 삶을 살았을 때 그 존재는 하늘의 별이 될 수 있다. 영원한 존재로 고양되는 것이다. 어린아이는 어째서 틈새 세계에서 행복을 느낄까? 이것을 객관적으로 알기는 힘들다. 어린아이가 손에 들고 있는 자는 어디에 쓰이는가? 그것은 앞에 나왔던 가식과 관습과 합목적성이 판치는 일상의 "세계"와 '어린아이 별' 사이의 거리를 재는 데 쓰인다. 그 거리는 얼마나 먼가? 어른의 입장에서 어린아이가 장난감을 가지고 노는 광경은 너무 멀게 느껴진다. 아이의 상상력의 세계는 어른들의 닫힌 세계와 확연히 다르기 때문이다. "누가 딱딱하게 굳어 가는 잿빛 빵으로/ 어린아이의 죽음을 빚는가, ─ "어린아이의 죽음" 부분에서 어린아이의 실존은 새로운 모멘텀에 도달한다. "잿빛 빵" 자체에 이미 죽음의 색깔이 들어 있다. 딱딱하게 굳어 가는 잿빛 빵으로 어린아이의 죽음을 빚는다는 표현은 일단 그 형상성이 두드러진다. 정물화로 표현된 죽음의 모습이다. 죽음이라는 힘든 현실을 순화하여 자기 것으로 만들고자 하는 시적 화자의 의지가 엿보인다. "아니면 누가 죽음을/ 예쁜 사과의 속처럼 그의 둥근 입속에 넣어 두는가?" 죽음과 관련된 또 다른 독특한 이미지이다. 누가 죽음을 어린아이의 입속에 넣어 두는가? 앞에서 나왔던 별자리와 아주 대조되는 이미지이다. 이 죽음은 누가 어린아이의 입에다 물려 주는 것이 아니라 태생적으로 안에서부터 피어나는 꽃과 같이 안에 있다가 입 밖으로 뻗어 나오는 것이다. 어린아이의 입에서 죽음이 사과처럼 피어나는 것, 그것이 어린아이의 죽음이다. "……살인자들은 식별하기/ 어렵지 않다." 죽음을 이야기하기 위해서 "살인자"를 등장시키고 있다. 살인에 의한 죽음과 완전히 대비되는 것이 어린아이의 죽음이다. 그 죽음의 방식에 대해서 시적 화자는 말하고 있다. 남에 의한 강압적인 죽음이 아니다. 그래서 시의 대상이 되는 것이다. "그러나 이것: 죽음을,/ 완전한 죽음을, 삶이 채 시작되기도 前에/ 그리 살며시 품고서도 화를 내지 않는 것," "완전한 죽음"을, 그것도 "삶이 채 시작되기도 전에" 다시 말해 '태어난 지 얼마 안 되어' 죽어 가면서도 화를 내지 않고 즐겁게 산다는 것은 어린아이에게는 어른들의 분열적 의식 즉 죽음에 대한 미리부터의 두려움이 없기 때문에 가능한 일일 것이다. 죽음과 관련될 때 인간의 의식은 순수해진다. 시적 화자는 이런 이유로 어린아이를 하늘의 별자리로 칭송하면서까지 인간적 실존의 한 모범적 양태로 삼고자 하는 것이다. "이것은 이루 말로 다 할 수 없다." 앞에서 "어린아이" 별을 이야기했지만 죽음을 미래의 것으로 언제 오나 두려워하지 않고 자기 자신과 한 몸으로 받아들여 화를 내지 않는 그런 것만으로도 말로 표현할 수 없는 대단함이 있다는 말이다.

「제5비가」에 대해서

「제5비가」는 1922년 2월 14일 스위스의 뮈조성에서 완성되었다. 헤르타 쾨니히(1884~1976) 부인에게 헌정한 비가다. 릴케는 뮌헨의 한 화랑에서 피카소의 그림 「곡예사 가족」(1905)을 보고 헤르타 쾨니히에게 보낸 1914년 11월 4일 자 편지에 이렇게 쓴다. "이 그림은 우리 회화사에서 결정적인 그림 중 하나가 될 겁니다. 당신이 그 그림을 구해 보관할 수 없을까요?" 큰 설탕 공장을 운영하던 레오폴트 쾨니히의 손녀였던 헤르타 쾨니히는 결단을 하고 그 그림을 구입해서 뮌헨의 집에 전시해놓았다. 1915년 여름 뮌헨에 들른 릴케는 그녀의 집(비덴마이어가 32번지)에 묵으면서 그곳에 걸려 있는 그 그림을 감상하곤 했다. 그것이 이 시를 쓰게 된 동기가 되었기 때문에 이 비가를 그녀에게 헌정했다. 또한 릴케는 1907년 파리에 체류할 당시에 곡예사 무리의 공연을 본 바 있다. 그 기억도 이 시의 생성에 한몫한 것으로 보인다.

「제4비가」에서 시적 화자는 내면 풍경에 주목했다. 그곳에서 우리는 결정적인 장면 즉 천사가 내려와 인형을 조종하는 장면을 목격했다. 이제 화자는 외부 풍경으로 눈길을 돌린다. 파리의 외곽에 있는 작은 광장이다. 화자는 한 무리의 사람들이 모여 있는 곳 한쪽에 자리를 잡고 서 있다.

"이들은 **누구인가**, 말해 다오," 이 문장은 독자에게 등장하는 인물들에 대한 궁금증을 유발한다. "이 떠돌이들, 우리보다/ 좀 더 덧없는 존재들," "이들"은 "떠돌이들"이다. 한곳에 정처를 갖지 못하고 떠돌기 때문에 외적으로도 "우리보다 좀 더 덧없는 존재들"이다. 시적 화자는 이들의 정체에 대해 묻고 있다. 이들은 구경꾼들 앞에서 곡예를 부려 생계를 유지하는 사람들이다. 몸으로 메시지를 전하는 무용수에 가깝다. 그렇다고 고차원의 예술을 추구하는 것은 아니다. 이들이 하는 것은 눈요기일 뿐이다. "만족할 줄 모르는 어떤 의지가/ 누군가, 누군가를 위해 어려서부터 쥐어짜고/ 있는 이들은?" "누군가를 위해"의 정체는 정확히 드러나지 않는다. 그것은 밥벌이일 수도 있고, 삶의 욕망 또는 생명력의 근원일 수도 있다. 아니면 구경꾼들의 눈빛일 수도 있다. 인정을 받고 싶어 하는 욕망은 바로 그 "누군가"로부터 나온다. 이 누군가가 더욱 더 자극적인 것, 구경거리를 이들에게 요구한다. 중력의 법칙에서 벗어나는 기상천외한 동작이 요구되는 것이다. "어려서부터" 이들은 그만큼 고된 훈련 과정을 겪는다. "쥐어짜고"의 원문은 'wringt'이다. 두 손으로 빨래를 잡고 엇갈리게 뒤틀어서 물이 쏙 빠지게 하는 동작을 뜻한다. 근육만 남은 곡예사들이 취하는 극한 동작이 저절로 연상된다. "이 의지는 이들을 쥐어짜고,/ 구부리고, 휘감고, 흔들어 대고,/ 던져 올리고, 다시 받는다;" 교외의 한 마당에서 '어떤 의지'가 곡예사들을 기계의 부품처럼 조종한다. 곡예사들을 가지고 노는 이 의지는 무엇인가? 예술가적 의지인가? 관객들의 반응이 갖는 의지인가? 예술적 완성을 향한 천사의 의지인가? 아니면 삶의 의지인가? 이 의지의 주인이 누구인지는 분명하게 언급되지 않는다. 곡예사들은 「제4비가」의 인형들처럼 조종하는 자의 의지에 따라 움직인다. 그러나 이들 곡예사들은 인형이 아니라 자신의 고유한 의식을 갖고 있는 인간이다. 여기의 각종 동사들은 곡예사들이 곡예를 부리는 장면을 역동적으로 묘사하고 있다. 이들의 몸동작은 마치 생명이 없는 인형 같다. 누군가가 이들의 사지를 마구 구부리고 휘어감고 흔들고 몸통째 던져 올리고 다시 받는다. "이들은/ 반질반질하게 기름칠한 허공에서 내려온 것 같다," 이들의 곡예로 이들이 곡예를 하고 있는 "허공"마저 구경꾼들이 모여 있는 공간의 허공과 다른 기운을 띤다. 이들의 허공에는 이들이 뛰어오르고 뛰어내리기 좋게 기름칠이 된 것 같다. "끊임없는 도약과 착지로 닳고 닳아/ 더욱 얇아진 양탄자 위로, 우주 공간에/ 버려진 이 양탄자 위로." 곡예사들이 곡예를 하는 곳에는 거듭되는 곡예로 닳고 닳은 양탄자가 놓여 있다. 이 사실 뒤에 "우주 공간에/ 버려진 이 양탄자"라는 과장된 비유가 이어진다. 어디 정해진 곳이 아닌 늘 떠돌아다니며 곡예를 하는 이들 곡예사의 신세가 드러나는 표현이다. "교외의 하늘이 땅에 상처를 입힌 듯" 곡예사들이 곡예를 하는 곳은 도시의 부유한 구역이 아니다. 도시의 외곽 즉 "교외"다. 포장을 한 도로가 아닌 "땅"이 그것을 말해 준다. 이곳에서 곡예사들은 도약과 착지를 반복한다. "반창고처럼 붙어 있는 그곳으로." 곡예사들의 수많은 시도에 의해 땅에 상처가 난다. 여기의 반창고는 이들이 도약하고 착지하는 양탄자를 말한다. "그리고 그곳에서, 이들이 바로 서서,/ 여기 서 있음의 첫 글자 D를 보여 주는가 했더니...," 곡예사들은 도약 이후 착지를 통해 발이 땅에 닿자마자 "바로" 선다. 그리고 'Dastehen'의 첫 글자 "D"를 만든다. 'Dastehen'은 "여기 서 있음", 한자어로 현존재, 다시 말해 '지상에 있음' 즉 '이곳 이 순간'을 강조한 낱말이다. 시적 화자는 곡예사들의 양탄자가 우주 공간에 내버려져 있는 것 같다고 앞에서 말했다. 그런데 곡예사들은 사실 이곳, 이 땅에 있다. 따라서 곡예사들이 동작을 일시 마무리하면서 만든 글씨는 자신들의 존재가 허공에 뜬 허구가 아님을 나타내는 "여기서 있음"의 첫 글자 "D"이다. 피카소의 「곡예사 가족」에서 가족들의 배치가 알파벳의 D자를 형성하고 있어서 릴케가 여기서 아이디어를 얻었을 것이라는 추측은 몇몇 연구가들에 의해 제안된 바 있다.(Steiner; Mason) "어느새 손길이 자꾸 다가와, 장난삼아,/ 이들 가장 탄탄한 남자들을 계속해서 굴려 댄다." 강력한 "손길"은 앞에서 나온 어떤 "의지"의 손길이라 할 수 있다. 탄탄한 근육과 완력을 가진 곡예사들조차도 그 손길에 의해 좌우된다. 이 손이 그들을 즐겁게 가지고 논다. "손길"의 놀림은 우스꽝스럽게도 장난에서 나온다. 즉 곡예사들은 장난감 같은 존재다. 이들이 힘겹게 습득한 근력과 재주는 결국에 이 장난에 봉사해야 하는 것이다. 그토록 튼튼한 완력을 갖추었음에도 보다 강력한 손길에 의해 휘어지고 일그러지는 역할을 맡아서 하는 것이다. "강건왕 아우구스트가 식탁에서/ 주석 접시를 가지고 놀았듯이." 강건왕 아우구스트(1670~1733)는 작센의 선제후로 손님들을 초대하여 여흥으로 한 손으로 한꺼번에 여러 개의 주석 접시를 손쉽게 으깨 버렸다고 하는데, 아우구스트 왕의 손길 아래 휘어지고 으깨지는 주석 접시들과 같은 보잘것없는 신세로 전락한 것이 이 "탄탄한 남자들"이다. 이 곡예사들이 근력과 완력을 자랑할수록 이들이 몸동작을 통해 보여 주는 다양한 모양새들은 이들을 배후에서 갖고 노는 강력한 힘의 존재를 더욱 돋보이게 하는 것이다.

"아 그리고 이 중심을 에워싼/ 구경의 장미꽃:/ 활짝 피었다가 우수수 진다." 곡예사들에 대한 묘사에 이어 이번에는 구경꾼들이 등장한다. 이들은 가운데를 몇 겹으로 에워싸고 있다. 그 "중심"은 양탄자다. 이 양탄자 위의 곡예사들과 이들을 에워싼 구경꾼들은 각각 암술과 꽃잎들로 한 송이 장미를 형성한다. 곡예사들이 있어서 구경꾼들이 모여들고 그때 한 송이 장미는 완성되는 것이다. 곡예가 시작되면 곡예사들 주위로 구경꾼들이 하나둘 모여들다가 곡예가 끝나면 일시에 흩어진다. 이 과정의 덧없음은 구경의 장미가 활짝 피었다가 스러지는 데서 두드러진다. 구경꾼들이 맛보는 것은 일시적인 시각의 즐거움이다. 꽃이 지는 순간 잎사귀도 우수수 떨어진다. 이 꽃의 이름은 '구경꾼들의 장미'가 아니라 "구경의 장미꽃"이다. 곡예사의 입장에서 구경꾼들에게서 중요한 것은 구경꾼들이 누구냐가 아니라 바로 "구경"에 집중하는 그들의 행위이다. 행위의 본질만을 강조하여 만든 표현이 "구경의 장미꽃"이다. 공연은 수없이 반복되므로 이 "구경의 장미꽃"은 끝없이 피었다가 진다. "이 절굿공이, 암술 주위로, 피어나는/ 제 꽃가루를 뒤집어써, 내키지 않음의/ 가짜 열매를 또 맺게 하며, 그것을 전혀/ 의식하지 못하면서, ― ""절굿공이"는 원래 곡식을 빻을 때 사용하는 도구다. 여기서는 곡예사들이 반복적으로 도약했다가 땅 위로 뛰어내리는 데서 "절굿공이"의 비유가 쓰이고 있다. 여기서 "절굿공이"는 단수로 쓰였지만 실제로는 곡예를 하는 곡예사들 전체를 뜻한다. 곡예사들은 양탄자 위에서 도약을 하며 먼지를 일으키고("피어나는") 다시 착지하나 열매를 맺지는 못한다. "가짜 열매"는 씨를 품은 열매를 맺지 못하고 생명체를 만들어 낼 수 없다. 곡예사들의 경우 어떤 정신적 진실을 담은 예술을 행하는 것은 아니다. 이들은 암술로서 수술의 꽃가루가 아닌 자신들이 일으킨 먼지를 뒤집어쓰니 진정한 열매가 맺어질 리 만무하다. 이는 무의미하고 부자연스러운 것을 나타낸다. 복잡한 고난도의 곡예를 통해 곡예사들이 만들어 내는 것은 "내키지 않음의 가짜 열매"다. 그러니 진정으로 아름답지는 않다. "내키지 않음", "가짜 열매" 모두 가짜이고 표면적이며 부정적인 것들이다. 진실된 것은 하나도 없다. "얄팍한 표면에 내키지 않음의/ 가벼운 거짓 미소를 반짝이는 암술 주위로." 곡예사들은 심한 운동으로 살집 없이 바싹 마른 몸을 하고 있기 때문에 시적 화자는 "얄팍한 표면"이라는 표현을 쓰고 있다. 곡예사들의 미소는 마음으로부터 우러난 것이 아니라 얼굴 피부의 "표면"에 살짝 드리울 뿐이다. 이들의 동작은 뭔가 생산적인 것이기보다는 밥벌이를 위해 어쩔 수 없이 하는 것이다. 그렇기 때문에 "내키지 않음"이라는 말이 거듭 나온다. 이 연 전체가 "이 중심", "절굿공이", "암술"의 정체인 곡예사 가족과 그 주위에 늘어서 있는 "구경의 장미꽃"인 구경꾼들을 처음부터 끝까지 묘사하고 있다.

"저기, 저 시들어, 주름진 역사(力士),/ 이제 늙어, 겨우 북이나 두드릴 뿐이니," 이제 "주름진 역사"를 필두로 하여 곡예사 가족의 단원이 하나씩 소개된다. 앞에서 온갖 난해한 재주를 보여 준 곡예사들과 딴판인 인물이다. "주름진 역사"의 주 종목은 역도였다. 한때 굉장한 힘을 뽐냈지만 이제는 식물처럼 "시들어" 말라 버렸다. 살갗이 쭈글쭈글하다. 세월 앞에 힘의 무상함을 식물 메타포로 보여 주고 있다. 팔팔한 다른 젊은 곡예사들이 재주를 부릴 때 북이나 두드리는 신세다. 곡예를 하는 곡예사들에게 추임새를 넣어 주는 북을 두드리는 늙은 곡예사는 그 모습이 거의 유령에 가깝다. "자신의 두꺼운 살 갖 속으로 오그라든 모습, 그 살갖 속에/ 예전에는 두 사내가 들어 있다가, 하나는 죽어/ 이미 무덤 속에 누워 있고, 다른 하나만 살아남은 듯하다./ 이제 귀도 먹고 때때로 조금은 정신 이/ 오락가락한다, 짝 잃은 살갖 속에서." 노인의 살갖은 과거 에 했던 운동으로 튼튼한 자루처럼 헐렁하게 그의 마른 몸을 덮고 있다. 장사 두 사람이 들어갈 만큼의 공간이 비어 있어 한 사람은 이미 탈진하여 죽고 다른 한 사람만 살아남은 것 같다. 내면의 힘이 죽어 버려 거죽을 담당하는 쪽만 남았다. 그것을 시인은 두 사내 중 하나는 죽고 하나만 살아 있다고 표 현한다. 정신이 오락가락하는 것으로 보아 창조력을 맡았던 쪽이 죽은 것으로 추정된다. 남은 사내는 이제 그저 단조롭게 북이나 두드릴 뿐이다.

"그러나 그 젊은이, 그 사내는 마치 한 목덜미와/ 수녀의 아 들이기라도 한 듯, 온몸이 팽팽하고 옹골차게/ 근육과 순박함 으로 가득 차 있다." 남다른 비유법으로 "목덜미와 수녀의 아 들"이라는 표현이 등장한다. 목덜미로 대변되는 육체적 건장함 과 수녀로 대변되는 영적 순수함 즉 속과 성의 만남이다. 남성 적으로 겉으로 드러난 목덜미 근육과 흰 칼라로 덮인 수녀의 뒷목이 혼합된 모습이다. 그의 살갖은 앞에서 보았던 반쯤 비 어 있던 노인과 달리 터질 듯한 근육으로 가득 차 있다. 순박 하면서 건장한 육체미의 남성이 떠오른다. 반면 수녀는 순종, 가난, 순수의 상징이다. 시인의 눈에 비친 젊은 곡예사의 상반 된 모습이다.

"오 그대들,/ 아직 어리던, 어떤 고통이,/ 언젠가 장난감으로 손에 넣었던 그대들, 그 고통의/ 어느 긴 회복기 중에...." 시적 화자는 "그대들"이라는 말로 앞에 나왔던 노인과 이어 나온 젊은이를 한꺼번에 호명하고 있다. 어린아이가 장난감을 가지고 놀듯 "어리던 어떤 고통"이 "손에 넣었던 그대들"이라고 표현하여 "고통" 자체에 강조점을 부여하고 있다. 곡예사들 역시 아무런 자체의 의식 없이 인형처럼 '어떤 의지'에 의해 조종된다. 여기서 이 곡예사들을 조종하는 것은 "고통"이다. 추상화된 고통이 이들을 가지고 논다. '어린 고통'이니까 성인이 겪은 고통이 아니라 어린아이가 겪은 고통이다. 앞에서는 "의지"였던 것이 이번에는 "고통"이다. 어린 고통은 병에 걸렸다가 낫는 중이다. 그런 고통에게 일종의 위안이 되는 존재들이 이들이다.

"그대여, 열매들만이 아는,/ 쿵 소리와 함께 하루에도 수백 번씩, 설익은 채,/ 모여 함께 만든 운동의 나무에서/ 떨어져 (물살보다 빠르게, 몇 분 만에/ 봄, 여름, 가을을 맞이하는 나무에서) ─ / 떨어져, 무덤에 부딪혀 쿵 소리를 내는 그대여:" 곡예사들은 모여서 "운동의 나무"를 만든다. 덧없이 금세 사라지는 것이 "운동의 나무"다. 이 나무는 자연의 나무와는 정반대의 속성을 갖고 있다. 마치 위로 치솟았다가 이내 떨어지고 마는 분수와 같다. 여기의 "그대"는 곡예사들 중 나이가 어린 소년으로 짐작된다. 곡예로 나무 모양을 만들 때 가장 꼭대기에 올라가는 것은 그룹에서 가장 어린 소년이다. 이 "나무"는 곡예사 여럿이 순차적인 동작을 통하여 하나씩 눈에 보이게 만들어 내는 것이다. 곡예사들의 근육 속에 들어 있는 본질적 힘의 균형이 한 그루 나무를 만들어 낸다. 곡예사들의 얼굴과 몸의 윤곽을 지우고 이들이 동원하고 있는 힘만 상상하여 그림으로 그리면 나무의 줄기와 가지만 보일 것이다. 소년은 그룹이 만든 전체 모양을 최종적으로 마무리 짓는 역할을 한다. 나무의 맨 꼭대기에서 균형을 잡고 일어나 양팔을 펼쳐 관중의 환호에 답한다. 순간 소년은 그 나무의 "열매"가 되는 것이다. 릴케는 이 나무를 괄호 안에서 다시 한번 설명하고 있다. "(물살보다 빠르게, 몇 분 만에/ 봄, 여름, 가을을 맞이하는 나무에서) ── " 이 나무는 한순간에, 불과 "몇 분 만에 봄, 여름, 가을"을 맞이한다. 그 속도가 물살보다 빠르다. 소년은 봄을 지나고 여름을 지나 가을이 된 순간에, 즉 모양이 다 만들어지고 나서 '익어서' 잠시 후 땅으로 뛰어내려야 한다. 그러나 소년은 아직 그 역할을 능숙하게 해내지 못한다. 그래서 그는 하루에도 수백 번씩 "설익은 채" 떨어진다. 그때마다 "쿵 소리"가 땅을 울린다. 소년은 떨어지되 무덤을 향해 떨어진다. 제대로 성공하지 못하고 설익은 과일이 마치 시들어 떨어지듯 맹목으로 땅으로 떨어지는 것이다. 일찍 열린 열매인 소년은 채 익지 못하고 무덤으로 떨어진다. 이중적인 의미가 무덤으로의 떨어짐 속에 들어 있다. 곡예사가 겪는 반복되는 연습의 고됨이 이 구절에 배어 있다. 이때 시에서 살짝 전환이 이루어진다. "그대여" 다음의 쌍점이 이런 전환을 이끈다. 문장부호를 통해 릴케는 전과 후로 나누어 상황의 전환을 꾀한다. "가끔은, 잠깐 쉬는 동안에, 다정한 적이 거의 없는/ 그대의 어머니를 향한 사랑스러운 표정이 그대 얼굴에서/ 피어나려 한다;" "운동의 나무"에서 떨어지는 순간 소년은 당혹감을 느낀다. 그때 소년은 자신을 보호해 줄 어머니를 찾는다. 그의 어머니는 곡예사 그룹 속에 있거나 구경꾼들 틈에 서서 소년의 곡예를 바라보며 미소로써 추임새를 넣어 주고 있는지도 모른다. 그쪽을 소년은 넘겨다본다. 그때 어머니를 향해 "사랑스러운 표정"이 "피어나려 한다." 미소는 언제 나올지 예측할 수 없는 것이다. 이때 소년의 미소는 곡예를 하며 구경꾼들을 위해 짐짓 억지로 짓는 거짓 미소가 아니라 안에서 우러나는 미소다. 소년의 감정 속에서 어머니는 아직 그와 직접적으로 연결되어 있는 존재다. 그러나 소년은 곡예사들 틈에서 자신이 맡은 역할을 해야한다. 자기 감정을 드러내는 것이 아니라 구경꾼들에게 맞추어진 감정을 드러내야 한다. 이것이 소년 곡예사가 겪는 내면의 갈등이다. 그러나 그의 어머니는 다가올까? 아니다. 어머니는 다가오지 않는다. 소년은 혼자서 연기를 끝까지 마쳐야 한다. 소년은 땅바닥에 떨어져 있다. 그때 그는 그대로 주저앉은 채로 잠시 한숨을 돌린다. 소년의 어머니는 "다정한 적이 거의 없"다. 아마도 곡예를 하는 아들의 안전을 위해 엄격한 탓일 것이다. "하지만 수줍게 어렵사리 지어 본 그 표정은,/ 그대의 몸뚱어리에 이르러 사라지고 만다, 그대 몸의 표면이/ 그것을 몽땅 흡수해 버리기 때문이다..." 피어나려던 미소는 세미콜론 앞에서 멈춘다. 얼굴은 내면의 표정이 드러나는 무대다. 얼굴 표정의 완성은 내면에서부터 시작된다. 지금 소년은 그 첫 단계에 와 있다. 그것은 어머니를 향한 것이다. 그러나 어머니는 여전히 엄격한 표정을 짓고 있다. 그 순간 미소는 더 이상 작동하지 않는다. 소년은 절제된 연기가 몸에 배어 있기 때문에 속에서 피어나던 어머니를 향한 애정도 피부에 이르러 사라지고 마는 것으로 볼 수 있다. 미소는 집중함으로써 한 송이 꽃으로 피어날 수 있는데, 그 미소의 에너지가 몸 사방으로 퍼짐으로써 피어나지 못하고 그냥 공기처럼 사라지고 마는 것이다. 얼굴도 그냥 신체의 일부가 될 뿐이다. 곡예의 우아하고 정확한 동작을 위한 피부의 표면일 뿐이다. "흡수해 버리기 때문이다..." 다음의 점 세 개의 말줄임표는 소년이 어머니를 향해 미소를 짓고, 시적 화자는 이에 대해 뭔가 더 묘사하고 싶지만 그것을 간단히 그만둔다는 것을 나타낸다. "이제 또다시/ 그 사내는 어서 도약하라고 손뼉을 친다." "그 사내"는 곡예 연습을 주도하는 사람으로 젊은이의 아버지로 보인다. 그 박수 소리에 소년은 다시 움직인다. "그리고/ 끊임없이 고동치는 그대 심장 언저리의 고통이/ 더욱 뚜렷해지려는 찰나,/ 발바닥의 화끈거림이 그 뿌리에 앞선다." 그는 직업적으로 곡예 연습을 해야 한다. 사랑에서 오는 심장의 아픔에 신경 쓸 겨를이 없다. 곡예사의 직업 정신이 진정한 눈물을 밀어낸다. "발바닥의 화끈거림이 그 뿌리에 앞선다."는 진실로 정직한 고통이 그의 심장 박동을 따라잡기 전에 발바닥의 화끈거림이 먼저 온다는 뜻이다. "두 눈에 살짝 몇 방울 육체의 눈물을 맺게 하면서./ 그럼에도, 자기도 모르게, 짓는/ 미소 하나....." 소년은 도약하느라 발바닥에는 불이 난다. 곡예를 하며 늘 겪는 고통이다. 그 고통은 소년의 "두 눈에 살짝 몇 방울 육체의 눈물을 맺게" 한다. 영혼의 눈물이 아니라 "육체의 눈물"이다. 그가 "자기도 모르게" "짓는" "미소 하나" 다음에 점이 다섯 개 찍혀 있다. 고된 육체적 내몰림에도 불구하고 소년은 미소를 짓는다. 이 다섯 개의 점은 시적 화자를 잠시 침묵과 명상에 잠기게 한다. 뭔가를 따지거나 생각하지 않고 저절로 나오는 미소를 뜻한다. 고통에도 불구하고 소년의 심장에서 미소가 삐져나온 것이다. 몇 번의 변증법적 전환을 거쳐 나온 "미소"다. 어머니를 보고 지으려다 다시 멈칫하다가 끝내 나온 미소, 이것은 가짜 미소가 아니라 마음에서 우러난, 무의식적으로 지은 미소이다. 가장 근원적인 미소이다. 소년의 이 미소는 값진 것이다. 이것이 곡예사의 예술이 갖는 공허함을 얼마간 덜어 준다.

"천사여! 오 잡아라, 어서 꺾어라, 작은 꽃잎의 약초를./ 꽃병을 구해서, 꽂아 두어라! 그것을 우리에게 아직/ 개봉되지 않은 기쁨들 사이에 놓아라;" "천사"를 호명하는 것으로 이번 연은 시작한다. 시적 화자는 자신감에 차 있다. 그래서 서슴없이 천사를 부른다. 소년의 미소가 나타나면서 이미 천사는 이곳에 와 있었던 것이다. 소년의 그와 같은 미소는 귀한 것이므로 지기 전에 어서 꺾어서 화병에 꽂아 영원히 간직해야 한다. 소년의 미소를 "작은 꽃잎의 약초"라고 한 비유법이 독특하다. 소년의 미소가 약초가 되는 이유는 그가 겪은 고통을 먹고 자란 산물이기 때문이다. 예술은 위안을 주고 고통을 치유한다. 이 작은 꽃잎 같은 미소가 영혼의 힘을 북돋아 준다. 화병에 꽂혀 있는 아름다운 꽃이 우리에게 위안을 주는 것과 같다. 이 미소는 우리가 경험해 보지 못한 기쁨을 준다고 시적 화자는 말한다. 선반에 여러 가지 약초병들이 놓여 있다고 했을 때 그 한 칸에는 '미개봉 기쁨들'이라는 칸이 있다. 천사를 향해 그 칸에다 이 미소의 꽃병을 놓으라고 시적 화자는 말한다. "우리에게 아직 개봉되지 않은 기쁨들"에서 "아직"이 고딕체로 강조되어 있는데, 이는 "아직"은 개봉되지 않았지만 언젠가는 개봉될 수 있다는 뜻을 담고 있다. "우리에게 아직 개봉되지 않은 기쁨들"이란 이 세상에서 아직 우리가 맛보지 못한 소중한 감정이다. "예쁜 단지에/ 화려하고 멋진 글씨로 새겨 찬미하라:/ 〈곡예사의 미소〉라고." 꽃이 꺾인다는 것은 일단 죽음을 의미하므로 여기의 "예쁜 단지"는 약단지와 유골 단지라는 두 가지 의미를 갖는다. 꽃병이 동시에 유골 단지가 되며 거기에 화려하고 멋진 글씨로 "곡예사의 미소"라는 글씨가 적힌다. 한순간 일어난 미소를 이렇게 영원화하는 것이다.

 "그리고 너, 사랑스러운 소녀여," 여전히 시적 화자는 곡예사 가족들을 하나씩 소개하는 중이다. 이번에는 곡예사 소녀가 그려진다. 피카소의 그림 하단에 등을 돌리고 선 소녀의 모습이 보인다. 분홍색 치마에 검은 상의를 입고 머리에는 붉은 꽃 리본을 꽂은 모습이다. "너, 매혹적이기 그지없는 기쁨들이/ 묵묵히 뛰어넘은 소녀여." 소녀는 술 장식을 한 머리를 흔들며 기쁜 양 미소를 짓는다. 곡예를 할 때는 마치 생명의 에너지가 조종하는 것처럼 힘차게 기술을 선보인다. 그때마다 소녀의 술 장식이 명랑하게 흔들린다. 그러나 생의 기쁨이 그녀의 가슴속을 통과하며 속속들이 차오르는 경우는 없다. 그녀는 기계적으로 도약을 할 뿐이다. 소녀 자신이 기쁜 것이 아니라 그것을 바라보는 관중이 기쁘기에 소녀가 아닌 주변 장식이 중심이다. 소녀를 바라보는 구경꾼들의 눈길 속에는 애정과 욕망이 함께한다. 그래서 "매혹적이기 그지없는 기쁨"이다. 그녀가 도약을 하며 곡예를 하면 그때마다 구경꾼들이 환호하고 거기서 기쁨을 느낀다는 뜻이다. "너의 술 장식들은/ 너 때문에 행복한지도 모른다 ──," 소녀를 묘사하면서부터 시적 화자는 소녀 자체보다 그녀를 장식하고 있는 사물들에 집중한다. 소녀는 곡예를 하며 무덤덤하다. 소녀 자신은 삶이 고달플 뿐이다. 소녀는 맛보지 못한 기쁨을 그녀의 옷장식이 느낀다. 오히려 사물들은 살아 있고 그녀는 무표정하다. "또는 너의 젊고/ 탄력 있는 젖가슴 위에서 금속성의 초록빛 비단은/ 어쩌면 더없이 호강하며 부족함을 모르리라." 그녀가 누리지 못하고 갖지 못한 것을 그녀 젖가슴을 덮은 초록빛 비단은 마음껏 즐기고 있다. 소녀의 젖가슴에 드리운 "초록빛 비단"이 호강을 하고 있다. 초록색은 삶의 기쁨, 생동감을 나타낸다. 그러나 "금속성"의 초록빛이다. 그녀가 걸친 "초록빛 비단"은 그렇기 때문에 그녀와 내적으로 통하지 않는다. "너,/ 그때마다 늘 다른 모습으로, 균형을 찾아 흔들리는/ 모든 저울 위에 올려진 무표정한 시장 과일이여,/ 누구나 볼 수 있게 양어깨가 떠받쳐진 채." 소녀는 "무표정한 시장 과일"로 지칭된다. 곡예사는 무릇 평정과 차분함을 갖추어야 한다. 구경꾼들의 시선을 받으며 차분하게 평정심을 유지하기란 힘든 일이다. 그럼에도 소녀는 이 일을 해낸다. "저울"이라는 낱말은 시장에서 파는 물건과 함께한다. 저울은 가만히 정지해 있지 않고 물건이 올려질 때마다 균형을 찾아 흔들린다. "그때마다 늘 다른 모습으로, 균형을 찾아 흔들리는"이라는 구절은 곡예사의 본질을 잘 알려 준다. 곡예사는 곡예를 하며 균형을 유지하려고 무게 중심을 찾는다. 그러나 곡예에서 균형을 잡는 일은 위험을 동반한다. 곡예의 대형을 쌓을 때 무너지지 않게 균형을 잘 잡아야 한다. 곡예의 대형이 다양하게 전개되기 때문이다. 소녀는 그 대형 중에서 일정한 곳에서 자기 역할을 해야 한다. 그것을 보면서 구경꾼들은 각자 자신의 느낌을 갖게 된다. 시적 화자가 소녀를 부르는 호칭은 "무표정한 시장 과일"이다. "과일"로 지칭하는 데서 피어나는 젊음과 청춘의 기운을 읽을 수 있다. 그러나 과수원 주인의 보살핌을 받는 과일이 아니라 팔기 위해 시장에 전시된 과일이다. 지나가던 사람 누구나 구경할 수 있는 물건이다. 곡예사 소녀는 여흥의 시장에 전시된 과일과 같다. 구경꾼들은 그녀를 보며 즐거워한다. 시장에서 이 저울 저 저울 위에 올려지는 과일처럼 그녀는 이 곡예사 저 곡예사에게 던져진다. 곡예사 소녀는 구경꾼들에게는 팔려고 내놓은 물건과 같다. "누구나 볼 수 있게 양어깨가 떠받쳐진 채."는 소녀가 균형을 잡고 누워 있을 때 남자 곡예사들이 그녀의 양어깨 아래쪽을 잡고 들어 올린 모습을 말한다. 남자 곡예사들이 그녀를 자신들의 어깨로 짊어지고 있는 모습을 연상하면 된다. 이때 그녀의 양 젖가슴은 더욱 두드러진다. "누구나 볼 수 있게"는 원어 'öffentlich'를 번역한 것으로 어떤 비밀이나 사적인 것 없이 공공연하게 내놓은 상태임을 뜻한다. 이것을 참아 내는 것 역시 곡예사 소녀가 할 일이다.

"어디, 오 그곳은 어디 있나, ― 나는 내 마음속에 갖고 있다 ―," 이제 시적 화자는 외적 현실에서 눈을 돌린다. 시적 화자는 대뜸 "어디, 오 그곳은 어디 있나,"라고 묻는다. 갑작스러운 질문 앞에 독자는 당혹감을 느낀다. 시적 화자의 질문은 분명 장소와 관련되지만 이어 나오는 구절의 맥락상 어느 특정한 때를 묻는 것으로 보인다. 과거로 돌아간 시점이다. 그곳은 미숙함의 장소이자 때이다. 그곳, 그때를 시적 화자는 회상 어린 투로 돌아다본다. "그곳"은 이제 "양탄자"가 아닌 어느 다른 곳이다. "그곳"을 시적 화자는 "마음속에 갖고 있다." 줄표에 이어 삽입구를 써서 시적 화자 자신의 경우를 말하고 있다. '장소'로서 눈으로 볼 수 있는 곳이 아니다. 그곳은 내면에 있다. 행위의 근원이 되는 곳이다. 우리의 행위를 통해서 그런 곳이 있음을 짐작할 수 있다. 그곳은 우리가 무언가를 지각하고 생각하고 행위를 전개할 수 있게 해 주는 곳이다. 이제 시적 화자는 곡예사들의 곡예를 묘사한 뒤 그런 곡예는 어디로부터 나오는지 그 근원을 캐고 싶어 한다. 그곳을 시적 화자는 마음속에 갖고 있다고 말한다. 어떤 예술적 개명의 순간을 말하는 것이다. 그 순간은 언제 어디서 찾아올지 모른다. 스스로 깨닫는 순간이기 때문이다. 스스로 느껴 깨닫는 그때, 그 장소는 말로 표현할 수가 없다. "그들이 아직 제대로 해내지 못하고 서로에게서/ 나가떨어지기만 하던 곳, 날뛰기만 하지 제대로/ 짝을 짓지 못하는 동물들처럼; ─ "여기의 "그들"은 곡예사들이다. "제대로 해내지 못하고"의 목적어는 '곡예'이며, 곡예에서 난관을 극복해 내는 과정이 힘겨움을 말한다. 곡예사들은 자신의 감정을 제대로 다스리지 못하면 곡예를 할 수 없다. "교외"의 "양탄자" 위에서 곡예사들은 숱한 불능의 시간을 보낸다. 이들의 나날은 이 같은 무능력으로 가득 채워진다. 그러다가 축복처럼 한 찰나에 순수한 변용이 이루어진다. 묘기를 보여 주려 할 때 곡예사들이 서로 손발을 잘 맞추지 못하는 것을 동물들의 미숙한 짝짓기에 비유하고 있다. 암수 한 쌍의 어린 동물들은 서두르기만 하지 제대로 된 짝짓기를 해내지 못하고 상대에게서 자꾸 떨어져 나간다. "무게가 여전히 무겁기만 한 곳:/ 그들의 서툰 작대기 놀림에/ 아직도 접시들이/ 비틀대는 곳....." "무게가 여전히 무거운 곳"은 곡예사들이 아직 서툴던 때를 두고 한 말이다. 아직 근육 단련이 제대로 되지 않은 초보 곡예사는 역기를 들어 올리지 못한다. 접시 돌리는 역할을 맡은 곡예사 역시 처음에는 접시를 제대로 돌릴 수 없다. 모든 것이 너무나 서툴기만 하다. 미숙함의 무게를 감당하지 못한다. 순전히 부족함뿐이다.

"그러다가 홀연 이 힘겨운 존재하지 않는 곳에서,/ 순전한 모자람이 놀랍게 모습을 바꾸어,/ 그 말로 할 수 없는 지점이/ 돌연 — , 저 텅 빈 넘침으로 급변한다." "이 힘겨운 존재하지 않는 곳에서"는 한마디로 '눈에 보이지 않는 공간에서'라는 의미이다. 도무지 아무런 해결의 빛이 보이지 않는 암흑의 시공을 말한다. 무에서 유를 창조해 내려는 예술가의 진지한 노력을 말하는 것이다. 그때를 생각해 보면 아무것도 떠오르지 않는다. 어떻게 빛을 찾았는지 전혀 모르기 때문에 "이 힘겨운 존재하지 않는 곳"이라고 칭하는 것이다. 개안(開眼)의 지점이라고 할 수 있다. 그러나 이 장소는 어떻게 생겼는지 알 수가 없고 어디인지 짐작할 수도 없다. 마음속으로만 그려 볼 뿐이다. 어떤 감정, 느낌들이 연결되고 합쳐져 그런 순간이 나오는지는 아무도 모른다. "순전한 모자람"은 충분히 갈고닦지 못한 어설픈 곡예를 추상화하여 표현한 말이다. '순전한 결핍'이다. 모자라도 아주 모자란다는 뜻이다. "모습을 바꾸어"는 놀라운 변용이 일어남을 말한다. 시적 화자는 이 놀라운 일이 벌어지는 "장소"가 어디인지 묻고 있다. "말로 할 수 없는 지점"은 획기적인 전환이 이루어지는 곳, 낮은 것이 높은 것으로 고양되는 깨달음의 시간과 공간이다. "말로 할 수 없는 지점"은 신비로운 곳이다. 획기적인 일이 일어나는 공간이다. 무엇이 이곳에서 완성되지만 그곳이 무엇이라고 정의할 수는 없다. 이곳을 심장이라고 할 수도 없다. 그것이 반드시 심장에서만 일어나는 일은 아니기 때문이다. 뇌라고 할 수도 없다. 그렇기 때문에 그곳은 "말로 할 수 없는 지점"이고 "이 힘겨운 존재하지 않는 곳"이다. "텅 빈 넘침"에서 "텅 빈"은 그야말로 마음을 비웠다는 의미이다. 어떤 소유도 없고 어떤 대상에 묶여 있지도 않다. 감정과 생각이 사라진 무념무상의 순간이다. 진정한 넘침이다. "순전한 모자람"과 "텅 빈 넘침", 이 두 낱말은 상반되는 개념의 동시적 구사이다. 일견 어울리지 않는 형용사와 명사의 결합을 통해 극한의 시적 긴장을 창출한다. 후줄근하던, 빈 자루 같던 곡예사의 근육이 갑자기 차오르며 한순간에 마음을 비우고 멋진 곡예를 해내는 것이다. 앞의 「제4비가」에서 나왔던 인형의 상태와 같다. 다른 잡념이 없는 상태에서 최선의 예술이 가능하다. "텅 빈 넘침"은 넘치되 그 그릇은 그대로 유지되어 다른 내용물을 담을 수 있음을 의미한다. 이런 순간이야말로 진정한 예술적 창조의 과정이다. 꽉 차서 터지거나 무너지지 않고 또 다른 것을 담을 수 있는 그릇의 순간을 맞는 것이다. "순전한 모자람"이 극단에 달할수록, 결핍을 채우려는 의지가 강해지며, 더 나은 상태를 지향하는 그리움이 강해질수록 "텅 빈 넘침"은 그만큼 풍요로워진다. "넘침"은 시간 개념으로는 '이미'라고 할 수 있다. 시적 화자는 '아직'과 '이미' 사이의 지금 이 순간을 찾고 있다. 이 순수한 현상이 이승에서 가능할까? 시적 화자의 발길은 그렇기에 이승에만 머물지 않는다. "급변"은 "순수한 모자람"이 "텅 빈 넘침"으로 순간적으로 확 변하는 것을 말한다. 이 두 가지 극의 순간 사이에서 예술이 완성된다. 이와 같은 개명의 순간이 찾아올 때 곡예사의 연기는 술술 풀린다. 시인에게는 말로 할 수 없던 것이 말로 화하는 순간이다. "자릿수가 많은 계산이/ 남김없이 정리되는 곳." 시적 화자는 상당히 추상적인 표현을 빌어 자신이 깨달은 것을 보편적인 방식으로 서술하고 있다. 앞에서 곡예사들을 묘사하면서 이야기했던 구체적인 사건이나 생각에서 그 구체성을 제거하고 보편화한 추상성이 정수로서 표현된다. "순전한 모자람"과 "텅 빈 넘침"의 계산은 다분히 형이상학적이다. 이는 뒤에 나올 정수를 위한 계산된 전개이다. 다음에서 죽음 이야기로 넘어가는 것을 보면 "계산이 남김없이 정리되는 곳" 은 모든 것이 성취되고 지양되는 장소으로서의 죽음의 상태 와 연결시켜 볼 수 있다.(Brück, 173) 곡예사의 "양탄자"가 이런 신비스러운 비밀의 시공간으로까지 전개된 것이다.

"광장들, 오 파리의 광장이여, 끝없는 구경거리를 주는 곳이 여,/ 거기선 모자 제조상 **마담 라모르**가 쉬지 못하는/ 세상의 길들을, 끝없는 리본들을 말기도 하고 감기도 하면서/ 새 나 비매듭, 주름장식, 꽃, 모표(帽標), 모조 과일들을/ 고안해 낸 다 ─ ," "광장들"에 대한 호명에 이어, "오 파리의 광장"이 불 려 나온다. 파리의 광장이 눈앞에 펼쳐진다. 이곳은 "끝없는 구경거리"를 제공한다. 광장은 많은 것들이 벌어지고 보여지 는 곳이다. 마치 극장의 무대와 같다. 그곳으로 사람들은 모 여든다. 그곳으로부터 사방으로 길이 뻗어 나간다. 파리의 광 장은 "모자 제조상 마담 라모르"의 작업장이다. 프랑스어로 'Madame Lamort'이고, 우리말로 옮기면 '죽음 부인'이다. 프랑 스어에서나 이탈리아어에서 '죽음'은 여성 명사다. 릴케는 유 행과 패션을 강조하여 일부러 프랑스어를 선택한 것으로 보인 다. 그러나 라모르는 단순한 '죽음 부인'이 아니라 신화적 차원 까지 상승한다. 라모르는 인간들의 운명과 죽음을 관장하기 때문이다. 죽음 부인의 행동 방식은 기분에 좌우된다. 생각나 는 대로 인간들의 운명을 꼬고 합치고 분해한다. 라모르는 모 자를 만드는 존재이기 때문에 사람들의 운명을 가지고 이런저 런 기발한 물건들을 만들어 낸다. 라모르 부인은 끝없는 리본을 만들며 거기에 인간의 실존을 섞어 넣는다. 죽음은 덩굴손과 같다. 인간들을 친친 휘감는다. 인간은 마담 라모르의 먹잇감일 뿐이다. 「제5비가」 초반부에서 곡예사들이 "어떤 의지"의 조종을 받아 움직였다면, 여기서는 "마담 라모르"가 인간들을 조종한다. 라모르가 만들어 내는 "나비매듭, 주름장식, 꽃, 모표, 모조 과일"은 가정에서 사용하는 장식품들이다. 생명의 물기가 싹 빠진 인위적인 제품들이다. "하지만 모두가/ 거짓되게 물을 들였으니, ─ / 운명의 값싼 겨울 모자에나/ 어울리는 것들일 뿐이다./ .... " "운명의 값싼 겨울 모자"라는 표현이 눈에 띈다. 마담 라모르가 마지막에 뜨개질로 만드는 것은 운명의 겨울 모자이다. 사계절의 마지막 순서로서 죽음을 연상시키는 "겨울"은 들판의 식물들이 사라지고 난 뒤의 색깔인 검은색 모자를 쓸 것임이 분명하다. 그 모자를 쓰고 운명이 찾아가는 곳은 장례식장이다. 라모르가 만든 물건들은 모두가 무덤의 부장품으로 넣기에 알맞은 것들이다. 이 물건들은 죽음의 여인이 만드는 것으로 사실 격에 맞는다. 라모르가 챙기는 죽음은 길 위의 죽음, 본래적이지 않은 대량 죽음이다. 완성된 삶의 열매가 아니라 대도시인 파리 뒷골목에서, 병상에서, 큰 도로에서 우연히 마주칠 수 있는 작은 죽음들뿐이다. 이어지는 수많은 말줄임표는 시적 화자의 생각이 뭔가 많은 것을 속으로 참고 다음으로 넘어가려 함을 알려 준다. 이렇게 한 행 전체가 말줄임표로 이루어진 것도 드문 일이다. 시적 화자의 의도는 무엇일까? 인위적인 것, 참된 삶이 아닌 것들에 대해 자꾸만 이야기하는 것이 무의미하다는 뜻으로 받아들여진다. 말로 표현하기조차 부끄럽다는 뜻이다. 이어서 무엇이 나올까? 바로 저세상이다. 기본 어조는 비가적이다.

"천사여!: 우리가 모르는 어느 광장이 있다고 하자," 파리의 광장 이야기가 끝난 뒤 시적 화자가 생각하는 가상의 장면이 시작된다. 먼저 시적 화자는 "천사"를 외쳐 부른다. 천사 다음에 느낌표와 쌍점이 찍혀 있다. 천사를 불러 놓고 자신의 생각을 전달하는 것이다. 이 「제5비가」의 마지막 연에 이르러 시적 화자는 파리의 광장에 이어 가상의 광장을, 천사의 광장을 불러낸다. 앞 연에 나왔던 광장과는 사뭇 다른 분위기이다. 그리고 곡예사들이 양탄자를 펼쳐 놓고 도약을 하던 그곳 교외의 한 광장과도 판이하게 다르다. 이승의 광장과는 딴판인, 이상적인 상상의 광장이다. "그곳, 말로 할 수 없는 양탄자 위에서 연인들이/ 여기서는 보여 줄 수 없는 심장의 약동의/ 대담하고 드높은 모습을,/ 그들의 황홀의 탑을,/ 바닥 없는 곳에서 오래전부터 떨면서/ 서로 기대어 있는 사다리를 보여 주리라, ─ " "말로 할 수 없는 양탄자"는 이 세상에는 존재하지 않는 어느 미지의 세계에 속한다. 이 양탄자 위에서는 보통 속세에서 할 수 없는 초월적 곡예를 해낼 수 있다. 완벽한 연기가 이루어질 수 있는 이곳은 어디인가? 그리고 그 연기를 해내는 곡예사들은 과연 누구인가? 이번엔 "양탄자"에서 곡예를 보이는 것이 곡예사들이 아닌 연인들이다. 『두이노의 비가』의 처음부터 끝까지 주인공 역할에서 벗어나지 않는 인물들이다. 그러나 이곳은 현실에 존재하는 장소가 아니다. "여기서는 보여 줄 수 없는 심장의 약동의/ 대담하고 드높은 모습을,"이라는 구절에서 "여기서는"의 "여기"는 '저기'를 전제로 한 개념이다. "여기"는 곡예사들의 묘기가 있는 곳, 즉 이승을 지칭한다.

곡예사들은 연인들의 이런 대담하고 드높은 모습을 보여 주지 못한다. 이것은 육체로 하는 것이 아니라 "심장의 약동"을 통해 수행하는 것이기 때문이다. 연인들은 대담하게 심장의 고동을 높이고 그에 따라 정신도 고양된다. "심장의 약동"은 열린 세계와 황홀경을 서로 연결시켜 주는 감각적이면서 영적인 운동이다.(Brück, 177) 연인들은 "황홀의 탑"을 쌓아 올린다. "황홀의 탑"은 연인들의 강화된 감정과 구속 사이의 균형이다.(Fuchs, 242) 상대를 향한 감정의 집중과 그 감정의 이완을 말한다. 탑은 이상을 향한 몸짓이다. 드높은 사랑의 유토피아를 지향하는 것이다. 지금의 연인들이 초월의 세계에 있다는 것을 감안하면 탑은 이승과 저승을 이어 주는 다리의 역할을 한다. 연인들은 곡예사들처럼 실제 양탄자가 아니라 감정의 양탄자 위에 서서 감정을 통해 탄탄한 사다리로 서로 기대어 있다. 이때 사랑은 완벽하다. 이 감정은 말로 표현할 수 없다. 그러기에 말로 할 수 없는 양탄자 위에 그들은 서 있다. 연인들은 더 높은 수준의 균형을 이루어 내며 그렇기 때문에 곡예사들을 넘어선다. "사다리"가 "떨면서" 서로 기대어 있다는 것은 연인들이 수행하는 곡예의 위험성을 나타내는 말이다. 그리고 "사다리"가 "바닥 없는 곳"에 서 있기 때문에 그 위험성은 현실의 잣대로 잴 수가 없다. 이 연인들은 어떤 연인들인가? 우리가 현실에서 만나는 그런 연인들이 아니다. 이들은 이미 정신화된 존재들이다. 정신만 남은 영혼들이다. 두 연인은 사랑의 균형을 잘 잡고 있다. 곡예사들이 자꾸만 실패했던 그 균형이다. 사랑에서 상호간의 정신적 균형과 교감이 얼마나 중요한지 말해 주고 있다. 여기서 왜 시인이 이 「제5비가」의 첫머리에서 떠돌이 곡예사들 이야기를 그렇게 자세하게 했는지가 드러난다. 이들 곡예사들에 대한 언급이 진정한 사랑을 위한 '대비의 배경'이, "느낌의 윤곽"이 되고 있다. 곡예사들의 서툼과 감정적 메마름이 진정한 연인들을 더욱 돋보이게 한다. 사랑의 균형이란 무엇인가? 상대에게 요구하는 것이 아니라 스스로를 상대에게 내줌으로써 스스로도 의지처를 갖게 되는 것이 사다리다. 사다리에서 강조되는 것은 두 존재 간의 균형이다. "그들은 해내리라,/ 둘러선 구경꾼들, 소리 죽인 무수한 망자들 앞에서:" 연인들은 무수한 망자들이 지켜보는 가운데 영혼의 도약을 행함으로써 자신들의 사랑을 완성한다. 이들의 접촉은 영원을 꿈꾼다. "그러면 그들은 품속에 늘 아껴 두고, 숨겨 두었던,/ 우리가 모르지만, 영원히 통용되는 그들의 마지막/ 행복의 동전을 이제는 진정된 양탄자 위에서/ 마침내 진정으로 미소 짓고 있는 연인들의 발치에/ 던져 주지 않을까?" 그 장면을 본 망자들은 가만히 있지 않을 것이다. 이들은 사랑의 무대를 꾸며 준 연인들에게 동전을 던져 주리라. 그 동전의 이름은 "행복의 동전"이다. 이 동전은 이승이든 저승이든 정부가 망해도 "영원히 통용되는" 화폐다. 망자들만이 이 "행복의 동전"을 갖고 있고, 우리는 구경할 수 없다. 평소에는 이들이 이 동전을 품속에 꼭꼭 숨겨 두고 있기 때문이다. "행복의 동전"은 사랑의 완성의 증표가 되는 아주 귀한 화폐다. 사랑을 인정하는 표시로 구경꾼인 망자들이 자신들의 호주머니에서 가장 아끼던 동전을 꺼내 연인들의 발치에 던져 준다. 이 비가의 첫머리에 나왔던 곡예 구경꾼들의 태도와 사뭇 다르다. 그리고 곡예사들이 맺던 "가짜 열매"와 이곳의 연인이 쌓아 올린 "황홀의 탑"은 명확하게 대비된다. 여기의 "황홀의 탑"은 시대를 초월하는 진정한 사랑의 탑이다. 시적 화자는 "진정된 양탄자"라는 표현을 쓰고 있다. 제대로 균형을 잡지 못해 넘어지고 자빠지면서 먼지를 일으키던 곡예사들과 달리 사랑하는 두 연인은 먼지 하나 안 나게 양탄자 위에서 균형을 잡고 서로 기대어 서 있다. 그래서 사랑하는 연인들의 사랑이 성취되었다고 하지 않고 "진정된 양탄자"라고 말하는 것이다. 이 표현으로써 비로소 이번 「제5비가」의 첫머리에 나왔던 "결코 만족할 줄 모르는 어떤 의지"와 "모자 제조상 라모르"의 압박과 강요는 끝난다. "양탄자"는 이제 평온 상태에 접어들었다. 직접적으로 말하자면 연인들은 진동과 요동을 겪어 내고 영원한 사랑에 이르렀다. 곡예사들의 균형이 외적인 것이라면 이들 진정으로 사랑하는 연인의 균형은 순수 내적인 것이다. 눈에 보이는 것이 눈에 보이지 않는 것으로 영원화된 것이다. 마지막의 의문문 "던져 주지 않을까?"는 수사적인 질문이다. 그러기를 시적 화자는 바라고 있다. 이 시에서 우리는 황홀한 사랑의 탑이 끝에 가서 우뚝 솟아오르는 것을 상상하게 된다. 연인들은 이 탑을 기꺼이 만들지만, 곡예사들은 마지못해 만든다. "진정으로 미소 짓고 있는 연인들"이라는 표현이 이 연인들의 사랑의 진정성에 대한 증거다. 가짜 미소가 아니라 진정한 미소가 연인들의 얼굴에 번지고 있다. 이 정도의 미소라면 천사에게 어서 꽃병에 꽂으라고 권할 만하다. 천사야말로 시적 화자가 말하는 모든 것에 대한 최고의 증인이다. 그렇기 때문에 시적 화자는 언제나 천사를 향해 외치는 것이다. 앞에서 강력한 모습의 곡예사들 뒤에 더욱 강력한 존재가 있다고 말한 바 있다. 진정으로 강력한 존재는 바로 "진정으로 미소 짓고 있는 연인들"이다.

곡예와 광장, 이 두 가지가 이번 비가의 라이트모티프다. 그리고 또 하나 구경꾼들이 곁들여진다. 여기의 테마는 다양하지만 가장 끝에 남는 것은 사랑이다. 대단원에 이르기까지 반전에 반전을 거듭하고 우리 삶의 파노라마가 전개된다. 이번 비가는 서정시이면서도 드라마틱하다. 초반에 등장하는 곡예사들을 어떤 의지가 위로 던지고 휘감고 뒤틀고 땅바닥에 내려놓듯이 시인은 이 비가에서 이런 극적 반전이 있는 인간의 운명을 그려 보인다. 문학의 영원한 테마는 사랑과 죽음이라는 것이 다시 한번 확인된다. 라스트 신으로 남는 것은 서로의 사랑으로 디딜 것 없는 허공에서도 탄탄한 사다리를 만든 진정한 연인들의 다정한 모습이다. 이들은 사랑의 곡예에 성공한 진정한 예술가들이다.

「제6비가」에 대해서

「제6비가」는 방랑의 삶을 살다 간 릴케의 흔적을 잘 보여
주는 작품이다. 그가 머물렀던 유럽 도시들의 이름이 이 비가
와 함께한다. 그만큼 생성의 역사가 길다. 이 비가의 첫 시작
(詩作) 노트는 1912년 초 두이노성 시절까지 소급한다. 1~31
행은 1913년 1월과 2월에 스페인의 론다에서 쓰였고, 42~44
행은 1913년 늦가을 파리에서 추가되었다. 마지막으로 릴케
가 32행에서 41행까지 쓰면서 이 비가를 마무리 지은 장소는
『두이노의 비가』 전 작품의 완성 직전인 1922년 2월 9일 스위
스의 발레 지방 시에르의 산중턱에 위치한 뮈조성이다. 「제5
비가」가 도시의 광장을 다루며 말초적 유흥과 죽음의 세계에
천착했다면, 「제6비가」에서 가장 먼저 만나는 것은 자연의 싱
그러움이다.

"무화과나무여, 너는 진작 얼마나 내게 뜻깊었던가," 시적 화
자는 무화과나무에 대해 이미 전부터 각별한 관심을 기울여
왔으며 무화과를 시 속에서 구현하려 암중모색 중이었음을
이 구절로 드러내고 있다. 그는 무엇을 생각했을까? 무화과는
겉으로 꽃을 피우지 않는다. 무화과라고 부르는 초록색 열매
가 바로 무화과꽃이다. 여기에 포인트가 있다. "개화의 시기를
거의 완전히 건너뛰고," 무화과나무는 개화의 단계를 건너뛴
다는 것이 시적 화자가 본 가장 큰 특징이다. 이번 비가의 핵
심 이미지이다. 꽃 피어남 즉 개화는 일종의 뻐김과 자랑이다.
그것을 건너뛴다는 것은 그런 외적 과시를 표 내지 않는다는
뜻이다. 순전히 내면에만 집중하는 것이다. 무화과나무의 붉
은 속은 붉은 승복의 수도사를 감싸고 있는 움막과 같다. 수

도사는 집중하는 고독 속에 있다. "찬미받는 일 없이," 원문은 'ungerühmt' 즉 '찬미를 받지 않고도'이다. 다른 말로 하면 '아무런 꾸밈 없이'가 된다. 찬미란 꽃을 피워 스스로를 자랑하고 또 칭송받는 것을 말한다. 식물이 꽃을 피우는 것은 곤충을 유혹하기 위함이다. 일반적으로 식물은 꽃으로 자신의 존재를 과시한다. 그러나 무화과는 겉으로 드러나는 이런 꽃도 향기도 없다. 무화과는 겉으로 드러내지 않고 비밀스럽게 자기 일을 수행하는 존재의 상징이 된다. "너의 순수한 비밀을/ 일찍 결심한 열매 안으로 밀어 넣는 네 모습." 무화과의 비밀은 왜 순수한가? 순수하다는 것은 순도가 100퍼센트라는 뜻이다. 그만큼 비밀의 내용이 알차다는 것이다. 여기서 "순수한 비밀"은 아름다움을 간직한 과일의 정수를 말한다. 무화과나무는 이 비밀을 위해 외부를 향해 자신을 과시하기를 포기한다. "순수한 비밀"은 참된 과일을 향해 열매가 무르익어 가는 것, 다른 말로 완성을 향한 의지 같은 것이다. "일찍 결심한"은 무화과 열매가 평소 자신의 뜻을 관철시킬 의지를 품고 있었음을 뜻한다. 무화과는 열매 속으로 "순수한 비밀"을 응축시킨다. 뭔가를 일시에 폭발시키기 위한 선제 작업 같다. 이런 침묵의 집중 시간이 나중의 핵폭발을 가져다준다. "네 휜 나뭇가지는 분수의 관(管)처럼 수액을 아래로/ 그리고 살짝 위로 나르고, 수액은 잠에서 벌떡 깨어나,/ 비몽사몽간에 달콤한 성취의 행복 속으로 뛰어든다." 시적 화자는 나뭇가지를 분수의 파이프에 비유하고 있다. 나무의 수액이 분수의 파이프 같은 나무의 관을 통해 열매 쪽으로 치달린다. 이렇게 부지런한 수액의 움직임은 열매가 무르익게 하는 힘의 상징이다. "성취의 행복"은 열매를 맺는 것에서 비롯한다. 나무는 자신의 꽃으로 웃고 자신의 열매로 궁극적 성취를 맛본다. 여기서는 수액이 곡예사 역할을 맡는다. 시인은 보통 인간과 달리 꽃핌을 으스대지 않고도 묵묵히 자기 할 일을 하는 무화과나무에게서 예술가의 기본을 배운다. 자신의 내면의 동력에 따라 스스로의 힘을 전개하는 것이 무화과나무다. "보라: 신이 백조의 몸속으로 뛰어들었듯이." 무화과 열매의 성취의 순간을 강조하기 위해서 이번에는 "신이 백조의 몸속으로 뛰어들었듯이"라는 비유가 사용된다. 이 구절은 레다와 백조의 신화를 암시한다. 이른바 달콤한 성취의 순간이 제우스가 백조로 변하여 레다의 몸속으로 뛰어든 것에 비유됨으로써 "성취의 행복"의 의미가 강화된다. 제우스는 엄청난 에너지로 레다의 몸속으로 뛰어든다. 그것이 이 시구절의 핵심이다. "뛰어들었듯이"는 여전히 「제5비가」의 곡예사의 도약을 암시한다. 신이 레다의 몸속으로 뛰어들듯이 열매 속으로 뛰어드는 생명의 즙에서 영원성과의 만남을 볼 수 있다. 이와 같은 도약은 예술뿐만 아니라 인간적 실존까지도 염두에 두고 있다. 인간은 이렇게 과감하게 뛰어들지 못하고 머뭇대고 고정관념 속에 빠져 있다. 이 문장의 끝에 찍혀 있는 마침표는 "보라:"라는 문장 첫머리의 외침으로 볼 때 거의 느낌표에 가깝다. 그러나 릴케는 이 문장을 하나의 마침표로 끝내고 있다. 차분하게 스스로 돌이켜 보는 시적 화자의 마음이 드러난다. "......그러나 우리는 머뭇거린다," 제우스와 레다의 신화가 끝나자 시적 화자는 잠시 생각에 잠긴다. 여섯 개의 점으로 말줄임표가 이어진다. 인간으로서 스스로의 정체성에 대한 생각이 점으로 나타난 것이다. 잠깐 제우스와 레다의 신화로 빠졌던 분위기는 바로 "그러나"와 함께 "우리" 쪽으로 돌아온다. 신화 속의 제우스와는 다른 인간의 실제가 논

의된다. 우리 인간의 행동 방식을 생각하며 시적 화자는 체념조의 분위기에 잠긴다. "머뭇거린다"는 확실하게 결심해서 무언가를 수행하지 못하고 어정쩡한 상태에 있음을 뜻한다. "아, 우리의 꽃 피어남을 찬미하다가, 우리는 우리의/ 마지막 열매 속으로 뒤늦게 들어간다, 들통난 채." 우리는 자신의 꽃 피어남만 믿고 행동하다가 세상에 자신의 모든 비밀을 다 드러내는 꼴이 되고 만다. 그러기에 "들통난 채."라고 시적 화자는 말한다. 앞의 무화과처럼 스스로의 "비밀"을 고이 간직하지 못하고 너무 나대면서 결국 일찍 자신이 저지른 행동의 잘못으로 다 들켜 버려 손상을 입는 것을 의미한다. 무화과나무의 "비밀"과 인간의 '들통나다'가 뚜렷하게 대조된다. 결국 우리의 뒤늦은 깨달음이 우리 삶의 진정한 완성을 가져오지 못한다. 무화과나무와 비교하여 인간은 자신의 봄날(청춘)을 노래하고 여기에 매달린다. 이곳에서 머뭇거리고 싶어 한다. 과감하게 치고 나가지 못하고 과거에 짓눌린다. 인간은 봄의 매력에 푹 빠져 있다. 인간은 가장 소중한 자신의 비밀을 다 떠벌린다. 우리는 "마지막 열매" 속으로 들어가는 행동이 굼뜨다. 내면의 과정에 집중, 투자하지 못한다. 옆길로 새고 아름다움을 쫓고 한가하게 노닌다. 인간은 이럴까 저럴까 우왕좌왕하고 결정을 제대로 내리지 못한다. 시적 화자의 관점에서는 그저 소수의 인간들만이 이런 실수와 착각에서 벗어난다. "몇몇 이에게만 행동에의 충동이 강력하게 솟구치니,/ 이들은 벌써 마음의 충일 속에 머물면서 작열한다,/ 꽃피움의 유혹이 부드러운 밤공기처럼/ 그들의 젊은 입술과 눈꺼풀을 스칠 때면:/ 이들은 영웅들이거나 일찍 저승으로 갈 운명을 가진 자들이다," 앞에서 보통 인간들의 허망한 삶의 태도를 언급한 뒤 시적 화자는 "행동"을 강조한다. 이 "행동"의 전제가 되는 것이 "마음의 충일"이다. 무화과 열매의 인고의 시간과 같다. "작열"은 응축된 것이 폭발하는 것이다. 에너지가 조금씩 서서히 빠져나가는 것이 아니라 응축되었다가 일시에 뭔가를 수행하는 것이 "작열"이다. 은밀한 비밀을 간직하는 법을 아는 사람들만이 감정과 의지의 열화를 깃발 삼아 행동의 길로 나설 수 있다. "꽃피움의 유혹"은 "행동에의 충동"을 가로막는 방해물이다. 겉으로의 과시는 내적 에너지의 손실을 가져오기 때문이다. "행동에의 충동"은 집중력 있는 심장의 힘에 의해 가능하다. "꽃피움의 유혹"을 견디어 내는 것은 마음의 평정과 집중을 갖는 일이다. 슬슬 빠져나가는 감정의 낭비보다 한순간을 위한 집중이 필요하다. "영웅"은 이미 「제1비가」에서부터 등장한다. 이들은 평범한 인간들이 보이는 태만함이나 이용 가치, 두려움 같은 속성에 빠지지 않는다. 영웅은 자신의 존재 가치를 최대한도로 발휘하려 한다. 영웅은 자신의 몸과 마음을 가득 채운 사명감으로부터 시작한다. 영웅은 집단적 기억 속에 살아남아 늘 새로 태어나 자신을 보존함으로써 자기에게서 나간 것을 다시 담아 들이는 천사와 비슷하다.(Fuchs, 251) 영웅 옆에 "일찍 저승으로 갈 운명을 가진 자들"이 놓이는 것은 일면 의외로 보이지만, 영웅과 일찍 죽은 자들은 공히 자신의 현존재를 가장 절실하게 경험한 자들이라 할 수 있다. "이들의 혈관을 정원사 죽음은 달리 구부려 놓았다." "정원사 죽음"이 이들의 핏줄을 "달리" 구부려 놓은 이유는 핏줄이 집중도 있게 흐르도록 하기 위함이다. 그냥 평범하게 살다 죽을 사람들과 다른 생명의 관의 모습을 갖게 된 것이다. 영웅들, 일찍 죽은 자들의 "혈관"과 무화과나무의 "흰 나뭇가지", "분수의 관"은 좁아진 통로로 피와 수액, 물이 세차게 몰아치며 흐른다는 공통점을 갖는다. 운명적으로 휘어져 있지만 오히려 더 빠른 물살로 인해 집중력 있게 수행되는 삶을 상징한다. 영웅과 일찍 죽은 자들에게 에너지를 주는 것은 죽음이다. "이들은 돌진한다: 자신들의 미소보다 앞서간다." 뒤를 돌아보지 않고 앞만 보면서 돌진하는 것이 영웅의 특징이다. 영웅은 자신의 흔적을 늘 뒤에 둔다. 행동만이 모든 것이다. 이득을 헤아리거나 뭔가를 생각하느라 주저하지 않는다. 머뭇대며 시간을 허비하거나 스스로에 대한 칭송에 빠지지 않는다. 이들에게서는 한 방향으로 밀어붙이는 에너지가 느껴진다. 어찌나 빠른지 미소보다도 앞서간다. "미소"는 환한 빛으로 빛나는 성취의 표현이자 그것에 대한 일종의 세레모니다. 어떤 사람의 의연한 행동이 먼저 앞장서고 뒤에 그 행동을 한 사람의 미소가 마치 후광처럼 뒤따르는 형상이다. 영웅들은 미소를 누리는 법이 없다. 이들의 행동은 먼저 끝나고 이 행동에 뒤이어 후세 사람들이 이들을 평가하는 것이다. 미소는 가장 나중에 온다. "마치/ 카르나크 신전에 부드럽게 새겨진 움푹한 부조에서/ 마차를 끄는 말들이 개선하는 왕보다 앞서가듯이." 1911년 1월 6일부터 3월 11일까지 릴케는 이집트에 체류한다. 그곳에서 그는 멤피스에 있는 람세스 2세의 화강암 석상뿐만 아니라 카르나크의 신전에서 많은 감동을 받는다. 이곳에서 그는 왕이 전차를 타고 달려가는 모습의 부조를 본다. 아문 사원의 회랑에 묘사된 전투 장면 그림이 릴케가 이 시를 쓸 때 많이 작용한 것으로 보인다. 초기 이집트 예술에서는 주로 움푹 들어간 부조가 성행했다. "부드럽게 새겨진 움푹한"이라는 표현은 밖으로 내세우지 않음을 나타낸다. 내면에 깊이 감춘 고독의 집중도를 말해 준다. "마차를 끄는 말들이 개선하는 왕보다 앞서가듯이."에서 중요한 것은 행위이다. 왕의 옷차림이나 외관이 아니다. 영웅은 행위로써만 말한다. 미리부터 미소 짓지 않는다. 미소를 짓는 순간 개화의 유혹에 빠지기 때문이다. 무화과처럼 단숨에 열매를 맺어 버리는 것은 행동의 과감성이다. 개선하는 람세스 2세에게는 미소보다 행동이 앞서 있다.

"영웅은 젊어서 죽은 자들과 희한하게도 가깝다." 영웅과 어려서 죽은 자들을 생각하며 이들이 "희한하게도 가깝다."라고 시적 화자가 한정적으로 언술하는 이유는 이 두 존재의 양태가 얼핏 비슷하기 때문이다. 영웅은 이 땅에 오래 머무는 데 관심이 없다. 어려서 죽은 자들은 이런 면에서 영웅의 특징을 결정짓는 데 한 역할을 한다. 영웅은 늘 죽음을 앞에 두고 있어 이승과 저승의 경계에 산다. 그 때문에 "젊어서 죽은 자들"과 비슷하다. "영웅은/ 영속 따위는 관심도 없다." 영웅은 저승이 아닌 이승에만 거처를 갖고 있는 부분이 일찍 세상을 뜬 자들과 다르다. 영웅은 언제나 현재에 산다. 앞의 비가에서 어린아이가 "순수한 존재"와 "영원한 것"에 만족했다면, 영웅은 그런 것에 별 관심을 두지 않는다. 영웅에게는 휘몰아치는 행위가 모든 것이기 때문이다. "그에겐 떠오름이 존재이다;" 영웅은 떠오름이 존재의 방식이다. "떠오름"의 원어는 'Aufgang'으로 보통 별이나 달, 해가 지평선 위로 떠오르는 것을 뜻한다. 영웅의 삶은 남다른 것을 향한 용기이며 김빠진 습관으로부터의 탈출이자 떠오름이다.(Brück, 200) 영웅은 지금 있는 그대로의 모습을 가지고 폭풍처럼 지속적으로 치고 올라가려 한다.

이 "떠오름"은 하늘에 별이 뜨는 것과 같다. 이 떠오름은 우리의 눈에 보이는 물리적 상승이기도 하지만(곡예사의 경우), 영웅처럼 업적에 따라 후세에 그를 바라보는 사람들의 마음속에 보이는 상승일 경우도 있다. 영웅은 몰락을 통해 후대에 다시 궁극적으로 탄생한다.(「제1비가」) "그는/ 끊임없이 스스로를 버려 가며 늘 있는 위험의 바뀐 별자리 안으로/ 걸어 들어간다." 위험을 무릅쓴 영웅의 행동을 이보다 더 잘 표현한 구절이 있을까? 영웅의 행동은 결단력으로 가득 차 있다. 결단은 늘 위험을 동반한다. "늘 있는 위험의 바뀐 별자리"는 매 순간 영웅에게 다른 행동을 요구한다. 위험이 그가 찾아가는 별자리의 공통분모다. 위험에 처하면서 영웅은 많은 힘을 쏟아야 한다. 그것을 시적 화자는 "끊임없이 스스로를 버려 가며"로 표현하고 있다. 스스로를 버림으로써 그는 그 부력으로 더욱 높이 떠오른다. 그는 궁극적으로 끝내 완결된 존재로서 하늘에 뜬 하나의 별이 될 수 있는 것이다. "그곳에서 그를 발견할 자 몇 없다." 영웅은 평범한 사람들처럼 별자리의 영향을 받기도 하지만 그 자신이 별자리가 되기도 한다. 영웅은 그만큼의 위대함을 성취한다. 별자리가 되어 올라간 영웅의 모습을 이 지상에서 알아볼 자는 드물다. 그러나 그 순간 그의 노래는 시작된다. "그러나/ 우리에게 어둡게 침묵하던 운명은 갑작스레 열광하면서/ 그에게 윙윙대는 세계의 폭풍 속으로 들어오라 노래한다." 평소 영웅의 존재는 평범한 우리에게는 인식되지 않는다. 그의 "운명"은 우리에게 "어둡게 침묵하"고 있기 때문이다. 우리 따위는 관심도 없다. 범인(凡人)으로서의 우리는 운명에 대해 알지 못한다. 그러나 영웅은 자신의 운명을 분명하게 인식하고 있다. "우리"는 시적 화자 자신을 비롯한 우리 인간들을 말한다. 영웅의 운명은 잠들어 있는 것 같다가 갑자기 어떤 영적인 접촉에 따라 "열광하면서" 소리를 내기 시작한다. 그 소리에 영웅은 행동을 시작한다. "그러나 그의 목소리 같은 소리 들어 본 적 없다." 영웅의 목소리는 엄청나다. 지상의 다른 모든 소리를 제압한다. 우리 같은 범인은 그 목소리를 대적할 수 없다. 아무나 들을 수 있는 것이 아니다. 영웅의 소리를 느낄 수 없다고 생각한 순간, 갑자기 어떤 기운이 지나간다. "느닷없이/ 요동치는 공기에 실려 어두운 그의 음성이 나를 뚫고 지나간다." 영웅은 오로지 이 하나의 물결치는 음성이 되어 공기를 통해 느낄 수 있다. "요동치는 공기"는 바람과 호흡과 영을 실어 나른다. 영웅의 음성을 담은 공기가 시적 화자를 꿰뚫어 그의 내면을 건드린다. 시적 화자에게 어떤 메시지를 주는 것이다. 온 세계가 영웅의 목소리로 가득 찬다. 그의 운명의 폭풍 소리가 세계를 휘젓는다. 그러나 그의 목소리는 어둡다. 여기에는 그의 예언과 몰락의 느낌이 배어 있다.

"그러면 나는 이 그리움으로부터 숨고 싶다: 오 내가 만일,/ 만일 소년이라면, 내가 소년이 될 수 있다면," 시적 화자는 어린 시절에 읽었던 삼손 영웅전의 장면을 회상하며 자신의 열망을 말한다. 시적 화자는 그 그리움이 너무 커서 거기서 도망치고 싶어 한다. 그러나 이미 영웅의 목소리에 가슴이 치였으니 거기서 벗어날 수 없다. 그는 소년이 되고 싶다. 독일어 접속법 2식으로 쓴 비현실 가정문이다. 소망문으로서 그 불가능성을 담고 있다. "내가 만일 소년이라면, 내가 소년이 될 수 있다면," 이 반복의 형식은 시적 화자의 열망이 얼마나 강한지를 보여 준다. 그는 영웅이 되고 싶은 것이다. "그리하여/ 미래의 팔을 괴고 삼손 이야기를 읽을 수 있다면," 시적 화자는 책상에 앉아 있는 스스로의 모습을 보고 있다. "미래의 팔을 괴고"는 시적 화자가 앞으로 꿈을 펼치고 싶은 어린 소년의 모습을 잘 보여 준다. 그는 영웅의 출생과 삶의 행적을 직접 겪어 보고 싶은 것이다. 그것이 그의 그리움이다. 이어서 느닷없이 성경의 세계 속으로 들어가 "삼손"을 호출한다. '삼손'은 '태양의 사나이'라는 뜻이다. 그는 블레셋 사람들과의 싸움에서 괴력을 발휘한 인물이다. "그의 어머니가 어떻게 처음엔 아무것도 낳지 못하다가/ 모든 것을 낳게 되었는지." 성경 「사사기」(13장 3절)에 삼손의 어머니 마노아는 삼손을 낳을 때까지 아이를 낳지 못했다고 한다. 그러나 남편이 가져다준 제물 옆에 주의 천사가 나타나 곧 힘센 아들을 갖게 될 것이라는 예언을 전해 주었다고 한다. 릴케는 삼손의 이야기 중 이 사실에 집중하고 있다. 이 비가의 첫머리에 언급된 무화과 열매처럼 삼손의 출생은 오랜 고독과 집중의 단계를 거친 결과로 볼 수 있다. 불임과 잉태가 극명하게 '아무것도 아닌 것'과 '모든 것'으로 표현되어 있다. "아무것도 낳지 못하다가"에는 불임을 넘어 무능력이란 의미가 배어 있다. 반면 "모든 것"이라는 표현 속에는 평범함을 넘어선 비범함의 의미가 들어 있다. 그것은 바로 "영웅"이다.

"그는 이미 당신의 몸속에서부터 영웅이 아니었던가요," 영웅은 이미 날 때부터 스스로 행동하는 자이자 자신의 존재에 대해 결단을 내리는 자다. 영웅은 행동을 통해 자신의 내면에 있는 힘이 작동하도록 한다. 그것이 영웅의 성격이고 영웅의 운명이다. 이는 이미 수 세대 전부터 작동된 여러 힘들의 집합의 결과이다. "오 어머니,/ 그의 영웅다운 선택은 이미 그곳, 당신 안에서 시작되지 않았던가요?" 삼손의 의지가 먼저 어머니를 택한 것으로 드러난다. 선택의 주체가 어머니가 아니라 삼손인 것이다. 「제3비가」의 어머니 즉 보살피고 경계하는 어머니와는 사뭇 다르다. 자신의 존재와 행동을 결정한 것은 영웅 자신이다. "시작"을 한 것이다. 스스로의 존재와 행동, 심지어 탄생까지도 결정한다는 것은 있을 수 없는 일이지만 영웅의 강렬한 이미지를 만들어 내는 데 있어서는 가능한 일이다. 일반적 탄생의 순서를 뛰어넘는 것 역시 무화과 열매 비유로 이번 「제6비가」가 시작된 이유다. 영웅에게는 태생적으로 자유 의지가 숨쉰다. "무수한 것들이 자궁 속에서 들끓으며 그가 되고 싶어 했다." 영웅으로서의 삼손의 강력한 의지를 잘 보여 주는 대목이다. 그것은 무엇보다 행동이다. 삼손은 곡예사들처럼 미지의 의지에 굴복하지 않고 의지를 자기 뜻대로 제어한다. "그러나 보라: 잡거나 버리거나 ─, 선택하고 성취한 것은 그였다." 삼손은 실제로 자신의 의지로 모든 것을 해낸다. 잡거나 놓는 것도 그의 뜻이다. 자신의 성향, 소질도 탄생의 시점도 스스로 택한다. 자신에게 맞지 않는 것, 방해가 되는 것은 과감하게 제거한다. "그리고 그는 기둥들을 부쉈다." 자신의 눈을 멀게 한 데 대한 복수로 삼손이 블레셋 사람들의 번제 때 건물 기둥을 부수어 그곳에 있던 자들을 몰살시킨 것을 말한다. 삼손은 블레셋 사람들의 축제에 끌려 나와 놀림거리가 될 판이었다. 삼손의 힘 앞에 기둥이 뜯기면서 블레셋 사람들뿐만 아니라 삼손 자신도 목숨을 잃었다. "그가 당신 몸의/ 세계를 헤집고 더욱 비좁은 세계로 빠져나올 때도 그랬다." 시적 화자는 삼손이 어머니 자궁의 좁은 틈을 비집고 나온 것을 이 세상에 나와 기둥을 뜯어 버린 것에 비유하고 있다. 허물고 찢는 것은 행위이다. 한 세계에서 다른 세계로 넘어가는 변화는 영웅이 추구하는 덕목이다. 어머니의 자궁을 허물어내는 힘과 기둥을 무너뜨리는 힘이 하나로 등장한다. 앞에서 묘사되었던 무화과나무의 흰 가지와 분수의 비유가 쓰이고 있다. 어머니의 몸은 원천이라 "무수한 것들"이 들끓는 가능성의 세계지만 삼손이 당도한 이 세상은 인간들의 관습과 이데올로기로 인해 더욱 비좁은 세계다. "이곳에서도 그는 계속해서 선택하고 성취했다." '선택하고 성취하는 것'은 영웅의 본래 과제다. 그는 어머니의 자궁 속에 있을 때나 좁은 이 세상에 나와서나 계속해서 선택하고 성취한다. 그는 어디서나 자신의 결정과 행동의 주인이다. "오 영웅들의 어머니들이여," 복수로 쓴 "어머니들"이 시적 대상이 되며 시적 화자는 영웅 삼손으로부터 영웅들 전체로 진술의 일반화를 꾀하고 있다. "오 쏟아지는 강줄기의 원천이여!" 어머니들은 대지이고 강물의 원천이다. 그렇기 때문에 깊고 힘차다. "너희 협곡들이여, 소녀들은 벌써 너희를 향해/ 마음의 높은 벼랑에서 울면서 뛰어내렸다," 자궁의 공간이 자연 풍경 즉 "협곡"으로 바뀌어 있다. "마음의 높은 벼랑"의 존재는 소녀들이 뛰어내리는 계기가 된다. 영웅과의 비극적 사랑의 결과다. 영웅이라는 초인간적 존재의 성장을 위해 감성의 인간이 희생해야 하는 과정이다. "그들은 앞으로 태어날 아들에게 바치는 제물이 되었다." 「제3비가」에서는 어머니와 소녀가 젊은이를 도와주는 역할을 했지만, 이번에는 그냥 희생이 될 뿐이다. 영웅이라는 존재는 어떤 공동체를 형성하지 않기 때문이다. 별자리의 궤도를 따라 움직이는 영웅에게는 고독뿐이다. 여기서 여성의 생식에 대한 생물학적 묘사는 「제3비가」에서와 다르지 않다. 다만 영웅들의 탄생을 위한 처녀들의 희생이 강조되어 있다.

"영웅이 사랑의 정거장을 폭풍처럼 헤치며 지나갈 때마다," 영웅의 속성은 돌진에 있다. "폭풍처럼" 나아간다는 것은 행동에 거침이 없다는 뜻이다. 영웅의 사랑 방식이 잘 드러난 구절이다. 영웅이 어떻게 사랑하고, 소녀들과의 사랑에서 그가 무엇을 얻고, 그의 사랑에 희생된 여인이 어떻게 되는지. 영웅은 모든 관계를 뚫고 달린다. 또 다른 새로운 목표를 향하여. 사랑은 영웅이라는 기차에 새로운 동력을 준다. "그를 위해 뛰는 모든 심장의 고동이 그를 높이 들어 올리나 했더니," "그를 위해 뛰는 모든 심장"은 그의 삶을 드높여 준다. 이어 사랑의 에너지가 행동의 에너지로 바뀐다. 늘 다시 나타나는 사랑의 도전 속에서 영웅의 내면은 더욱 풍요로워진다. 곡예사처럼 정해진 루트에 따라 정해진 동작을 하는 것이 아니라 매 순간 새로워지고 세계 창조의 첫날처럼 신선함을 갖는 것이다. 그의 주변에 있는 존재들도 그에 화답하여 날랜 동작을 보인다. 영웅, 애인 그리고 명성이 하나 되어 움직인다. 그를 사랑하는 여인은 사랑으로 그를 들어 올려 준다. 그 자신의 영웅적 행위와 용기뿐만 아니라. 그녀들이 마지막 보여 준 미소가 그에게 힘을 준다. "그를 위해 뛰는 모든 심장의 고동"은 그를 생각하는 여인들의 심장, 마음이다. "그는 어느새 몸을 돌려 미소들의 끝에 서 있었다, ── 다른 모습으로." 영웅은 사랑에서도 한순간 목표를 이루고 다른 목표를 향한다. 그를 향한 미소가 완성되는 순간 그는 어느새 몸을 돌린다. 마지막의 미소는 영웅의 미소가 아니라 소녀들의 미소다. 그 미소를 등지고 영웅은 이미 다른 모습으로 서 있다. 자신의 일을 모두 성취한 뒤 그는 다른 모습이 되어 있다. 사랑하고 행동하는 동안 그의 모습이 바뀐 것이다. 시적 화자는 영웅의 이 같은 자세를 본받고 싶어 한다. 이것은 시적 화자의 어법에서 엿보인다. 영웅의 행동력, 월경자로서의 삶, 덧없음과 영원성의 통합 등이 영웅을 모범으로 만든다. 영웅은 마치 별이 떠서 자기 궤도를 따라 돌듯이 세상을 주유하며 누구의 부름에도 아랑곳하지 않고 앞으로 나아간다. 마지막 행 "그는 어느새 몸을 돌려 미소들의 끝에 서 있었다," 문장 끝에 쉼표가 찍혀 있다. 이 쉼표는 시적 화자의 생각을 암시한다. 영웅은 사랑에 연연하지 않는다. 그리고 줄표에 이어 시적 화자는 말한다. " ── 다른 모습으로."라고.

「제7비가」에 대해서

「제7비가」는 1922년 2월에 뮈조성에서 쓰였다. 끝부분은 1922년 2월 26일에 다시 한번 손질되었다. 「제7비가」에서 주목할 것은 시적 화자의 변화된 모습이다. 앞에서와 달리 우울의 목소리가 많이 가신 상태다. 무엇보다 「제1비가」에 등장했던 사랑 이야기를 다시 시작한다. 그것은 봄날, 새에 대한 아름다운 묘사로 시작한다. 포고의 음조가 강하다. 초반부의 세 연은 '비가'라기보다는 가슴 벅찬 '찬가'에 가깝다. 자연에 대한 묘사와 함께 아름다운 서정적 구절들이 독자를 압도한다.

"너는 구애하지 마라," 단호한 금기의 선언처럼 들린다. 시적 화자는 과감하게 요청하는 조의 명령형을 사용하고 있다. 지나치게 지상적인 운명에 얽매인 삶을 향한 거부의 외침이다. 왜 구애하지 말라고 단언하는 것인가? 무언가를 소유하려는 욕구를 버리고 자유로운 태도를 취하기 위함이다.(Guardini, 223) "과도한 목소리여," "과도한"의 원어는 'entwachsen'이다. 단어 그대로 번역하면 '웃자란'이란 뜻이다. 여기서는 목소리가 마음의 공간보다 더 커진 나머지 삐져나오는 것을 표현한다. 이를 시구절에 대비해 보면 봄이 되어 나팔꽃이 위로 치솟듯이 "구애"의 덩굴손, "구애의 목소리"가 '과도하게' 하늘로 뻗어 오르는 것을 뜻한다. "네 외침이/ 구애가 되지 않게 하라;" 여기의 '너'는 시적 화자, 경우에 따라서는 시인 자신으로 볼 수 있다. "외침"에 해당하는 원어 'Schrei'는 하느님의 말씀을 포고한다는 의미의 중세 단어 'schrien'에서 나온 말이다. 이 외침은 실제 외침이 아니다. 「제1비가」의 첫머리에서 시적 화자가 천사를 향하여 그랬듯이 속으로 그리워하는 마음의 자세다. "구애"는 구체적 대상을 향한 사랑의 애원이다. 만약 네가 시인이라면 외치는 것이 사명이겠지만 그래도 목소리에 뭔가를 요구하는 "구애"의 음조가 들어가게 하지 말라는 것이다. "새처럼 순수하게 외쳐라," 만약 "구애"를 하려거든 "순수하게" 하라고, 즉 새의 노래처럼 저절로 일어나게 하라고 시적 화자는 말한다. "계절이,/ 상승하는 계절이 새를 들어 올릴 땐," 따뜻한 봄을 맞이해서 새가 자기도 모르게 하늘로 날아오르는 것을 주객을 전도해서 표현하고 있다. 봄날, 우주의 모든 기운이 새를 창공으로 던지는 것이다. 그것은 무엇에도 구애됨 없는 자유의 영역을 향한 날갯짓이다. 봄이 되어 새가 속에서 기쁨이 우러나 하늘로 솟구치는 것을 "상승하는 계절"이 새를 들어 올리는 것으로 표현하고 있다. 이렇게 봄은 하나의 힘으로 작용한다. 종달새가 그 작은 몸으로 그렇게 하늘 높이 까마득히 날아오르며 외쳐 댄다는 것이 그냥 그 작은 새의 몸짓만으로는 불가능하게 여겨지기 때문이다. "거의 잊고 하는 일이니,/ 계절이 창공으로, 아늑한 하늘로 던지는 그 새가 한 개의/ 마음이면서, 또한 한 마리 근심하는 짐승이라는 것을." 종달새는 "또한 한 마리 근심하는 짐승"이다. 봄이 되어 좋기만 한 것은 아니다. 하나의 생명체로서 스스로 먹이를 챙기며 살아가야 하는 근심이 있다. 그러나 봄은 새를 하늘로 던져 올리는데 그때 봄은 새가 근심을 가진 생명체라는 것을 잠시 잊고 있다는 것이다. "아늑한 하늘"의 원문은 'die innigen Himmel'이다. 'innig'를 "아늑한"으로 번역했다. 어머니의 품속처럼 아늑한 하늘 즉 근심 걱정 없는 포근함을 뜻한다. 이곳은 종달새가 태어난 품과 같은 곳이다. 그렇기 때문에 "아늑한"이라는 낱말이 쓰였다. "한 개의 마음"은 'ein einzelnes Herz' 즉 '하나의 날개 심장'으로 원문에 되어 있다. 이 심장은 앞 구절과 대조를 이루어 기쁨을 느끼는 기관이다. 종달새 자체를 하나의 기쁨, 즐거움 덩어리로 본다는 뜻이다. 봄날 종달새는 그저 하늘을 나는 그리움과 노래의 힘으로 가득 찬 존재다. "새 못지않게 바로 그렇게 너 또한 구애하고 싶어 한다." 봄기운에 사로잡히는 순간 화자는 구애의 언어를 하지 않을 수 없다. 상승하는 계절과 함께 시적 화자의 내면에는 사랑을 찾는 마음이 눈뜨기 때문이다. "그리하여 아직은 보이지 않게, 조용한 여자 친구에게/ 구애를 하여," 아직은 보이지 않는 가장 만나고 싶은 여자 친구에게 자신의 마음을 털어놓고 싶다. "네 목소리를 듣고서 그녀의 마음속에서/ 서서히 응답이 눈뜨고 몸이 더워지게 하고 싶은 것이다, ― " 우연히 목소리가 그녀에게 닿으면 그 소리만 듣고서 그녀의 가슴속에서 사랑의 응답이 저절로 생겨나기를 시적 화자는 기대한다. 아직 서로의 모습을 볼 수는 없지만 시적 화자는 사랑하는 미지의 여인의 가슴에 사랑의 불씨를 피우고 싶어 한다. 화자의 목소리만 듣고도 사랑을 느끼게 하고 싶은 열망이 있는 것이다. "네 대담한 감정에 값하는 불타는 감정의 짝이 되도록." "감정의 짝"으로 번역한 원어 'Gefühlin'이라는 말이 독특하다. '감정(das Gefühl)'의 "짝"이 되므로 감정을 독일어로 여성화하여 표기해 놓았다. 이렇게 하여 한 쌍의 감정의 짝이 맺어진다.

"오 봄이라면 이해하리라 ― ," 봄은 새의 울음이나 시인의 목소리를 그것이 무슨 뜻인지 가장 잘 알아들을 수 있다. 주위의 변화를 가장 잘 파악하는 존재가 곧 봄이다. 봄은 소리를 내고 소리를 받는다. 봄 자체는 소리가 본질이다. "봄은 이해하리라" 다음에 이어지는 줄표는 시적 화자가 생각에 빠졌음을 말해 준다. "어느 장소 하나도/ 포고의 음조 울리지 않는 곳이 없으리니." 봄을 알리는 "포고의 음조"는 종달새의 노랫소리다. 지상 곳곳이 종달새 노랫소리로 가득 찬다. 마치 봄이 왔음을 알리는 예언자 같다. "먼저 저 첫 작은/ 묻는 듯한 소리를," 다른 새들과 달리 종달새는 "첫 작은 묻는 듯한 소리"에서 봄이 왔으니 이제 노래를 불러도 되지 않을까 묻는다. '봄은 이해하리라'의 목적어다. "깊어 가는 고요 속에서 순수한 날의/ 승낙의 손짓에 곳곳에서 솟아오르는 그 소리를," 봄날의 하늘은 고요 그 자체다. 순수한 고요로 감싸여 있던 하루가 승낙의 손짓을 하자 곳곳에서 종달새의 첫 소리가 번지기 시작한다. 그리고 첫 소리에 주변의 고요는 더욱 높아진다. "순수한 날"은 아직 소리로 물들기 전 고요로 가득 고여 있는 날을 뜻한다. 역시 '봄은 이해하리라'의 목적어다. "그다음엔 계단을, 꿈에 본 미래의 사원으로 가는/ 외침의 계단을 ─;" 노래는 이제 계단을 날아 올라간다. 계단을 올라가면 그곳에는 "꿈에 본 미래의 사원"이 있다. 그 사원은 소리로 이루어져 있다. 사원의 이미지는 소리가 산꼭대기를 향해 올라가는 듯한 느낌에서 연유한다. 음향의 사원으로서 "미래의 사원"은 의미 심장함을 담은 낱말이다. 이 사원은 시적 화자가 그리워하는 드높은 성전이라고 할 것이다. "외침의 계단"의 원어는 'Ruf-Stufen'이다. 음계라고 할 수도 있으나 "외침의 계단"으로 번역한다. 독일어에서 음계는 'Tonleiter'이다. 릴케는 "외침의 계단"이라는 낱말을 일부러 만들어서 한 계단 한 계단 올라가는 모습을 시각화하고 있다. 봄은 이것 역시 알고 있다. "그다음엔 찌르르 소리를," 종달새의 울음소리 중 길고 리드미컬한 소리에 이어 잠시 쉬었다가 내는 짧은 찌르르 소리를 말한다. 이 찌르르 소리는 이제 정상에 이르렀음을 알리는 음이다. 역시 봄에 느낄 수 있는 일이다. "분수들을," 분수는 하늘로 올라갔다가 떨어지는 상태를 표현하기 위한 이미지다. "약속된 놀이에서 솟구치는 물살로 이미 낙하를 퍼 담는/ 분수들을 이해하리라...." 분수가 상승과 하강을 반복하는 과정을 역동적으로 표현한 구절이다. 분수의 이미지에서 상승과 하강을 반복하는 우리 존재의 의미를 시인은 읽고 있다. "그러면 앞에는 여름이 서 있으리라." 계절은 상승한다. 봄을 거쳐 여름으로. 시적 화자 앞에 불쑥 다가와 있는 것은 여름이다.

"그 모든 여름 아침들뿐만 아니라 ─," 이제 전체 분위기는 미래로 확장된다. 봄이 예고한 것이 현실화되는 쪽으로 진행된다. 여기에 열거되는 것들은 미래에 올 것들이다. "여름"의 시작인 것이다. 또 다른 상승이다. 여름날에 볼 수 있는 아름다운 정경이 한껏 펼쳐진다. 하루의 시작을 앞두고 미리 예감해 보는 충만이다. 이를 위해 릴케는 통사론적으로 개성 있는 문장을 반복적으로 구사한다. "뿐만 아니라"가 무려 여덟 번이나 나오면서 시적으로 점증하는 분위기를 강조한다. 시적 화자가 가장 찬미하는 여름날의 풍경은 "아침들"이다. 푹푹 찌는 낮이 되기 전에 맛보는 서늘한 아침이야말로 여름날의 극치다. "그 모든 여름 아침들뿐만 아니라" 다음의 줄표는 "모든 여름 아침들"의 하나를 설명하기 위해 잠시 멈춘 모습이다. "뿐만 아니라"에 이어서 세 번에 걸쳐 "~도"가 나온다. 하나의 흐름 속에서 읽고 느껴야 할 여름날의 아름다움이다. "아침이/ 낮으로 변해 가는, 시작으로 찬란한 광경뿐만 아니라." "시작"은 낮이 되기 전 간밤의 서늘함이 아직 남아 있으면서 이미 뜨거운 기운이 서서히 스미는 시점이다. 이 "시작"은 아직은 무덥고 고통스러운 그런 시간이 아니다. 햇살이 비치기 시작하는 찬란한 시간이다. "자상하게 꽃들을, 위쪽, 모양 갖춘 나무들을/ 힘차고 웅장하게 에워싸는 낮들뿐만 아니라." 앞에 나온 여름날의 아름다움을 뒤에 나오는 아름다움이 극복한다. 갈수록 심화하는 점입가경의 아름다움이다. "자상하게 꽃들을" "에워싸는 낮들"이라는 표현에서 여름날 꽃들이 빛에 에워싸여 아리땁게 서 있는 모습이 연상된다. 이때 사물들의 윤곽은 햇빛에 의해 다양하게 빛난다. 나뭇잎이 우거진 가지 많은 나무들은 빛으로 윤곽이 환하다. "이렇게 펼쳐진 힘들의 경건함뿐만 아니라," 시적 화자는 창조와 성장을 가능케 하는 이승의 힘들에 눈을 돌리며 경건함을 느낀다. 이런 종교성을 느끼는 시적 화자에 의해 이야기는 사물들의 신비 쪽으로, 신성하고 초월적인 쪽으로 넘어간다. "길들뿐만 아니라, 저녁 무렵의 초원뿐만 아니라," 시적 화자는 그냥 소박하게 "길들"에 대해 말한다. 릴케의 방랑의 삶을 생각해 볼 때 "길들뿐만 아니라"는 많은 뜻을 내포한다. 그가 걸었던 수많은 여름날의 길들이 그 안에 내재되어 있기 때문이다. "저녁 무렵의 초원"에서 『기도시집』 3부의 구절이 떠오르는 것은 『두이노의 비가』가 애당초 전기의 『기도시집』에서 출원한 강물임을 보여 준다. "보십시오, 그들의 발의 삶이 어떻게 흐르는지를,/ 짐승들의 삶처럼 길마다 수백 번씩 얽히고설키어/ 밟고 지나간 돌과 눈/ 그리고 지금도 바람이 스치는/ 밝고 서늘한 젊은 초원에의 기억으로 가득합니다." "늦은 뇌우가 지나간 뒤에 호흡하는 청명함뿐만 아니라," "늦은 뇌우가 지나간 뒤" 초원 위쪽 하늘에는 맑고 푸른 하늘이 펼쳐져 화자는 숨을 깊게 들이쉬고 내쉰다. 시적 화자는 자연과 하나가 된다. 이때 진정한 아름다움은 가슴속에 고양된 모습으로 기록된다. "다가오는 잠과 저녁에 느끼는 예감뿐만 아니라..." 이제 낮에서 밤으로 시간이 흘러 화자는 대낮의 빛의 세례에서 벗어나 밤의 별빛을 바라본다. 하루의 흐름 중 마지막 섬에 도달한다. 하루의 분주함이 가시고 하루가 완성되어가는 때면 휴식의 시간이 온다. 저녁을 느끼는 호흡은 그 전령이다. 세 개의 점으로 이루어진 말줄임표는 많은 생각을 담고 있다. 지금까지는 지상의 아름다움이다. 그 예는 더 이어질수 있다. 이것들은 시적 화자의 내면에서 완벽한 아름다움으로 자리 잡는다. "밤들도! 높은, 여름날의 밤들도," "~도"에 각개의 특별한 아름다움이 담겨 있다. 이것은 다른 세계로 넘어가기 전의 전주다. 이제는 낮의 세계가 아니라 "밤"의 세계다. 사실 여름날 가장 아름다운 것은 별들이 총총히 빛나는 밤하늘이다. 이 밤하늘이 이제는 마음속에 떠 있다. "높은, 여름날의 밤들"은 하나의 커다란 공간이다. 낮의 뜨거운 기운을 약간은 머금은 이제는 서늘하고 맑은 스크린이다. "그리고 별들도, 지상의 별들까지도." 앞에서 거듭된 "뿐만 아니라"가 이어 나온 세 번의 "~도"와 합쳐진다. 별들과 대지가 관련을 맺는다. "지상의 별들"이라는 표현을 통해 하늘의 별들이 지상으로 내려온 듯한 느낌이다. 여름밤에 느끼는 천상과 지상의 하나 됨의 느낌은 독특하다. 화자는 지금 여기서 보고 느끼는 별들을 말하고 있다. 시적 화자의 생각은 여기서 한 걸음 더 나아간다. 「제7비가」에서 노래하는 지상의 아름다움은 그 출발점을 여기에 두고 있다. "오, 언젠가는 죽어서," 시적 화자는 별들을 보며 또 다른 연관을 생각한다. 그 다리를 건너 그는 갈 것이다. 그리고 별들을 만날 것이다. 이것은 지상의 아름다움을 느끼며 그 한계를 벗어나는 일이다. "별들을 무한히 알게 되겠지." 「제10비가」의 죽음의 땅 하늘에 뜬 별들 이야기를 선취하는 구절이다. 별들을 무한히 아는 것은 별들의 무한성을 알고 싶다는 뜻이다. 별빛의 무한성을 체험한 시적 화자도 그 영원성 속에 자신을 살려 놓고 싶어 한다. 그곳이 그가 영원히 머물 곳이다. "그 모든 별: 어찌, 어찌, 어찌 이것들을 잊겠는가!" "그 모든 별"과 시적 화자는 친구가 된다. "어찌, 어찌, 어찌"로 세 번을 강조해서 화자의 입에서 터져 나오는 감탄을 반영한다. 여름밤 하늘에 반짝이는 별들은 이제 시적 화자의 가슴속으로 들어갔다. 시적 화자의 상상력은 이제 더욱 확장된다. 별빛은 너무나 영롱해서 죽어서도 그 빛을 잊을 수가 없다.

"보라, 그때 나는 애인을 향해 외쳤다." 이 연에서는 사랑하는 여인이 호출된다. 시적 화자는 애인이 자기를 부르고 있다고 생각한다. 그래서 소리친 것이다. "그러나 그녀만/ 오는 것이 아니리라…" 이어 시적 화자는 자신의 외침의 영향을 확인한다. 그러나 인간의 외침이 자신이 원한 대로 영향을 끼치는 것은 아니다. 갑자기 망자들이 시적 화자의 목소리에 우르르 쏟아져 나온다면 무서운 일이다. "무른 무덤들을 열고 나와/ 소녀들도 내 곁에 서리라…" 그의 목소리는 이승을 넘어서는 마법으로 영원에까지 미쳐서 무덤에 있는 소녀들마저도 건드린다. 그 소리를 듣고 소녀들은 "무른 무덤"을 열고 나와 그를 향해 다가온다. "내 어떻게, 한번 외친 외침에,/ 어떻게, 선을 그을 수 있겠는가," 어떻게 소리에 제한을 가할 수 있을까? 이 대목은 시적 화자의 당혹감을 반영한다. 두 번씩이나 쓰인

"어떻게"가 그것을 표현해 준다. "땅에 묻힌 소녀들은 여전히/ 땅을 더듬고 있다." 이곳의 망자들은 앞 연 마지막 부분에 나오는 죽은 자들과 성격이 다르다. 어려서 죽은 소녀들은 뿌려진 씨앗처럼 계속해서 땅 밖으로 나오려 한다. 즉 이승에서 이루지 못한 성취를 구하고 있다. "무른 무덤"이라는 표현이 이를 시사한다. 무덤이 탄탄하게 닫히지 않고 무르게 있는 것은 이 지상과의 관계가 아직 정리되지 않았음을 말하는 것이다. 게다가 이들은 여전히 다시 밖으로 나오려고 "땅을 더듬고 있다." 이들에겐 안식이 없다. 망자들의 세계에 아직 완전히 도달하지 못했다. " ── 너희 아이들아, 이승에서/ 한번 손에 넣었던 것이 많은 곳에 소용되리라." "너희 아이들아,"라고 시적 화자는 아주 다정하고 친절한 어조로 말한다. "아이들"로서 새로운 세계에 적응하라는 도닥거림이다. 이승에서 살면서 진실로 자기화한 경험이 저승에 가서 살며 터를 잡는 데 큰 도움이 되리라는 위로의 말이다. "운명이 어린 시절의 밀도보다 더한 것이라 믿지 마라;" "운명"이라는 것이 별도로 다르게 외부에서 오거나 정해져 있는 것이 아니라 어린 시절 동안 성장하고 단단해지는 것이라는 의미이다. 어린 시절은 성장의 주춧돌이다. 외부에서 운명이 다가오는 것이 아니라 운명은 어린 시절부터 당사자가 직접 만들어 가는 것이다. "얼마나 자주 너희는 사랑하는 남자를 추월했던가," 진정한 사랑은 초창기의 행복감을 맛본 뒤 상대로부터 벗어나 상대가 아닌 무를 향해, 열린 세계를 향해 달릴 때 꽃피기 시작한다. 사랑의 목표를 거두어 내고 자유로운 공간을 향해 소유가 없는 사랑을 하는 것이다. "무를 향해,/ 탁 트인 세계를 향해 복된 달리기 끝에 숨을 내쉬며, 내쉬며." "탁 트인 세계를" 향한다는 것은 눈앞에 보이는 사랑의 대상을 넘어선다는 것, 대상을 추월한다는 뜻이다. 시적 화자가 보는 "달리기"는 이승에 국한되지 않는다. "무를 향해" 달리는 "복된 달리기"는 죽음의 세계로 가는 길이다. "복된"은 원어로 'selig'로 '이승의 고통에서 벗어나 저세상으로 떠난'의 의미를 담고 있다. 소녀들은 이렇게 사랑하는 남자를 넘어 탁 트인 세계에 도달한다. 그곳은 열린 세계로 이승과 다른 연관을 가진 곳이다. 사랑하는 남자와의 경주에서 승리한 그녀는 탁 트인 세계에 도달한다. 릴케는 심리적인 것을 이미 지화하여 보여 주고 있다. 얼마나 열심히 달려왔는지 두 번에 걸친 "숨을 내쉬며, 내쉬며."라는 표현이 보여 준다.

"이곳에 있음에 찬란함을 느낀다." 이 땅에 있으면서 저편의 열린 세계를 지향하여 삶을 전체로서 느끼게 됨에 따라 시적 화자가 이승에 있음에 대해 승리감에 차서 할 수 있는 말이다.(Fuchs, 275) 바로 앞 연에서 죽음의 세계를 말했던 시적 화자는 이 지상에 살아 있음에 행복감에 취한다. 지상의 삶이 우리를 규정하기에 이승을 찬양하고 노래하는 것이다. "그걸 알았지, 소녀들아." 이 세상에 있다는 것만으로도 감동이라는 사실을 깨닫고 있었다는 의미이다. "또 뭔가 아쉬운 듯한 너희도 그렇다 ─," "뭔가 아쉬운 듯한 너희"는 일찍 세상을 뜬 젊은이들을 뜻한다. 이들 역시 시적 화자의 외침을 듣고 무덤에서 따라 나온 자들이다. 즉 이승의 아름다움을 느끼는 존재들은 소녀들만이 아니다. 일찍 죽은 젊은이들도 그렇다. 이들은 생을 강도 있게 살고 느끼고 간 자들이다. "또 너희는 도시의/ 가장 비참한 골목에 빠졌다, 곪아 터진 자들아, 쓰레기와/ 한 몸인 자들아." 이어 나오는 "너희"는 도시의 뒷골목에 살면서 매시간 죽음을 만나는 사람들, 언제 죽음의 나락으로 떨어질지 모르는 사람들이다. "한 시간만을 누렸다, 아니다, 누구나/ 온전히 한 시간도 아닌, 시간의 척도로 거의 잴 수 없는/ 두 순간 사이의 일순만을 누렸다 ─ , 이 세상에 존재했을 때." 아무리 더러운 뒷골목에 버려질지라도 인간은 누구나 열린 세계로 향한 한 시간을 갖는다. 아니, 일순의 시간을 갖는다. 이 순간만은 인간은 진실되다. "모든 것을 가졌으리라." 열린 세계를 맛보는 이 순간에는 모든 것을 가질 수 있다. "현존으로 가득 찬 혈관을." 이런 특별한 현재의 순간 속에서 인간은 누구나 내면을 통해 자신의 실존을 충일되게 경험한다. 그것이 바로 "현존으로 가득한 혈관" 즉 "모든 것"이다. "다만 우리는 우리의 웃는 이웃이 인정해 주지 않거나/ 질투하지 않는 것은 너무 쉽게 잊는다." 우리는 늘 이웃, 타인을 통해 자신을 평가하고 인정받으려 한다. 스스로가 느끼고 알고 있는 것에 대해 자신감을 갖지 못한다. 그래서 "웃는 이웃"이 필요하다. 남, 특히 많은 이웃의 평가가 가치를 갖는다. 우리는 그것이 진실되다고 생각한다. "우리는 행복을/ 남의 눈에 보이게 쳐들려 한다." 인간은 자신이 성취한 일에 대해 지금 이곳에서 남에게서 인정받고 싶어 하는 본성을 갖고 있다. "가장 두드러진 행복은/ 우리가 그것을 마음속으로 변용할 때 드러나는 법인데." 우리는 자신의 내면 속 광산 깊은 광맥 속에 매장되어 있는 보물("행복")을 너무 쉽게 캐내서 남에게 자랑하려 한다. "행복"은 이런 행위와는 거리가 멀다. 그렇기 때문에 '보이지 않게' 잘 보관하는 것이 중요하다. 여기서 릴케가 말하는 변용이라는 것이 '보이는 것'을 '보이지 않는 것'으로 만드는 것이라는 뜻이 이해된다.

"사랑하는 이여, 세계는 우리의 마음속 말고는 어디에도 없다." 여기의 "사랑하는 이"는 어떤 특정한 사람을 지칭하지 않는다. 모든 사랑 즉 강력한 감정의 대변자로서의 "사랑하는 이"다. 바로 이어 나오는 마음속으로의 변용과 관련시켜 해석해 보면, "사랑하는 이"는 시적 화자와 함께 진정한 변용을 수행할 수 있는 존재다. "우리의 삶은 변용 속에 흘러간다." 변용이야말로 인간만이 수행할 수 있는 작업이다. 사람은 무릇 외부 세계의 것을 나의 것으로 마음속에 새겨야 한다. 지혜로 내면화하지 않은 사물은 덧없이 사라질 뿐이다. "그런데 점점 더 외부 세계는/ 초라하게 줄고 있다." 얼핏 난해하게 느껴지는 부분이다. 일단은 릴케의 비교 기법에 유의하자. 이곳 문장들 속에는 서로 대비되는 사항들이 같은 지평 위에 서 있다. 이 단락 마지막에 가서 사람들은 외부 세계를 마음속에 다시 튼튼하게 지을 기회를 놓치고 있다고 시적 화자는 한탄한다. 변용이 가장 우선되어야 한다. 외부에 아무리 튼튼한 집이 있어도 변용을 통하지 않고는 무상하게 사라지기 마련이다. 앞에서도 시적 화자는 세계는 우리의 마음속 말고는 어디에도 없다고 말한다. 이것이 해석의 대전제다. 이렇게 보면 이해가 어렵지 않다. 외부 세계를 계속해서 내면화하니 외부 세계는 사라져도 내면에 와서 그 세계는 지속적으로 살아 있다. 그러나 현대에 와서는 사정이 달라졌다. "그런데 점점 더 외부 세계는/ 초라하게 줄고 있다."는 다른 말로 하면 내면세계에 와서 그만큼 변용을 통해 오래 살아남을 만한 외부 세계의 영역이 점점 적어지고 있다는 뜻이다. "한때 튼튼한 집이 있던 곳에/ 가공의 형체가 비스듬히 서 있다." 집은 인간보다 더 튼튼하고 오래간다. 그러나 아무리 튼튼한 집도 마음속으로 변용하여 남긴 것에 비하면 약하다. 변용은 어떤 집보다 튼튼하다. 하지만 무엇이나 다 변용의 대상이 되는 것은 아니다. 보존할 만한 것은 따로 있다. 인류의 손길이 가서 손때가 묻은 것들이다. "가공의 형체"는 아니다. "상상의 세계에/ 완전히 사로잡혀, 모든 것이 여전히 뇌 속에 들어 있는 듯." "모든 것이 여전히 뇌 속에 들어 있는 듯"은 머리로 하는 현대의 대규모 계획을 말한다. 모든 것을 두뇌로 만들어 낸다. 인간적인 측면이 결여되어 있다. 이것은 비가적 한탄의 소재가 된다. "시대정신은 힘의 거대한 창고를 만들어 낸다," 여기의 "시대정신"은 부정적인 의미를 갖는다. 모든 것을 이성으로만 생각하는 자세를 말한다. 외견상 "힘의 거대한 창고"는 전기를 생산하는 현대적 시설을 연상시킨다. 슈타이너가 대표적으로 이런 해석을 한다.(Steiner, 164~165) 그러나 그렇게 물질적인 외관을 말하는 것은 아니다. 한 시대를 결정짓는, 모든 사람들에게 공통된 어떤 정신 자세다. "힘의 거대한 창고"는 사람들의 개별 특성이 사라진 것을 알리는 메타포다. "이것은/ 모든 것에서 취해 온 긴장된 충동처럼 형체도 없다." '형체가 없다'는 것은 어떤 사물의 진실성과 관련해서 부정적인 평가다. 구체적 형체 없이 커다란 하나로 몰려간다는 뜻이다. "긴장된 충동"은 한 시대를 사로잡는 어떤 충동이다. "시대정신은 사원을 더는 모른다." 사원을 이야기하던 시대정신은 이제 과거의 것이 되어 버렸다. 사원은 위대하면서도 성스러운 것의 대변자다. 산업화가 진행되며 인간적 개성이 매몰된 시기가 이제 새로운 시대정신이 되었다. "이것, 마음의, 낭비를/ 우리는 더욱 은밀히 아낀다." 시인은 "마음의, 낭비" 앞에 "이것"이라는 말을 쓰고 이어 "마음의"의 뒤에 쉼표를 두어 버벅대며 말을 어렵게 함으로써 이 부분을 강조하고 있다. 경제적 관점에서 보면 이 대목은 쉽게 이해된다. "마음의 낭비"는 생활에 이용하기 위해 만들어진 사물들이 아니라 계시하기 위해 즉 생동감 있는 것, 숭고한 것, 성스러운 것을 표현하기 위해 만들어진 것 즉 사원과 관련된다.(Guardini, 244) 오히려 "마음의 낭비"는 숭고한 정신을 이른다. "그렇다, 아직 하나의 사물이,/ 지난날 숭배하던 것, 무릎 꿇고 모시던 것이 남아 있으면 ―," "지난날 숭배하던 것, 무릎 꿇고 모시던 것"은 기도와 무릎 꿇는 힘으로 만들어진 것 즉 성당들이다. 숭배하고, 무릎 꿇고 모시는 것은 세계를 대하는 화자의 기본 자세다. 경건함의 대상이다. "그것은 벌써 있는 그대로 보이지 않는 세계로 들어간다." 이런 사물들은 이미 보이지 않는 세계의 입구에 있으므로 우리가 쉽게 변용하여 새롭게 보존해야 한다. 과거에 숭배의 대상들이었던 것들은 오히려 시인의 손길만을 기다리고 있다. 그런 사물들에게 본래의 고향을 찾아 주는 것이 변용이다. "많은 사람은 그것을 알아채지 못하고 그것을 **마음속에다**/ 지을 기회를 놓치고 있다, 기둥과 입상들로 더 장대하게!" 현대적 삶과 사고방식의 단점을 시적 화자는 고발한다. 이미 오래되고 낡았다는 이유로 대부분의 사람들은 이런 사물들을 소홀히 하며 제대로 알아보지 못한다. 마음속에 지어야 제대로 짓는 것이다. "**마음속에다**"를 강조하여 표시했듯이 시적 화자는 내면의 성장에 중점을 두고 있다.(Fuchs, 280) 우리는 정작 마음속에다 변용시켜 오래 보존해야 할 것들을 소홀히 하지 말아야 한다. 이것이 시인의 사명이다.

"세계가 둔중하게 방향을 틀 때마다 폐적자들이 생기는 법,/

이들은 이전의 것도 그리고 미래의 것도 갖지 못한다." "세계가 둔중하게 방향을 틀 때마다"는 덩치 큰 짐승이 끙 하는 소리와 함께 몸을 돌리는 듯한 느낌을 준다. "폐적자들"은 제때 행동하지 못하는 자들이다. 이들은 세계의 움직임도 따라가지 못하고 거기서 울리는 메아리에도 귀를 기울이지 못한다. "이전의 것"은 지난날의 문화 형태로 이루어진 것들로 유럽에서는 대략 19세기 중엽까지의 시기를 말한다. 이후 과학과 기술의 발달이 이 시기를 대체한다. 그리고 이들은 또 진정 새로운 것도 만들어 낼 줄 모른다. 이들은 거처할 곳도 가진 것도 없는 인간들이다. "이 사람들에겐 바로 다가올 것 역시 너무 멀다." 이들 폐적자들은 과거의 것(사원)도 갖지 못하고 앞으로 올 것도 갖지 못한다. 거리나 시간적으로 멀다기보다는 그럴 만한 능력이 없다는 말이다. 생활 감정이나 존재 방식, 소통 방식, 새로운 도구를 만들어 내는 재주 등 능력이 안 되는 그들에겐 그만큼 거리가 멀다. "우리가 이에/ 현혹될 필요는 없다;" 앞 구절의 그런 무기력한 사람들 때문에 우리까지 영향받을 필요는 없다는 뜻이다. 우리는 우리의 일을 해 나가면 된다. "이것은 우리가 이미 인식한 형상들을/ 보존하는 일을 강화시킬 뿐이다." 오히려 이런 사실이 "우리가 이미 인식한 형상들"을 변용하여 구하는 데 자극과 용기를 준다. "이미 인식한 형상들"은 우리가 보존해야 할 것들이며 그만큼 가치가 있는 것들이다. 그런 형상들의 지속성은 물질적인 것이 아니라 정신으로부터 온다. 보존해야 할 형상은 이미 우리와 친숙한 것들을 말한다. 과거에서 내려온 형상일지라도 사라지기 전에 인식하여 보존하는 것이 필요하다." ── 이 형상들은 때론 인간들 속에/ 서 있었고, 운명의 한복판에, 파괴적인 운명 속에 서 있었고,/ 어디로 갈지 모름의 한복판에 서 있었다." 이 "형상들"은 오래된 건물이거나 작품들로 흘러가는 인간의 삶 속에 있어 왔다. 인간의 운명과 함께해 온 존재들이며 인간의 손때가 묻은 것들이다. 앞으로 어떻게 될지 모르는 인간적으로 보존할 만한 가치가 있는 대상들을 말한다. 다시 한번 시인은 과거의 것을 되살리는 일에 대해 말하고 있다. "존재하는 대로,/ 그리고 탄탄한 하늘을 휘어 별들을 제 쪽으로 당겨 놓았다." "존재하는 대로"는 현실적인 것으로서 당연히 자신의 존재 권리를 갖고 있다는 뜻이다. "탄탄한 하늘," 그곳은 무상한 것이 지양되는 곳이라 할 수 있다.(Fuchs, 281) "하늘을 휘어 별들을 제 쪽으로 당겨 놓았다."는 형상들이 인간들의 마음속에 형성된 인정의 충일을 통해 얻은 힘이다. 사람들의 눈에 이제 그 우뚝 솟은 형상들은 "별들"을 상대한다. 지속의 근거로 이 형상들은 자신의 하늘을 휘어 놓고 거기 떠 있는, 무한성을 나타내는 별들을 자기 쪽으로 당겨 놓았다. 그동안 자신들이 존재할 수 있다는 자신감의 표현이다. "천사여, 나는 그대에게 보여 준다, 보라! 그대의 눈길 속에/ 그것이 구원을 받게 해 다오, 마침내, 똑바로 선 채로." "천사"는 시적 화자의 생각을 보증해 주는 존재다. 이 비가 속으로 들어와 그 빛을 받으면서 이 사물들은 정화되어 영원성을 획득한다. 천사는 예술적으로 진정한 것과 그렇지 않은 것을 구별하는 능력을 발휘하는 존재다. 천사가 바라봄으로써 해당 사물은 비로소 인정을 받는다. "구원"은 지상적 소멸로부터 벗어나는 것이다. "기둥들, 탑문들, 스핑크스, 사라져 가는 또는 낯선/ 도시 위로 우뚝 솟아 버티는 대성당의 잿빛 지주(支柱)들." 이것들은 시적 화자가 보았을 때 구원할 만한 가치가 있는 것들이다. 기둥이나 탑문이나 스핑크스는 우뚝 솟아 영원성, 무한성, 신성을 상징한다. 그러나 이러한 것들이, "세계가 둔중하게 방향을" 틀면서 몰락의 위험에 처해 있기에 시적 화자는 천사를 향해 "눈길"로 구해 달라고 청하는 것이다.

"그것은 기적이 아니었나? 오 천사여, 경탄하라, 바로 **우리**다,/ 우리다, 오 그대 위대한 자여, 우리가 그 일을 해냈다고 말해 다오." 놀라움을 금치 못하며 시적 화자는 천사를 향해 소리를 지른다. 자신감에 차 확인하는 어조의 질문이다. 인류가 이룩해 낸 문화와 문명에 대한 자긍심이 그에게 이런 용기를 준 것이다. 천사를 향해 우리 인간들이 이룬 문화사적 업적을 찬양하는 이 부분은 내용이 명확하다. 천사에게 이 부분을 인정해 달라고 부탁하는 것이다. 시적 화자가 천사에게 갖는 거리감은 여전하다. 하지만 이런 경지에 온 것만으로도 시적 화자의 내면에서는 많은 발전이 이루어졌다. 인류의 업적으로 보아 천사에게 충분히 내세울 만하다. 그런 업적을 시로 노래한다면 그것을 받아 주지 않을 이유도 없지 않겠느냐는 생각이다. "나의 호흡은/ 찬미를 하기에 벅차다." 인류가 남긴 거대한 업적들, 탑, 기둥, 스핑크스를 노래하기에도 시인의 호흡은 가쁘다. 이 엄청난 인류의 업적은 가장 덧없는 존재인 시적 화자 자신이 "찬미"하기에는 그의 능력을 벗어난다. "하지만 우리는 공간들을/ 소홀히 하지 않았다, 이 베푸는 공간들을, 이들/ 우리의 공간들을. (우리의 수천 년간의 느낌으로도 넘쳐나지/ 않았으니, 이 공간은 얼마나 끔찍이 광대한 것일까.)" 일단 이 "공간들"은 우리가 사는 이승의 공간들로 보인다. 그러나 이어지는 언급을 보면 거기에 그치지 않는 것임이 드러난다. "베푸는 공간들"이라는 말 속에 실마리가 들어 있다. 그리고 이 공간은 끔찍할 정도로 크다. 수천 년의 세월 동안 쌓아 온 느낌으로도 넘쳐 나지 않았다고 시적 화자는 단언한다. 그러므로 이 공간은 우리의 생활 공간이 아니다. 느낌, 감정의 공간이다.(Fuchs, 284) 내면 공간, 마음속의 공간, 상상력의 공간이다. 보통은 '시간을 제때 지키지 못하다'라는 의미로 원어 'versäumen' 동사를 사용하는데 여기서는 시간 대신 '소홀히 하지 않은 공간'이 등장한다. "이 베푸는 공간들"의 원문은 'diese gewährenden'이다. 즉 '무언가를 할 수 있게 베푸는 이 공간들'이다. 수동적으로 '우리에게 허락된'이 아니라 '우리에게 무언가를 선사하는' 공간들이다. 따라서 '풍요로운 공간들'이다. 동사 자체가 적극적인 '공여'라는 능동의 의미를 담고 있다. 이 공간은 인간들이 수천 년에 걸쳐 감정을 저장한 장소다. 그 공간은 넘치는 법이 없다. 천사는 이 엄청난 인간 감정의 공간을 마땅히 칭송해야 하지 않겠느냐고 시적 화자는 묻고 있다. 우리 인간들이 수천 년에 걸쳐 느낀 느낌들이 이 공간 속에 담겨 있는 것이다. "그러나 탑은 거대했다, 안 그런가? 오 천사여, 정말 그랬다, ── " 이 마지막 연은 오로지 시적 화자의 독백이다. 인간이 과연 천사와 겨룰 수 있을까? 천사의 그 완벽함을 닮을 수 있을까? 그래서 시적 화자는 천사에게 묻는다. 천사의 인정을 받고 싶은 것이다. "거대했다, 그대 옆에 놓아도? 사르트르 성당은 거대했다 ── ," 사르트르 성당의 모습을 보자. 돌이 녹을 듯이 하늘로 부드럽게 치솟은 모습이나 고딕식의 온갖 형상과 부조 장식, 색색의 스테인드글라스 등은 인간의 구원의 역사를 담은 예술의 극치를 보여 준다. 인간의 삶에 의미를 실어 주는 업적이 천사 앞에서 찬미의 대상이 된다. "그리고 음악은 훨씬 더 높은 곳까지 올라가 우리를 넘어섰다." 성당 정도로는 천사와 비견되지 않기에 시적 화자는 이번엔 음악을 내세운다. 음악은 다양한 변형 가능성으로 듣는 이의 마음을 늘 새롭게 뒤흔든다. 음악은 또한 시간을 넘어서 공간을 채우며 시작 속에 끝이 있고 끝 속에 시작이 있고 그곳에서는 환호와 비탄이 하나가 된다.(Brück, 234) 그렇기 때문에 우리 인간을 능가한다. "하지만 사랑에 빠진 여인 ―, 오, 밤의 창가에 혼자 서 있는 여인..../ 그녀도 그대의 무릎까지 다다르지 않았나 ―?" 사랑에 빠진 여인은 밤마다 창가에 홀로 서서 사랑하는 남자를 향해 자신의 감정을 띄워 보낸다. 그녀의 사랑은 밤의 허공을 향하기에 완전히 열려 있다. 아무것도 보이지 않는 밤의 창가에 서서 바라보는 그녀의 가슴은 그리움으로 가득 찬다. 그녀의 감정도 천사의 무릎까지는 미칠 정도다. "밤의 창가에 혼자 서 있는 여인" 이후의 점 네 개는 사랑에 빠져 있는 여인의 생각을 나타낸다. 사랑의 밀도를 표현하기 위하여 "밤의 창가에 혼자 서 있는 여인"의 모습을 동원하고 있다. 천사의 노래를 듣고 천사와 소통할 수 있는 진정한 인물은 누가 뭐래도 사랑에 빠진 여인이다. 이 여인은 천사의 발치에 이를 수 있다. 인류가 이룩한 업적을 칭송하던 시적 화자는 이제 다시 사랑의 세계로 돌아온다. "내가 그대에게 구애한다고 믿지 마라." "구애"에 대한 이야기로 시적 화자는 이번 「제7비가」의 첫머리로 돌아왔다. 천사를 향한 시적 화자의 마음 씀은 계속된다. 그러나 천사의 침묵에 대해 시적 화자는 버럭 화를 낸다. "천사여, 내가 구애를 한다고 해도! 그대는 오지 않는다." "내가 구애를 한다고 해도!"는 실제 구애를 하는 것이 아니라 가정문이다. 시적 화자는 천사의 은총을 기대할 수 없다. "나의 외침은/ 언제나 몰려감으로 가득 차 있는 까닭이다;" 천사를 향해 너무 강요하는 부탁이다. 그렇게 해서는 천사에게 우리의 마음이 전달되지 않는다. 좀 더 자연스럽게 해야 한다. "몰려감"의 원문은 'Hinweg'이다. 내가 외쳐 소리를 지르면 그 외침의 물살이 너무나도 세차다. 그러면 천사는 그 물살을 거슬러 오기 힘들다. 일방적인 관계이기 때문이다. "그렇게 세찬/ 흐름을 거슬러서 그대는 올 수 없다." 산골짝을 세차게 쏟아져 내려가는 강물을 거슬러 오르려는 사람이 연상된다. 그만큼 천사를 향한 시적 화자의 관계는 일방적이다. 그런 강압적 태도로는 천사의 진실한 마음을 얻기 힘들다. 그래서 시적 화자는 "구애"에 대해 이런저런 생각을 하고 말을 해 보는 것이다. "나의 외침은/ 쭉 뻗은 팔과 같다. 그리고 무언가 잡으려고/ 하늘 향해 내민 내 외침의 빈손은 그대 앞에/ 열려 있다, 방어와 경고처럼,/ 잡을 수 없는 천사여, 활짝 펼쳐진 채." 시적 화자가 내민 손을 잡아 줄 존재는 없다. 그저 허공을 떠돌 뿐이다. 그의 손 모양은 이미 아무것도 잡을 수 없음을 내포하고 있다. 적극성은커녕 "방어와 경고"의 손사래에 가깝기 때문이다. 그저 천사를 멀리 두고 싶어 하는 마음의 작용처럼 보인다. 천사가 멀어 보이기 때문이다. 인간이 만들어 낸 위대한 업적들을 내밀며 마음을 쏟아 보았지만 천사는 여전히 "잡을 수 없는" 존재다. "방어와 경고"라는 아주 독특한 낱말 조합이 돋보인다. 시적 화자는 천사를 자신의 팔로 껴안으려 하면서도 동시에 두려움에 거부하는 몸짓을 하고 있다. 「제7비가」의 마지막 구절 "활짝 펼쳐진 채."는 시적 화자의 손을 지시한다. 그의 손은 외침이다. 뭔가를 붙잡으려고 일단 손바닥을 활짝 벌린 상태다. 거기까지다. 손바닥이 활짝 열려 있어 물건을 잡을 수 없다. 오므리지 못한다. 그의 외침은 "활짝 펼쳐진 채" 허공을 헤맬 뿐이다.

「제8비가」에 대해서

「제8비가」는 1922년 2월 7일과 8일에 뮈조성에서 집필되었다. 이번 비가의 헌정 대상인 루돌프 카스너(1873~1959)는 문화철학자로 1907년경부터 릴케와 교류했다. 이번 비가는 「제7비가」와 「제9비가」 사이에서 조용히 쉬어 가는 지점을 형성한다. 여기서 시적 화자는 다른 생물들과 인간을 비교하면서 깊은 생각에 잠긴다.

"온 눈으로 생물은 열린 세계를/ 바라본다." 생물의 경우 눈은 보통 두 개로 확정되어 있기 때문에 "온 눈"이라고 했을 때는 '눈이란 눈은 모두 동원하여'의 뜻을 갖는다. 물론 곤충의 복안 같은 경우 수천의 시각을 가질 수 있다. 여기의 "생물"은 구별 없이 모든 피조물을 뜻한다. 원어 'Kreatur'가 그것을 알려 준다. 뒤의 '우리'와 비교해 볼 때 여기의 "생물"은 우리 인간들을 제외한 다른 모든 생물들임이 드러난다. 'das Offene'을 번역한 "열린 세계"는 '탁 트인 것'을 의미하며 릴케의 시적 언어에서 중심을 차지한다. 모든 것에 경계를 두지 않는 열린 자세가 이 개념의 핵심이다. 나누고 가르고 구별하는 의식을 뛰어넘으려는 태도다. 「제1비가」에 나왔던 "해석된 세계"와 완전히 반대되는 개념이다. "열린 세계" 속에서는 시간이 탈락되며 과거, 현재, 미래의 모든 것이 현재적으로 한 공간에 존재한다. 이 선언적인 첫 시행은 '무릇 생물이라면 온 눈으로 열린 세계를 보는 법이다.'라는 내용을 담고 있다. 눈이 달린 생물은 본디 열린 세계를 볼 수 있도록 창조되었다는 것이 시적 화자의 생각이다. "우리의 눈만이 거꾸로 된 듯하며/ 덫이 되어 생물을 에워싸 바깥으로 나가려는/ 생물의 자유로운 움직임을 가로막고 있다." 온 생물, 온 존재가 "열린 세계"를 보는 데 우리 인간만 그렇지 못하다. 우리의 눈은 의식과 함께 자유로운 열린 세계로 나가려는 우리 자신을 덫으로 가로막고 격리시킨다. 이 "덫"을 걷어 낼 때 우리는 모든 것이 온전하게 연관을 이루고 있는 열린 세계로 나아갈 수 있다. 이는 "차단 횡목들이 제거된 탁 트인 열린 세계 전체"(Heidegger, 282)다. 우리 인간 자신도 "생물"이기 때문에 원래는 탁 트인 세계를 바라볼 수 있는 능력을 갖고 태어났다. 그러나 우리 인간은 그것을 스스로 막고 있다. 자유롭게 밖으로 나가는 것은 "열린 세계"를 바라보는 것과 같다. 그것을 가로막는 인간은 스스로의 한계를 노정하는 것이다. 우리의 눈은 다른 생물들과 달리 자유를 향해 가는 문을 모두 덫처럼 닫아 버린다. 본디 보아야 할 것을 못 보게 막는 것은 거꾸로 된 우리 인간의 눈이다. 우리 인간은 사물 세계를 그냥 있는 대로 보지 않고 전부 자신과 관련시켜서 본다.(Vgl. Fuchs, 290) 자기 세계 속에 매몰되어 살다가 그 덫에 갇혀 죽는 것이 인간이다. "가로막고 있다."라는 표현이 많은 것을 시사한다. "바깥에 **존재하는** 것, 그것을 우리는 동물의/ 낯에서 알 뿐이다;" 동물의 눈빛은 우리 인간의 경우처럼 모든 것을 미리 계획하는 관습적 구조나 해석에 의해 왜곡되거나 협착되지 않는다. 그렇기 때문에 동물은 삶과 죽음을 나누지 않고 존재를 영위할 수 있는 것이다. 여기의 "바깥"은 나를 떠난 자유로운 상태를 말한다. "바깥에 **존재하는** 것"은 지금 이곳에 묶여 있는 것과 반대되는 자유로운 존재로 이해된다. 고딕체로 쓰인 "존재하는"은 진정한 존재의 의미를 갖는다. "우리는 어린아이조차 이미/ 등을 돌려놓고 형상을 거꾸로 보도록/ 강요하기 때문이다." "형상"의 원문은 'Gestaltung'이다. 생김새나 일의 돌아가는 방식을 말한다. 어린아이라면 소박한 존재를 영위할 수 있을 텐데, 어린아이 때부터 어른들은 자신의 방식대로 아이들을 길들인다. 어른은 어린아이의 탁 트인 세계를 관습적 그림으로 막는다. 자신들에게 길들여진 곳만 보도록 아이들의 시야를 담처럼 둘러싼다. 어른은 자라나는 아이에게 자신이 익힌 세계관을 "강요"한다. "동물의 낯에 깊이 새겨져 있는/ 열린 세계를 보지 못하도록." 동물의 얼굴에는 "열린 세계"의 모습이 새겨져 있다. 우리 인간들은 그것을 보며 그런 세계가 존재한다는 것을 어렴풋이 깨닫는다. 동물들은 인간의 아이처럼 그렇게 시선이 거꾸로 되어 있지 않다. "죽음에서 해방된 세계를." 동물과 동물의 얼굴은 죽음에서 해방되어 있다. "**죽음을 보는 것은 우리뿐이다**;" 문장 맨 첫머리에서 죽음을 강조함으로써 시적 화자는 우리 인간의 한계를 지적하고 있다. 죽음은 우리의 삶을 규정하고 우리의 생각과 행동, 느낌에 영향을 준다. 죽음이 인지의 장벽이 되어 우리의 시선을 가로막는다. 우리는 삶에서 늘 죽음을 생각한다. "자유로운 동물은/ 몰락을 언제나 등 뒤에 두고/ 신을 앞에 두고 있다," 동물은 모든 형상들을 벗어나 그리고 자신을 벗어나, 즉 마주 섬의 상태를 벗어나 "열린 세계"를 바라본다. 스스로를 의식하지 않으니 죽음에 대한 의식도 없다. 여기의 "몰락"은 죽음을 말한다. 죽음이 왔을 때 그것은 동물들의 등 뒤에 있다. 결코 죽음을 눈앞에 두고 이렇게 저렇게 생각해 봐야 할 대상으로 보지 않는다. 그리고 동물들의 앞에는 "신" 즉 영원성만이 있을 뿐이다. "신"은 열린 지평을 의미한다.(Brück, 233) 그러므로 "신을 앞에 두고 있다,"는 것은 "열린 세계"로 향한다는 말이다. "걷기 시작하면 동물은,/ 샘물이 흘러가듯이, 영원을 향해 걷는다." 샘물은 어디선가 출원해서 어느 목표를 향해 가는 것이 아니라 그저 흘러갈 뿐이다. "영원을 향해 걷는다"는 것은 "열린 세계"를 향해 가는 것을 말한다. "영원"과 "열린 세계"가 동의어가 된다. "우리는 결코 단 하루도/ 꽃들이 한없이 피어나는/ 순수한 공간을 앞에 두지 못한다." "우리는"이라는 표현은 시적 화자가 확장된 인간 일반을 뜻한다. 인간은 무엇을 해도 늘 '나'의 관점이다. 아니면 모든 행동은 이것이 무엇에 소용되나, 이런 합목적성의 소치다. 이에 반해 "순수한 공간"은 열린 세계를 뜻한다. 인간이 맞이해야 하는 이 "순수한 공간"은 느낌의 영역이며 신성이 자리잡고 있는 곳이다. 이곳은 끝없이 꽃이 피어나는 아름다움의 공간이다. "늘 세계만 있을 뿐,/ 부정(否定) 없는 부재의 장소는 결코 없다." 여기의 "세계"는 앞에 나온 "순수한 공간"과 완전히 대척된다. "늘"이라는 표현이 인간 세계의 관습적인 면을 은연중에 나타낸다. 이 "세계"는 닫히고 대상화된 것이 특징이다. 대상화되었다는 것은 그 의미가 고정되었다는 것이고 우리의 의식이 다가가면 부딪쳐 반사된다는 뜻이다. "부정 없는 부재의 장소"는 '부정이 없는 유토피아'를 말한다. 즉 아무런 조건이 달리지 않은 순수하고 온전한 세계다. "부정 없는 부재의 장소는 결코 없다."는 원문이 아주 묘하게 직조되어 있다. 원문은 'niemals Nirgends ohne Nicht:'이다. 그리스어의 유토피아 즉 이 세상에 존재하지 않는 곳, 부재의 장소를 독일어로 옮기면 'Nirgends'이다. 인간 세계에 그런 곳은 없다는 말이다. 인간은 늘 "부정"을 통해서 뭔가를 상상하기 때문이다. "순수함,/ 감시당하지 않음, 그러니까 숨 쉬며 무한히 알면서/ 탐냄 없는 순진함과 감시당하지 않음은 없다." "감시당하지 않음"은 어린 시절의 순진무구함과 관련된다. "감시"는 어른들이 원하는 쪽으로 아이를 조종하려는 데서 출발한다. "숨 쉬며 무한히 알면서/ 탐냄 없는 순진함과 감시당하지 않음"은 모든 관계에서 벗어나며, 목적도 없고, 모든 소유의 요구에서도 벗어나는 것을 뜻한다. 인간은 본디 사물을 무한히 알 수 있는 능력을 갖고 있다. 하지만 그런 것이 세계와 마주하면서 변질되고 제한받는다. 무한히 안다는 것은 모든 것을 분석적으로 따져서 원인과 결과 식으로 아는 것이 아니라 전체 속의 전체에 대한 인식을, 만물을 엮어 주는 연관성을, 세계 내면 공간을 아는 것을 말한다.(Brück, 252) "어릴 때는/ 가끔 이것에 가만히 골몰하다가 누군가에 어깨를 흔들린다." 어린아이에게는 원초적인 "생물"의 요소가 남아 있다. "어릴 때는"이라는 표현은 시적 화자가 어릴 때나 시인의 전기적 삶의 어릴 때가 아니라 어린 시절의 전형적인 행동을 나타낸다. "이것"은 "열린 세계"를 바라보는 상태, 순수하고 무구한 상태를 의미한다. "가만히"는 '남에게 들키지 않고 비밀스럽게'의 뜻이다. 놀이에 흠뻑 빠져 있는 어린아이의 의식 속에는 오로지 현재만이 존재한다. 어깨가 흔들리는 것은 아이가 자라면서 고요와 순수한 비밀을 상실하게 되는 시점을 말한다. 달콤한 꿈에서 깨어나는 것과 같다. 아이의 비밀이 털리는 순간이다. 어른들에 의해 아이의 고독과 집중은 깨지고, 아이는 어른들이 알려 주는 대로 세계와 대면해야 한다. 행동이나 사물을 보는 것이나 사회의 금기나 사고방식과 어른들의 관습에 적응해 나가야 한다. "또는 죽어 가는 사람도 그 상태에 이른다." 죽음을 통해 어린아이와 같은 열린 상태, 순수하고 무구한 상태, 진정한 존재 상태에 도달하는 것을 말한다. 죽는다는 것은 이승의 연관 고리로부터 벗어나는 것이다. "죽음과 가까이 있으면 죽음이 보이지 않으니/ 앞을 응시하게 된다, 아마도 동물의 큰 눈길로." 죽는 사람은 죽음의 순간 죽음과 하나가 되어 넓게 자유로운 공간을 바라본다. "아마도 동물의 큰 눈길로."는 '이런 동물의 큰 눈길을 갖게 될지는 모르지만'의 의미이다. "시선을 가로막는 상대가 없다면/ 연인들은 바로 그렇게 되어 놀라워하리라..." 연인들의 진정한 사랑의 마음은 한순간 상대를 넘어설 듯한 상태가 되기도 한다. 연인들도 진정한 사랑을 위해서는 순수성, 무구함과 밀접한 관계를 맺어야 한다. "바로 그렇게 되어"는 '열린 세계를 바라보는 상태가 되어서'의 의미이다. 상대에 의해 제한되었던(시야를 제한한다는 것은 이기적 사랑에 의해 서로 간에 진정한 사랑의 눈길을 막는 것을 말한다.) 열린 세계를 향한 시야가 열린 것에 대해 놀라워한다. 이어지는 말줄임표는 시적 화자가 안으로 품고 있는 생각을 말해 준다. 놀라워하며 무슨 일이 벌어질지 더 자세히 언급하지 않고 열어 둔다. "마치 실수로 그런 것처럼 그들에게는/ 상대방의 뒤가 환해진다..." "마치 실수로 그런 것처럼"은 의도한 바는 아니지만 무의식적으로 그럴 때가 있다는 말이다. 그러나 그것은 아주 잠깐뿐이다. 거의 찰나에 가깝다. 이 찰나 동안 시간과 공간을 떠나 연인의 등 뒤로 광활함이 환히 열리는 것이다. "그러나 아무도 상대를/ 지나치지 못하니 그들에겐 세계가 다시 돌아온다." 연인들은 상대에게 집중함으로써 자기 눈 주변에 덫을 설치하는 것과 같다. 그들은 연인을 넘어서 궁극적으로 "열린 세계"로 나아가지 못하고 결국에는 자신의 닫힌 세계로 돌아온다. 이 시구절의 의미 속에는 연인 간의 성적 합일이 들어가 있는 것으로 보인다. 오르가슴을 느낀 합일 이후 겪는 실망감이다. "언제나 피조물을 마주하고 있는 까닭에 우리는/ 거기 피조물에 비친 열린 세계의 어두운/ 영상만을 볼 뿐이다." 인간은 사물들의 표면에 맺힌 열린 세계의 영상만을 본다. 그러면서 그것이 전부라고 생각한다. 반쪽만 보고서 그것이 다라고 결론짓는다. 우리의 존재 자체가 원본을 보지 못하게 하는 덫이 된다. "혹은 어떤 동물이,/ 묵묵한 동물이 태연히 우리를 꿰뚫어 볼지도 모른다." 짐승은 감정이나 생각에 의해 제한을 받지 않기 때문에 "열린 세계"를 바라볼 수 있다. 아무런 감정의 동요 없이 마치 어떤 입구를 통해 열린 세계를 보듯이 우리를 꿰뚫어 볼 수 있다. "이것이 운명이다: 마주 서 있는 것/ 그리고 오직 이뿐이다, 언제나 마주 서 있는 것." 인간은 세계와 마주하고 서서 자신의 척도로 세계를 해석한다.(Brück, 244) 인간적 존재와 언어는 바로 이 '마주 섬'에 사로잡혀 있다. 공간적으로도 마주 섬 속에 있지만 시간적으로도 마주 섬 속에 있는 것이 인간 존재다. 늘 무언가를 상대하기에 거기서 벗어나지 못하고 피곤함을 느낀다.

"만약 불안을 모르는 동물에게 우리와 같은 의식이 있어/ 다른 쪽에서 우리에게 다가온다면 ― " 시적 화자는 하나의 가설을 세운다. 동물이 차분히, 근엄한 모습으로 우리에게 다가온다고 생각해 보자. 만약에 동물에게도 우리 인간과 같은 의식이 있다면....... 이렇게 가정했을 때 동물은 "다른 쪽에서" 다가오면서 인간에게서 뭔가 잘못된 것이 있음을 알아차리게 된다. 우리 인간의 가장 큰 특징은 바로 "의식"이 있다는 점이다. 이 의식은 눈으로 파악하고 판단하고 선택하고 욕망하는 행위의 거점이다. 그런데 만약 동물이 이런 의식을 갖고 인간을 바라본다면, 동물은 어떻게 할 것인가? "그 동물은 우리를 돌려세워 제가 가는 길로/ 끌고 가리라." "제가 가는 길로"는 원문 'mit seinem Wandel'을 번역한 것이다. 이를 'Lebenswandel'로 읽어 '삶의 자세', '살아가는 방식'으로 볼 수 있다. 동물이 강력한 영향을 끼쳐서 우리를 정신적으로 변화시키는 것을 뜻한다. 동물이 우리 존재의 모습을 근본적으로 변화시킬 것이라는 말이다. 동물이 의식이 있음에도 "열린 세계"를 지향하여 간다면, 동물은 우리의 해석 시스템을 흔들게 될 것이며 우리 인간들은 다시 원초의 방향을 향하게 될 것이다. 인간의 의식과 동물의 열린 세계가 섞일 때 우리가 어떤 변화를 겪게 될지를 성찰하는 구절이다. "하지만 동물의 존재는/ 스스로에게 무한하고 파악되지 않는다." 시적 화자는 동물에게서 그런 변화가 불가능함을 알고 있다. 동물은 인간들이 의식의 집을 짓고 스스로를 가둔 곳 바깥에 위치한다. 동물은 스스로 뭔가를 알고 파악하지 못한다. "자신의 상태를/ 인식하지도 않는다," 동물은 자신의 심신 상태, 존재의 종류 따위를 의식하지 않는다. 스스로에 대해 고민하지도 않고 따지지도 않는다. 이것이 동물의 순수함의 근거다. 그런 순수한 모습이 동물의 눈에서 비친다. "바라보는 그의 눈길처럼 순수하다." "눈길"의 원어는 'Ausblick'이다. 안에서 밖을 보는 동물의 눈빛이다. 이 눈빛에 동물의 내면이 비치는 것이다. "그리고 우리가 미래를 보는 곳에서 동물은 모든 것을 보고,/ 모든 것에서 자신을 보며 영원히 치유된 상태에 있다." 시적 화자는 우리 인간과 동물을 비교한다. 인간은 끝없이 미래에 대한 걱정 속에 살아간다. 반면 앞으로 어떻게 될 것인지에 대해 동물은 스스로를 고민의 대상으로 삼지 않는다. 스스로에 대한 기대나 두려움에 사로잡히지 않는다. 동물은 "영원히 치유된 상태에 있다." 인간은 애당초부터 고통에 시달린다. 그것은 무언가와 마주 서 있고, 무언가를 원하고, 무언가를 탐하는 욕구의 고통이다. 동물은 전체와 연결된 상태에 있으므로 이미 치유된 상태다. 만물과 하나가 되어 있고 완벽하고 온전하며 자유로운 존재 상태에 있다.

"하지만 따뜻하고 경계심 많은 동물의 내면에는/ 커다란 우울의 무게와 근심이 들어 있다." "하지만"으로부터 동물에 대한 칭송은 급변한다. 시적 화자가 보기에 짐승은 치유가 되어 있고 전체와 하나 된 것 같지만 짐승에게서도 의기소침과 낙담이 발견된다. "따뜻하고"는 전체와 하나 되어 내적으로 안정돼 있고 차분하고 푸근함을 느끼는 존재라는 의미이다. "경계심 많은"이라는 표현에서 이미 동물이 갖는 근심이 암시되어 있다. 이것은 살아 있고 피와 정서가 있는 생명체가 짊어져야 할 짐이다. 이 우울의 근원은 어디에 있는가? 앞에서 영원히 "치유된 상태"라는 말을 했는데 이 "우울의 무게와 근심"은 어떻게 이 말과 함께 나올 수 있는가? 동물들도 인간과 일면 동일한 성격을 갖고 있는 것이다. "자꾸만 우리를 압도하는 것이 동물에게도/ 들러붙어 있기 때문이다, ── 그건 바로 회상이다." "자꾸만 우리를 압도하는 것"은 우리가 시달리는 것이다. "동물에게도 들러붙어" 있는 것은 어떤 가녀린 연결의 끈이다. 동물도 인간과 다르지 않다. 바로 "회상"이다. "회상"은 모든 고통스러운 연결의 매체다. "우리가 잡으려 하는 것이 전엔 훨씬 가까이 있었고,/ 진실했으며 그것과의 관계는 한없이 다정했다는/ 회상이다." 회상은 과거의 것을 내면화하는 것이다. 여기서 과거의 것은 모태 속의 상태다. 그때는 '가까움', '친근함', '어머니의 따스함'을 느꼈다. 피와도 가까웠고 생명의 따스함을 가졌다. "이곳에서는 모든 것이 거리(距離)지만,/ 그곳에서는 호흡이었다." "그곳"은 자궁, 품을 뜻한다. "이곳"은 자궁에서 떨어져 나온 뒤의 세계. 품의 영역은 모든 것이 살아 있는 곳이자 안으로부터 하나 되어 있던 "호흡"의 장소다. "첫 번째 고향을 떠난 후로/ 두 번째 고향은 혼란스럽고 바람만 드세다." "첫 번째 고향"은 모태, 내면의 고향이다. "두 번째 고향"은 이 지상 세계를 말한다. "두 번째 고향은 혼란스럽고 바람만 드세다."에서 "혼란스럽고"의 원문은 'zwitterig'이다. 본디 자웅동체라는 의미를 가진 낱말로 여기서는 '혼재하는', '어중간한' 정도로 읽을 수 있다. 내면과 외부, 유한성과 무한성이 서로 나뉘어 평행으로 놓여 있고 어떤 교류도 없는 곳이다. "바람만 드세다."는 자궁의 세계가 깊이와 고요의 영역이었다면, 지금 현실의 세계에서는 모든 것이 밖으로 드러나 세찬 바람이 불어닥치는 들판에서 온몸으로 견디는 격임을 말한다. "오 작은 생물들의 지복이여," "지복"은 'Seligkeit'를 번역한 것이다. 종교적인 의미로 신과 함께하며 느끼는 최고의 기쁨과 행복을 말한다. 이것을 작은 생물들에 적용하면 바로 모태 속에서 느끼는 행복감이다. "저희를 잉태했던 자궁 속에 언제나 머물러 있으니;/ 오 모기의 지복이여, 너희는 아직도 안에서 뛰노는구나," 이 구절은 1918년 2월 20일 자 루 살로메에게 보낸 릴케의 편지에 그대로 나타나 있다. "한데 놓인 씨에서 피어나는 많은 생명체들은 민감한 이 드넓은 외부 세계를 자궁으로 삼고 있습니다. ── 이들은 평생토록 그곳에서 집에 있는 것과 같은 편안함을 느끼는 거지요. 이들은 어머니의 자궁 안에서 어린 세례 요한처럼 기뻐서 팔딱팔딱 뛰는 일 이외에는 할 것이 없습니다. 이 공간은 그러니까 그 생명체들을 수태해서 산달을 견디어 낸 공간이지요. 이들은 안전한 곳으로부터 결코 밖으로 나가는 법이 없습니다." "혼례를 할 때조차도: 이들에겐 자궁이 모든 것이니까." 곤충을 의인화해서 "혼례"라는 표현을 일부러 쓰고 있다. 인간적인 한계 속에 있는 자신의 처지에 비해 오히려 지복을 느끼며 춤추고 있는 "모기"에게 이런 정중한 용어를 쓰고 싶은 마음이 시적 화자에게 일어난 것이다. "그런데 보라, 새의 반쯤뿐인 안전을,/ 새는 태생적으로 이 두 가지를 거의 알고 있다." 왜 "반쯤뿐인 안전"인지는 앞에서 인용한 릴케의 편지를 통해 확인할 수 있다. 작은 생물체와 달리 새는 어중간한 상태에 있다. 새는 두 세계, 즉 내부 세계와 외부 세계에 동시에 관여하기 때문이다. "새의 경우는 모든 것이 좀더 불안스럽고 좀 더 조심스러워지지요. 새의 둥지는 이미 그자체로 자연이 빌려준 어머니의 작은 자궁이라고 할 수 있습니다. 어미 새는 이 자궁을 완전히 자기 안에 지니는 대신 몸으로 그저 덮기만 합니다. 그러다가 갑자기 바깥은 더 이상 완전히 안전하지 않은 것처럼 놀라운 성숙은 이 생물의 어둠 속으로 도망치지요. 그러다가 나중에 가서 한 번 전회를 하면서 세상에 나옵니다. 이때 이 세계를 두 번째 것으로 받아들이지요. 이전의 보다 아늑한 환경에서 완전히 벗어나지는 않은 채로." 새는 작은 곤충들과 달리 둥지에서 자란다. 새는 자궁을 몸에 지니고 있지 않다. 바깥에 있는 둥지에서 알을 낳고 새끼를 깐다. 새는 그렇지만 자연과의 내적인 아늑함을 완전히 끊고 있지 않다. 새는 이중적이다. 둥지 속에 있으면서 자궁과 분리되어 있다. 둥지는 일종의 자궁이면서 바깥 세계다. 그래서 시적 화자는 말한다. 새는 두 가지 것을 그 근원으로부터 거의 아는 것 같다고. 내부 세계와 외부 세계를 말이다. "새는 에트루리아인들의 영혼과 같다," 새의 상태를 설명하기에 충분치 않았다고 생각한 듯 시적 화자는 또 하나의 이미지를 가져온다. 에트루리아인들(현재 이탈리아의 토스카나 지방에 살던 주민)의 석관에는 뚜껑에 죽은 사람의 모습이 조각되어 있다. 새의 이중적 존재 상황을 에트루리아인의 매장 관습에 비유하고 있다. "망자(亡者)에게서 나온 영혼은 공간 속으로 갔지만,/ 석관 뚜껑에는 여전히 망자의 형상이 누워 있으니." 새처럼 영혼은 공간 속에 있고, 망자는 뚜껑에 있다. 영면에 취한 자는 겉으로는 석관 뚜껑에 남아 있지만 그의 영혼은 이미 공간 속으로 날아갔다. 공간은 영혼이 새처럼 날아다니는 장소다. "그리고 자궁에서 태어난 처지에 날아야만 할 때/ 그 짐승은 얼마나 당혹스러울까." 이번에는 더욱 확실한 상징적 동물이 등장한다. "자궁에서 태어난" 짐승은 박쥐를 뜻한다. 박쥐는 자궁에서 태어난 포유동물로서 새처럼 하늘을 날아야 하는 상황이다. 박쥐는 자궁에서 태어난다는 면에서 우리 인간과 같은 생명체다. 박쥐는 새의 입장에서는 열린 세계를 본다. 그러나 자신의 근원이 자궁이므로 인간과 같은 의식의 한계 속에 있어 혼란스러움을 느낀다. "스스로에게/ 화들짝 놀란 듯 새는 번개처럼 허공을 가른다, 마치/ 찻잔에 쩌억 금이 가듯이." 박쥐가 나는 모습을 보면 일반적인 새들과 달리 당혹스러운 듯 좌우로, 위아래로 퍼득이며 하늘을 휘젓는 날갯짓을 볼 수 있다. "스스로에게 화들짝 놀란 듯"은 공간 속을 날면서 자신의 태생을 자각하고 느끼며 혼란스러워하는 박쥐를 표현한 것이다. 날면서 느끼는 박쥐의 이율배반의 상황이다. "그렇게 박쥐의/ 자취가 저녁의 도자기를 가른다." 투명한 저녁 하늘에 마치 찻잔에 금이 가듯 자취를 남기며 날아간다는 표현이 절묘하다. 박쥐로 대변되는 짐승의 정착할 곳 없는 불안감은 인간의 존재 상황을 상징적으로 잘 보여 준다.

"그리고 우리는: 구경꾼, 언제, 어디서나,/ 모든 것과 마주할 뿐 결코 넘어서지 못한다!" 인간은 "구경꾼"의 자세로 존재한다. 언제 어디서나 그렇다. 늘 대상을 앞에 두고 바라보는 상태다. 인간은 모든 것과 마주하고 있다. "모든 것과 마주할 뿐 결코 넘어서지 못한다!"는 이것을 잘 표현한다. 대상에 눈이 매여 있다. 모든 것을 목적을 가지고 바라본다. 우리는 이 마주섬의 절대성에서 빠져나오지 못한다. "우리는 범람한다." 우리는 감각을 통하여 많은 것들을 내면에 담아 둔다. 시간이 흐름에 따라 그것들로 넘쳐 난다. 견디어 낼 수 있는 정도를 초월한다. "아무리 정돈해도 무너진다." 이런 대상들의 범람 속에서 우리는 이 혼돈을 인위적으로 정돈해 보려 한다. 개념과 체제로 다스려 보려 하나 그렇게 한 정리는 곧 무너지고 만다. 우리가 내면으로부터 탄탄한 힘을 갖고 있지 못하기 때문이다. "우리는 다시 정돈하다가 스스로 무너져 내린다." 그렇게 새로운 시스템을 만들어 보려다 우리는 스스로 분열에 빠져 무너지고 만다. 인생의 기회가 될 때마다 아무리 노력해도 소용없다. 인간이 할 수 있는 것은 없다. 인간은 이 "해석된 세계" 속에서 집도 없고 갈 곳도 없다. 인간의 한계다.

"누가 우리를 이렇게 돌려놓았기에/ 무슨 일을 하든 우리는/ 늘 떠나는 사람의 자세인가?" 마지막 연의 첫 행은 사뭇 인상적이다. 우리의 머리를 이렇게 돌려놓은 것은 누구인가? 신인가? 아니다. 그것은 다름 아닌 우리 인간들 자신이다. 우리의 눈은 정작 보아야 할 것은 보지 못하고 외부의 영향에 휘둘리고 있다는 뜻을 내포한다. 인간에게 고향은 더 이상 없다. 의지처 없이 세상에 던져진 상태다. 그렇기 때문에 "무슨 일을 하든 우리는/ 늘 떠나는 사람의 자세인가?"라는 질문이 터진다. 우리가 늘 취하고 있는 떠나는 사람의 자세는 진정한 거처가 이 세상에 없다는 것이며, 이것의 원인은 인간 자신에게 있다. 이 마지막 연에 『두이노의 비가』의 비애의 분위기가 전체적으로 순수한 음조로 배어 있다. "돌려놓았기에"와 "떠나는 사람"의 수동과 능동의 공존이 나타난다. 우리는 수동적이면서도 능동적으로 늘 이런저런 궁리에 빠져 있다. 이별은 우리의 마주함과 관련이 있다. 우리는 우리의 의식 때문에 우리 자신의 유한성을 알고 있고 그렇기 때문에 늘 떠나는 자의 자세를 하고 있다. "자기가 살던 골짜기가 내려다보이는 마지막 언덕에/ 이르러 몸을 돌리며 멈추어 서성이는 사람처럼 ― ,/ 우리는 그렇게 살며 늘 이별을 한다." "마지막"이라는 말에서 비장함, 생의 마지막이 느껴진다. 자신이 살던 곳을 마지막으로 내려다보는 자의 모습이 보인다. 마지막이 꼭 생의 종말일 필요는 없지만 삶의 한 단락을 이루는 것으로, 체험의 한 결말을 이루는 것으로 볼 수는 있다. "마지막 언덕"은 『두이노의 비가』 전체를 표현할 만한 이미지다. 떠나는 자는 자신이 살던 곳과 이별하고 그곳이 보이는 마지막 언덕에 이르러 몸을 돌려 발걸음을 멈추고 서성이며 모든 것을 눈길과 가슴에 담아 본다. 이별은 우리 인간의 존재 상황이다. 우리는 마주 서 있는 대상과 결국엔 헤어진다. 마주 서 있다 결국 떠난다. 우리는 살면서 매 순간 천천히 죽어 가는 것이다. 결국에 꺼지는 장작불과 같다.

「제9비가」에 대해서

「제9비가」의 1~6행, 77~79행은 1912년 3월 두이노성에서, 그리고 나머지는 1922년 2월 9일 뮈조성에서 집필되었다. 「제9비가」는 릴케가 『두이노의 비가』의 완성을 알린 후 주변의 많은 사람들로부터 극찬을 받은 작품이다. 그만큼 「제9비가」는 시적 완성도를 자랑한다. 『두이노의 비가』 작품에 대한 해제에서 카타리나 키펜베르크는 「제9비가」를 "전체 작품 중에서 종교적으로나 철학적으로 가장 중요한 비가"(Kippenberg, 130)로 평한다. 「제9비가」가 주는 언어적인 힘의 매력을 루 살로메는 1922년 3월 6일 자 릴케에게 쓴 편지에서 이렇게 말한다. "가장 부드러우면서도 가장 강력한 것은 내겐 아홉 번째 비가예요. 읽어 나가는 일이, 끝까지 다 읽는 일이 거의 불가능할 정도죠. 정원을 걸을 때와 같아요. 정원 사이로 난 길들을 길로써 이용할 수 없을 때가 있지요. 떼어 놓는 걸음마다 주변에서 피어나는 꽃들과 푸르러 가는 초목이 발목을 잡고 놓아주지 않으니까요. 곳곳에서 다시, 매 연마다, 매 연의 부분마다 나는 다시 자리에 주저앉아 마치 정자에 있는 것 같은 느낌을 받아요. 내 머리 위의 나뭇가지들이 서로 엮여 더없는 고향을 만들어 주는 것 같거든요."

「제9비가」는 「제8비가」의 마지막 언덕 위에 올라서서 작별을 고하는 자의 관점으로 보면 된다. 시적 화자는 인간 삶의 가치를 돌이켜 본다. 그 하나로 이번 비가에 와서 인간의 '의식'에 대한 부정적 평가가 급변한다. 인간의 의식 자체가 이 세상 사물들에 대한 변용의 전제라는 것을 시적 화자는 깨닫는다. 대상들과 마주 서 있기에 오히려 대상들과 이것들의 가치를 알게 된다는 것이다. 사물의 본질을 인식하여 그것을 자신의 언어로 되살리는 일이야말로 가장 인간다운 행위 아니겠는가, 이것이 깨달음이다. 「제9비가」는 서정시의 본령을 알리듯 아름다운 시어와 인간적 확신으로 가득하다.

"왜, 우리가 삶의 기한을 월계수처럼/ 다른 모든 초록보다 좀 더 짙은 빛깔로,/ 나뭇잎 가장자리에 이는 (바람의 미소처럼)/ 잔물결을 만들며 보낼 수 있다면 ─ : 왜 굳이/ 인간이려 하는가 ─ 운명을 피하며/ 또 운명을 그리워하며?..." 월계수에 대한 묘사가 다른 것들을 압도하며 1연은 시작된다. 눈에 띄는 비유는 "삶의 기한"과 "월계수"다. 월계수는 늘 푸른빛으로 승리와 명성, 평화의 상징 노릇을 해 왔다. 월계수는 "다른 모든 초록보다 좀 더 짙은 빛깔로" 생명에 대한 자신의 열망을 표현한다. 시적 화자는 월계수의 상록을 인간 삶의 무상성("삶의 기한")과 대비시킨다. 월계수 잎사귀에는 심지어 "바람의 미소"가 새겨진다. "바람의 미소"라는 말 속에 우리 인간을 향한 자성의 고백이 들어 있다. 월계수 잎이 행복하게 미소를 짓는데 왜 인간은 고통 속에 헤매는가? 월계수 잎사귀가 펄럭거리는 순간이 미소의 순간이다. 그리스 신화에서 월계수로 변한 다프네의 주름치마와 그녀의 어여쁜 미소가 연상된다. "왜 굳이 인간이려 하는가?"는 많은 질문을 만들어 내는 시구절이다. "월계수"와 달리 매 순간 고통스럽고 힘겹게 살면서 우리는 왜 "인간"으로서의 존재를 고집하는가? 심지어 운명에 시달리면서도.

"오, 행복이 있기 때문이 아니다,/ 행복이란 다가오는 상실에 한발 앞선 한시적인 누림일 뿐." 왜 인간의 삶을 살아가려

하는가? 왜 지상에 대한 미련을 버리지 못하는지 시적 화자
는 몇 가지를 배제하는 방식으로 진술하고 있다. 그 첫 번째
가 행복이다. 이 지상에 행복이 있어서 그 행복을 놓치기 싫어
서 그런 것, 즉 지상에 대한 아쉬움을 표하는 것이 아니라는
것이다. "행복이란 다가오는 상실에 한발 앞선 한시적인 누림
일 뿐"이다. 행복의 순간성, 일시성을 표현한 말이다. 행복이란
「제7비가」에서 말한 것처럼 다른 사람의 웃음이나 질투로 증
명되는 것일 뿐이다. "호기심 때문도 아니고, 또한 마음의 연
습 때문도 아니다,/ 월계수에게도 그런 마음이야 있을 터이
니....." 혹시 앞으로 무언가가 있을까 하는 "호기심" 때문도 아
니고, 아니면 마음을 이렇게 저렇게 더 써 보고 싶은 생각 때
문도 아니다. "호기심"은 겉으로 드러나는 것들을 캐 보는 것
에 집중하며 배후에 놓여 있는 '연관'의 심층 구조에는 주목하
지 않는다.(Brück, 264) "마음의 연습"은 살아가며 생존하는 방
식이다. 인간은 운명과 대결하며 고통과 슬픔, 기쁨 같은 감정
에 익숙해진다. 이승에서 "마음의 연습"을 더 하고 나면 완벽
해지지 않겠는가. 그러나 외부에서 많은 것들이 공격해 오고
거기에 우리의 마음은 반응하지만 그렇다고 좀 더 나은 상태
가 되지는 않는다.

"이곳에 있음이 중요하기 때문이다." 드디어 일정한 "삶의 기
한" 동안 인간으로 존재해야 하는 특별한 이유가 언급된다.
「제7비가」에서 시적 화자가 자신 있게 언급한 "이곳에 있음에
찬란함을 느낀다."의 확장된 반복이다. 여기에 이르러 시적 화
자는 왜 지상에 눈길을 자꾸 쏟는지 밝힌다. 시적 화자에게 지
상에 애정을 느끼게 하는 것은 이것 단 한 가지다. 1923년 1월

6일 자 지초 백작 부인에게 보낸 편지에서 릴케는 "기독교의 저승에 대한 생각을 나는 사랑하지 않습니다."라고 하면서 "이곳에 있으면서 나무와 꽃 그리고 대지와 친밀하게 지내는 것"이 좋다고 분명하게 천명한다. "그리고 이곳에 있는/ 모든 것, 덧없는 이 모든 것이 분명 우리를 필요로 하고,/ 진정 우리의 관심을 끌기 때문이다. 가장 덧없는 존재인 우리의." "이곳에 있는 모든 것"이 시적 화자에게 호소한다. 지상의 사물이 시적 화자와 갖는 진정한 관계는 사물이 그를 필요로 할 때다. 이 지상에 서서 자신에게 주어진 사명을 수행하는 것, 그것이 "월계수"에게는 없는 인간만의 독특한 임무다. 이 역시 인간에게는 "운명"이다. 식물에게는 이런 것을 기대할 수 없다. 월계수가 훨씬 월등한 것으로 여겨졌던 존재 상황은 확실하게 역전된다. 우리는 이 지상의 것에 낱낱이 관심을 두며, 또 이 지상의 것들은 직접적으로 우리에게 호소해 오고 우리에게 매달린다. 여기서 시적 변용의 사명이 나온다. 아이로니컬한 것은 이 세상의 모든 존재들 중에서 가장 덧없는 존재인 "우리"에게 이런 사명이 주어졌다는 것이다. "모든 존재는 한 번뿐, 단 한 번뿐. 한 번뿐, 더 이상은 없다./ 우리도 한 번뿐. 다시는 없다." 인간은 이 세상에 단 한 번 살다 간다. 다시는 되돌릴 수 없다. "한 번뿐"이라는 말로써 문장들이 스타카토로 짧게 이어진다. "한 번뿐"이 앞뒤로 무려 여섯 번이나 이어진다. 과르디니의 표현대로 "되돌릴 수 없음의 모티프를 묶어 주는 푸가"(Guardini, 337)다. "한 번뿐"이라는 말은 이승의 삶의 구체성을 강조한다. 이 한 번뿐인 덧없음 속에 슬픔과 위대함이 공존한다. "그러나 이/ 한 번 있었다는 사실, 비록 단 한 번뿐이지만:/ 지상에 있었다는 것은 취소할 수 없는 일이다." '지상에 존재했음'

은 하나의 역사적 사실이다. 지나간 것은 하나의 사실이며 그 자체로서 "한 번뿐"이지만, 전체와의 관련 속에서 인식의 현재적 체험 속에 놓이는 것이다."(Brück, 268) 우리 존재의 아무리 무상한 것, 아무리 하찮은 것도 결코 되돌릴 수는 없다. 하나의 생명체로서는 언제든 사라지고 취소될 수 있지만, 한 번 존재했다는 사실은 취소할 수가 없다는 역설로 시적 화자는 무상성에 대항하고 있다. 한 번 태어난 것은 실제 사라질 수밖에 없다. 그러나 이 무상한 존재가 이 세상에 한 번 있었다는 것은 취소할 수 없는 사실이다. 이것을 인식할 수 있는 존재는 인간뿐이다. 단 한 번밖에 이 지상에 머물지 못하기 때문에 그에게는 더더욱 시적 사명이 부여된다.

"그래서 우리는 달려들어 ── 그 일을 수행하려 하며,/ 그것을 우리의 소박한 두 손 안에, 넘치는 눈길 속에,/ 말 없는 가슴속에 간직하려 한다." 우리 인생의 시간이 많지 않으므로 우리는 서둘러 행동하고 강도 있게 살고자 한다. "그 일"은 우리에게 한없이 중요한 일이며 우리가 반드시 치러 내야 할 일이다. 시적 화자의 입장에서는 이 지상에서 수행해야 할 시적 사명이다. 먼저 소박한 손길로 사물을 어루만진다. "소박한 두 손 안에"라는 표현에서 촉각을 통한 지상 사물들과 시적 화자의 관계를 느낄 수 있다. 시인의 일은 수공업자의 작업과 다를 것이 없다. 손일을 통해 재료를 가지고 대상을 상대하는 것이다. "넘치는 눈길"은 지상의 것을 수없이 받아들이는 눈길을 말한다. 「제7비가」의 감각으로 받아들인 넘치는 공간과 같은 맥락이다. "넘치는 눈길"은 그만큼 시적 화자의 바라보는 반경이 확장되었음을 뜻한다. 밀려드는 사물들의 물결에 "가슴속"

은 범람하여 말을 잇지 못한다. 너무나 다양하고 아름다운 모습에 압도되어 말로 다 표현하지 못해서 "말 없는 가슴속"이 된다. 시인은 넘치는 감정과 인상을 가슴에 받아들여 고요 속에서 응축한다. 시인은 하나의 그릇이 되기도 하고 한 송이 꽃이 되기도 한다. 외부 세계의 내적 변용이 잘 드러나는 대목이다. 두 손에, 눈길 속에, 가슴속에 간직한다는 말이 그것이다. "그것과 하나 되고자 한다." 하나가 됨으로써 지상의 사물들과 떨어져 있던 관계는 회복된다. 이것은 시적으로 내면화하는 과정이다. 이제 주체와 객체라는 이중 구조는 사라진다. 이어지는 줄표에서 시적 화자는 생각에 빠진다. " ― 누구에게 주려고? 아니다,/ 모든 것을 영원히 간직하고 싶다..." 이승의 것이 우리의 것이 되면 누구에게 줄 것인가? "아니다." 그냥 간직하려 한다. 모든 것을 가슴속에 꼭. 그래야 아무런 변화 없이 사물들을 품을 수 있다. 영원히 간직하고 싶은 마음 다음에 생략 부호가 나온다. 세 번에 걸친 마침표다. 시적 화자는 더는 말을 하지 못한다. "아, 우리는, 슬프다,/ 다른 연관 쪽으로 무엇을 가지고 갈 것인가?" "슬프다"는 이승에서의 자신의 무상감과 불확실성에 대한 시적 화자의 한탄이다. 시적 화자는 이승에서의 자신의 존재 이유를 분명히 하기 위해 저편의 세상을 논의 속으로 가져온다. "다른 연관"은 이승이 아닌 저편의 세상이다. 이승과 저승 사이에 있는 '다리' 같은 것이 바로 "연관"이다. 두 영역을 이어 주는 것으로서 릴케 고유의 개념이다. 릴케는 기존의 종교에서 사용하는 용어를 피하면서 자신의 생각을 나타내기 위해 이런 시어를 선택한 것으로 보인다. 마감이기는 하지만 우리의 삶이 저편의 세계로 이어진다고 할 때, 만약 이승에서 가져갈 수 있는 것이 있다면 무엇을 가져갈 것인가? "우리가 여기서/ 더디게 익힌 관찰도, 여기서 일어난 일도 아니다. 아무것도." "관찰"은 사물을 보는 법을 말한다. "여기서 일어난 일"이란 큰 사건들뿐만 아니라 일상의 자잘한 만남과 행동, 일들을 포함한다. "우리는 고통을 가져간다. 그러니까 무엇보다 존재의 무거움을 가져간다,/ 그러니까 사랑의 긴 경험을 가져간다, — 그래,/ 정말 말로 할 수 없는 것을 가져간다." 가져갈 수 있는 것이 있다면 그것은 무엇보다 "존재의 무거움"이요 "사랑의 긴 경험"이다. 한마디로 "고통"의 소산들이다. "정말 말로 표현할 수 없는 것"이라서 저편으로 가져갈 수 있다. 고통 속에서는 선을 긋고 나누고 하는 것이 사라지고, 고통에 의해 자아가 사라지고 이것이 순수한 연관을 향한 자유의 공간을 열어 준다.(Brück, 270) "그러나 훗날,/ 별들 사이로 가면 어쩔 건가: 별들은 더 말로 할 수 없는 것이니." "훗날"은 시간의 단위에서 벗어나는 그때를 말한다. 지금, 이곳이 아닌 다른 세계다. 죽음을 거쳐 넘어간 별들 사이에서 우리 인간은 아무것도 아니다. 이런 가정으로 시적 화자는 미래를 내다본다. 별은 밤하늘이라는 말 없는 공간 속에 핀 꽃이라고 할 수 있다. 우리가 밤하늘로, 열린 세계로 넘어가면 그곳에서 만나는 것은 별의 언어다. 이 언어를 우리는 풀 수가 없다. 그래서 결국 중요한 것은 이승의 흙이고 그것을 표현해 낼 수 있는 지상의 언어다. "방랑자 역시 산비탈에서 계곡으로 가지고 돌아오는 것은/ 누구도 말로 표현할 수 없는 한 줌의 흙이 아니라/ 어렵게 익힌 말, 순수한 말, 노랗고 파란 용담꽃 아니던가." 방랑자가 산비탈을 헤매며 뭔가를 찾아서 집에서 기다리는 식구들에게 가져오는 것은 "한 줌의 흙"이 아니다. 한 줌의 흙과 함께 파란 용담꽃을 캐서 전해 주지 않는다. 흙이나 용담꽃이나 언어로 표현했을 때 의미가 있다. "말로 표현할 수 없는" 것은 오래 살아남지 못한다. 흙이나 풀은 그냥 자연의 일부일 뿐이다. "어렵게 익힌 말"은 인간적 업적의 기본이다. 흙이 매달린 파란 꽃이 아니라 방랑자는 식구와 후손들에게 "용담꽃"이라는 "순수한 말"을 전해 준다. 그 말 자체가 꽃이다. 방랑자는 이렇게 언어를 통해 후손에게 지혜를 넘겨주는 것이다. 하나의 "용담꽃"이 진실로 존재하기 위해서는 외적인 사실로서의 존재뿐만 아니라 언어를 통한 인간의 인식이 필요하다. 시인은 별처럼 순수하고 화사한 언어를 구한다. "어쩌면 우리는 말하기 위해 이곳에 있는 것이다: 집,/ 다리, 샘, 성문, 항아리, 과일나무, 창문, — / 잘해야: 기둥, 탑...." 사물들의 명칭과 우리의 인간적 실존의 관계를 화자는 밝히고 있다.(Fuchs, 320) 시인은 이승의 사물들에 이름을 붙여 줌으로써 자신의 존재 의미를 찾는다. 언어적 표현을 통해 인간은 정신적 자양분을 얻는 것이다.(Brück, 273) 이제 말로 할 수 있는, 우리 주변의 사물들이 열거된다. "집, 다리, 샘, 성문, 항아리, 과일나무, 창문, — " 여기에 열거된 사물들은 각각의 의미를 지닌다. 존재의 아늑함을 주는 "집", 떨어져 있는 것들을 연결해 주는 "다리", 생명의 기운을 주는 "샘", 이미 존재하는 것에 인간의 손길로 완성된 문화적 업적인 "성문", 무언가를 채워 주고 담아 주는, 여성적 분만의 상징으로서의 "항아리", 그리고 인간의 손길로 가꾸는 대표적 식물인 "과일나무"다. 이어지는 "창문"은 외부 세계와 만나는 접점이다. 수많은 그리움의 손자국이 묻어난 장소다. "창문"까지 말해 놓고 줄표를 통해 시적 화자는 생각에 잠긴다. 그러고는 이어서 말한다. 창문 너머로 보이는 풍경으로서 "잘해야: 기둥, 탑...."이라고. 이 사물들을 소리 내서 발음해 보는 것만으로도 시적 화자는 인간으로서의 존재감을 느낀다. 일상의 사물들이고 겉으로 보면 보잘것없지만 이것들이 언어로 말해지는 순간 그 존재의 의미는 사뭇 거대해진다. 시적 화자는 스스로 말을 던져 놓고 몇 마디 하다가 끝에 가서는 생각에 잠긴 듯 말줄임표로 접어든다. "하지만, 너는 알겠는가, 오 이것들을/ **말하기** 위해, 사물들 스스로도 한 번도 **진정으로**/ 표현해 보지 못한 방식으로." 시적 화자에게 가장 중요한 것은 사물의 진정한 본질을 탐구하는 일이다. 사물들이 스스로를 잘 아는 것은 아니다. 시인의 눈길과 입이 필요하다. "진정으로"는 원어 'innig'를 옮긴 것이다. '속속들이', '친밀하게'의 뜻이다. "대지가 연인들을 부추겨/ 그들의 감정이 대하는 것마다 황홀함을 느끼게 한다면,/ 이것은 과묵한 대지의 은밀한 책략이 아닌가?" 연인들은 사랑을 통해 무상함을 극복할 수 있는 지상의 존재 양식을 갖는다.(Fuchs, 321) 앞에서 "방랑자"가 느낀 것과 같은 것을 이번에는 "연인들"이 맡는다. 대지는 예부터 해 왔던 대로 연인들의 사랑을 만든다. 대지는 과묵하고 은밀하다. 즉 겉으로 내보이지 않으면서 뭔가를 꾸민다. 그것은 사랑의 작업이다. 그것이 "대지의 은밀한 책략"이다. 연인들에게는 일상적인 것들이 다 황홀의 대상이다. 사랑하는 순간 모든 것이 달라진다. 바라보는 사물마다 사랑하는 사람의 눈빛이 보인다. 사랑은 무상성을 잊고 영원성으로 넘어가는 도정이다. 그 순간에는 만나는 사물마다에서 사랑하는 사람의 얼굴을 본다. 이것이야말로 "과묵한 대지의 은밀한 책략"이다. "문턱: 사랑하는 두 사람에겐 무엇을 뜻할까,/ 오래된 그들의 문턱을 조금 더 닳게 만든다는 것은,/ 그들보다 앞서 지나갔던 많은 이들에 이어 그리고/ 앞

263

으로 올 많은 사람들에 앞서서...., 그리 가볍게." 사랑은 과거에도 있었고 미래에도 있을 것이다. "문턱"의 모티프는 전통적인 비가에서 쓰인다.(Fuchs, 322) 이 문턱을 넘어가는 것은 두 연인이 다른 연관 속으로 들어가는 것을 뜻한다. 이 문턱을 넘는 순간 둘 사이는 진정한 관계가 된다. 문턱을 넘어 함께하는 삶으로 들어간다. 진정한 사랑으로 하나가 되는 순간이다. 이를 위해서는 분별과 해석, 욕구 그리고 이성의 문턱을 넘어서야 한다.(Brück, 274) 사랑은 어떤 이성적 의도에서 떠나는 것이다. "앞으로 올 많은 사람들에 앞서서....," 이 말줄임표로 두 연인의 끝없는 드나듦에 의해 문턱이 닳는 것이 연상된다. "그리 가볍게"에는 두 연인이 문턱을 넘어다니는 모습과 이들의 은밀한 사랑의 모습이 담겨 있다. 이들은 우리 일상의 사랑이 강요하는 관습적 중력의 법칙에서 벗어난 듯하다.

"여기는 말할 수 있는 것의 시간, 여기는 그 고향이다." "여기는 말할 수 있는 것의 시간," 이제 이 대목부터 드디어 인간 존재의 의미에 대한 찬미가 시작된다. 생물 전체를 포함하여 이야기하던 「제8비가」와 달리 이곳에서는 인간에 대해서만 노래한다. 특히 언어를 통한 정신적인 것의 공표가 관건이다.(Brück, 275) 이 구절에서는 "고향"이라는 말에 방점이 찍힌다. "말할 수 있는 것의 시간"이 공간적인 개념으로 전환되어 아늑한 "고향"이 된다. "말하고 고백하라." 이것이 인간의 사명이다. 시적 화자는 간단명료한 명령문으로 말한다. 이것은 인간 존재와 관련하여 뭔가 본질적인 것, 근본적인 것을 세상에 알리라는 위탁이다. 이때 어렵게 습득한 말, 순수한 말이 필요하다. 말할 수 있는 것의 고향은 저편 세상이 아니라 "여기" 즉 지상이다.

외부 세계를 감지하는 주체로서 인간은 시간성과 무상성, 변화 속에 놓여 있다. 지상에서 살아가면서 내면에 받아들인 것들을 본질에 맞게 말로 표현하여 그것들을 무상성에서 해방시키는 것이 그의 사명이다. "예전보다 부쩍/ 사물들은, 체험 가능한 사물들은 점점 사라지고 있다." 이전에 비해서 사정이 나빠지고 있다. 사물들은 덧없다. 시간에 얽매여 시간과 함께 떠나간다. 시적 화자는 지금까지 우리의 행동 중 잘못된 것이 무엇인지 인식하고 있다. 우리와 정을 나눌 수 있는 사물들은 현대에 들어 점점 줄어들고 있다. 기억의 흔적이 될 만한 것들을 시인은 포착하여 내면화하고 그것을 영원화해야 한다. 우리와 존재를 함께 나눌 수 있는 사물들을 말한다. 진정한 가치를 지니는 사물들이다. "집, 다리, 샘, 성문, 항아리, 과일나무, 창문, 기둥, 탑" 같은 것은 우리와 교감하고 우리의 마음으로 받아들여 늘 새로운 언어로 말할 수 있는 것들이다. 본질적인 의미를 새롭게 산출하는 사물들이다. 반면 기계는 기계일 뿐이다. 그것도 산업화된 미국 사회에서 마구 밀려오는 대량 생산의 소산들이다. 목적에 봉사하며 마치 주체성을 잃은 노예 같은 모습이 이들 사물들에게서 엿보인다. 1925년 11월 13일 자 비톨트 홀레비츠에게 쓴 편지를 읽어 보자. "우리 선조들에게는 '집', '우물', 친숙한 탑, 그들의 의상, 그들의 외투는 무한한 것이었으며, 무한히 친숙한 것이었습니다. 거의 모든 사물은 그들이 인간적인 것을 발견하고 인간적인 것을 담아 놓던 그릇이었습니다. 지금은 아메리카로부터 공허하고 무관심한 물건들이 쇄도하고 있습니다. 가짜 물건들, 삶의 모조품들이죠……. 미국적인 의미로의 집이나, 미국의 사과 또는 그곳의 포도나무는 과거에 우리 선조들의 희망과 성찰이 흘러

들어갔던 집이나 과일, 포도와는 아무런 관련도 없는 것들입니다……. 생생하게 살아 있던 사물들, 체험했던 사물들, 우리를 의식하던 사물들은 이제 다 떨어지고 더는 그 어느 것으로도 대체될 수 없게 되었습니다. 어쩌면 우리는 그런 사물들을 아직 알고 있는 마지막 사람들일지도 모릅니다. 그것들의 추억(대단치 않고 그리 믿을 만하지도 못하겠지만)뿐만 아니라 그것들의 인간적 그리고 가신적 가치를 보존할 책임은 우리에게 있습니다.('가신적'이라 함은 집안의 신이라는 의미에서 쓴 것입니다.)" 이 편지에서 "체험 가능한 사물들"의 의미의 맥을 읽어 낼 수 있다. "이들을 밀쳐 내며 대체하는 것은 상(像) 없는 행위이다." 대량 생산을 거친 사물들을 만들어 내는 것이 바로 "상 없는 행위"이다. 사물들이 그냥 사라지는 것은 그것들을 보존하지 못하기 때문이다. 이것을 지켜 주는 것이 지상의 것들에 대한 강도 높은 사랑이다. 아무것도 없는 백지가 아니라 거기에 무언가 아름다운 그림을 그려 주는 것이 '상 있는 행위'가 된다. 이런 것이 쌓여서 오랜 전통을 이루는 것인데 이것이 사라지고 있는 것이 기술화된 현대 문명 사회다. 여기의 "상"은 그러므로 오랜 문화적, 문명적, 종교적 전통에서 생겨난 본질적인 '모습들'이다. 전에는 곳곳에 존재하는 사물들이 이런 '상'을 보존하고 있었다. 이 '상'은 릴케의 경우 정신의 창조활동의 총체 개념이다.(Brück, 276) 상은 형상화의 산물이고 예술적 결과이다. "상 없는 행위"는 인간적인 입장에서 보아 한마디로 부정적인 것이며, 인간의 가슴에 하나의 이미지로, 상으로, 그림으로 맺어지는 행위야말로 의미가 있는 것이다. "상"이라는 말은 묘사나 형태, 비유 같은 것을 뜻한다.(Guardini, 312) 결국 상이 없다는 것은 존재의 의미가 없다는 것과 같다. "껍데기로 뒤덮인 행위이다, 안쪽에서 행동이 불어나/ 다른 경계를 요하면 금방 깨져 버리고 마는 껍데기로.""껍데기 (Kruste)"는 죽 같은 것이 식었을 때 표면에 생기는 외피나 빵의 껍질을 말한다. 시대를 가리는 가짜 "껍데기"는 오래가지 않는다. 본질을 구하는 정신력이 새로운 경계를 요구하기 때문이다. "껍데기로 뒤덮인 행위"는 "상 없는 행위"이다. 알맹이와 본질이 없는 행위이다. 껍데기는 본질이 아니므로 아무런 힘도 없다. 과거에 "상"이 갖던 마법적인 힘은 더욱 없다. 혼이 살아 있는 사물들이 "체험 가능한 사물들"이다. 인간과의 교감이 가능하기 때문이다. 이것들은 인간의 삶과 밀접한 관계를 지녀 삶과 혼으로 연결되어 있다. 부지불식간에 이 사물들은 우리의 삶 속에 영향을 끼치고 있다. 이런 영향력 있던 "상"이 이제는 "껍데기"에 지나지 않는 상황이 되었다고 시적 화자는 말한다. "우리의 심장은 망치질을 견디며/ 존재한다, 우리의 혀가/ 이 사이에 있으면서도,/ 찬양을 그치지 않듯이." 망치질이라는 격한 움직임 사이에서 심장은 민감성을 잃지 않고 살아남아 혀와 함께 박자를 맞추어 찬양의 노래를 부른다. 시적 화자는 우리에게 말하기 능력을 주는 우리의 신체 기관에 대해 숙고하면서 고통과 위험("심장"과 "망치질", "혀"와 "이")을 버티며 시가 존재함을 칭송하고 있다.

"천사에게 이 세상을 찬미하라, 말로 할 수 없는 세상은 말고,/ 호화로운 감정으로는 너는 **천사를** 감동시킬 수 없다;" 앞에서 나온 "말하고 고백하라."를 이어받아 이제 시적 화자는 더욱 장중하게 "천사에게 이 세상을 찬미하라"고 마치 마지막 권고를 내리듯 말한다. "말로 할 수 없는 세상은 말고"라는 말로 시적 화자는 구체적으로 변용과 찬미의 대상과 방법에 대해 말하고 있다. 인간이 노래해야 할 대상은 다른 세계가 아닌 이 세상이다. 그리고 말로 할 수 없는 것이 아니라 말로 표현할 수 있는 이 세상의 사물들이다. 피상적이고 추상적인 세계가 아니라 눈에 보이는 세계가 찬미의 대상이다. 인간이 느낀 감정을 아무리 미화해서 보여 주어도 천사는 감동받지 않는다. 인간의 감정이라는 것은 하찮은 것일 뿐이다. 그렇기 때문에 '말로 표현할 수 있는 지상의 것'을 노래하는 것이 좋다. 소박한 감정으로 소박한 사물들을 노래하는 것이 천사에게 호소할 수 있는 방법이다. "호화로운 감정"은 '소박함을 저버린 감상적인 감정'에 불과하다. "천사가/ 모든 것을 절실히 느끼는 우주 공간에서 너는 초심자일 뿐." 천사는 감정이나 모든 것을 포괄하는 우주에서 우리 인간보다 우월하다. 지상에서야 직접 겪은 것들로 가득 찬 인간이 사물들 속속들이 들어가 보았다. 그러나 천사는 별들의 영역에까지 위치한다. 천사는 인간들에 대해서는 큰 느낌이 없다. 천사는 우주 공간에서 더욱 절실하게 느낀다. 시적 화자는 이 공간은 우리 인간이 상대할 공간이 아님을 분명히 하고 있다. 이 "우주 공간에서 너는 초심자일 뿐." "그러니 천사에게 소박한 것을 보여 주어라, 몇 세대에 걸쳐 만들어져/ 우리 것이 되어 우리의 손 옆에, 눈길 속에 살아 있는 것을." 어떤 황홀하고 화려한 것이 아니라 인류가 만들어 낸 "소박한 것"이 중요함을 알린다. 소박하다는 것은 유한하다는 것이며 또한 이에 따라 무상하다는 의미를 내포한다.(Fuchs, 325) 인간의 손길이 가고 인간의 흔적이 남았을 때 비로소 우리 것이 된다. 시인이 사물들의 진정한 본질을 느끼고 탐구하고 그것을 언어로 옮김으로써 사물들은 친밀한 존재가 된다.(Fuchs, 325) 그리고 사물들을 형상화하는 가운데 인간은 자기 자신의 정신을 인식하고, 세계를 형상화하는 가운데 자신을 형상화하는 것이다.(Brück, 280) "그에게 사물들에 대해 말하라. 그는 놀라워하며 서 있으리라; 네가/ 로마의 밧줄 제조공 옆에, 나일강의 도공 옆에 서 있었듯이." 1924년 2월 26일 자 알프레트 셰어에게 쓴 편지에서 릴케는 이렇게 말하고 있다. "나는 그 자체로는 사소한 것이 나의 교양과 창작에 본질적인 영향을 미치지 않았나 자문하고는 합니다. 어느 개와 사귀었던 일, 로마에서 자신의 직업적 일을 하는, 인류의 가장 오래된 몸짓을 하던 밧줄 제조공을 바라보면서 보냈던 시간들, ……나일강의 한 작은 마을에서 도공 옆에 서서 도공이 물레를 돌리는 모습을 지켜보던 일은 말할 수 없이 인상적이었으며 가장 은밀한 의미로 내게 많은 수확을 가져다주었습니다." 릴케의 마음을 가장 흔들어 놓은 두 가지는 "로마의 밧줄 제조공"과 "나일강의 도공"이다. 밧줄 제조공이나 도공은 인류의 오랜 역사를 손길 속에 간직한 사람들이다. 이들의 손길에 의해 밧줄이 꼬아지고 물레가 돌아가며 그릇이 형태를 갖추어 가는 것을 보는 것은 이런 수공업이 곧 사라질지도 모른다는 절박함에 시인의 입장에서는 더욱 소회가 클 수밖에 없었을 것이다. 이런 두 장인의 모습은 그 자체가 하나의 '상 있는 행위'이다. 그들의 모습이 하나의 확고한 "상"이 되어 깨지지 않는 재산이 되는 것이다. 인간의 땀과 손길로 만들어지는 이런 다양한 상들이 쌓여서 릴케가 건축하고자 한 예술의 성전은 모습을 갖추어 간다. 이 상으로 만들어진 건축물이 바로 그가 천사에게 내보이고자 하는 예술품이다. 사람의 손길이 닿고 사랑을 받고 돌보아진 사물들, 인간과 함께 조화로운 삶을 살아온 사물들이 칭송의 대상이 된다. "사물이 얼마나 행복할 수 있는지, 얼마나 무구한지 그리고 얼마나 우리 편인지," 이 사실은 사물들이 갖는 비밀에 속한다. 이런 비밀을 살짝 천사에게 알려 주면 천사는 기뻐할 것이라고 시적 화자는 말한다. "얼마나 무구한지"는 어떤 의식이나 의도, 이기심 같은 것이 없음을 말한다. 이런 순진무구함이 행복을 느끼는 전제가 된다. "우리 편"이란 우리의 손길이 들어가거나 우리의 느낌이 들어간 것을 말한다. 이런 무구함을 지닌 사물들과 마음을 나눌 때 인간 역시 행복을 느낀다. "탄식의 고통마저 어떻게 순수한 모습을 갖추고,/ 사물로서 봉사하는지, 사물 속으로 숨지는지 ─ ," 고통의 음조는 비가의 기본이다. 한탄이 한 편의 시가 되어 독자에게 호소하고 위로하는 것, 이것이 봉사다. 고통이 한 편의 시 속으로 녹아들어 가는 것, 언어의 주형 속으로 들어가는 것을 시적 화자는 고통이 "사물 속으로 숨지는지,"라고 표현한다. "그리고/ 바이올린에서 나와 복되이 저편 세계로 넘어가는지 천사에게 보여 주어라." 고통은 하나의 노래가 되어 바이올린에서 흘러나온다. 고통이 저편 세계로 넘어간다는 의미와 변용되었다는 의미에서 "복되이(selig)"를 쓰고 있다. 이 낱말은 보통 죽음과 관련하여 저승의 복을 빈다는 의미로 쓰인다. 지상의 모든 고통에서 해방되어 영원한 생명과 천상의 기쁨을 얻는 상태를 이른다. 고통이 시 속으로 승화, 변용되어 열린 세계로 넘어가는 것을 말한다. "저편 세계"는 아름다움의 세계로 읽을 수 있다. 어떤 미적 판단도 작용하지 않는 그야말로 절대적 미의 세계라 할 수 있다. "─ 그리고 이들 무상함을/ 먹고사는 사물들은 알고 있다, 네가 자신들을 칭송한다는 것을;" "무상함을 먹고사는 사물들" 즉 지상의 사물들은 영원히 지속하지 못한다. 그것들은 언젠가 떠나가고 사라진다. 이들은 무상함을 양식으로 먹고 살기 때문이다. 무상한 사물들은 우리에게 도움을 청한다. 사물들이 우리에게 뭔가를 의미할 때, 이들을 보존할 가치가 있을 때 우리는 사물들을 노래한다. 그것이 이들에 대한 구원이다. "죽어 가면서,/ 이들은 가장 덧없는 존재인 우리에게서 구원을 기대한다./ 이들은 우리가 자신들을 우리의 보이지 않는 마음속에서/ ─ 오 한없이 ─ 완전히 우리 속에서 변용시켜 주기를 바란다! 우리가 결국 누구든 간에." 덧없음을 잘 아는 존재인 우리가 무상한 지상의 사물들을 노래하는 역할을 떠맡는 것은 오히려 당연한 일이다. 사물들의 구원이란 무엇인가? 우리가 그것들을 사랑하여 진심으로 받아들이고 노래해 주는 것을 말한다. 그것이 "우리의 보이지 않는 마음속에서" 변용시켜 주는 것이다. "오 한없이"는 행복의 외침이다. 스스로를 변용을 위한 그릇으로 파악하는 시인의 태도는 아주 이른 때부터 발견된다. 1898년 스물세 살 때 피렌체에서 쓴 초기 시를 보자. "저 찬란한 원경에서 천천히 흘러나오는/ 너, 저녁놀이여, 내려앉아라,/ 내 너를 맞을 테니. 나는 그릇,/ 너를 한 방울도 흘리지 않고 담아 내겠다.// 넓고, 그윽하게 녹아 버린 시간이여,/ 가라앉아라, 내 가슴속에서 맑아져라./ 내 가슴의 밑바닥에 만들어진 것을 보여 다오./ 그것이 무엇이었는지 나는 모른다." 릴케는 이미 이때부터 자신의 내면을 공간으로 보고 그곳에서 은밀한 변용이 생겨나는 것을 고백하고 있다. 시간의 소산인 노을이 하나의 형상으로 화하여 시인의 내면에서 하나의 "상"으로 굳는다. 스스로 그릇으로 인식한 마음속으로 외부 사물을 받아들여 숙성시키면서 탄탄한 "상"을 얻고 그에 따라 시인은 성장한다. "우리의 보이지 않는 마음속"이라는 구절은 우리 인간 내면의 신비로움을 표현하며, 그 그릇의 크기는 가늠할 수 없다.

"대지여, 네가 원하는 것은 이것이 아니던가: 우리의 마음속에서/ **보이지 않게 되살아나는 것?** ― ""대지여,"로 시작하는 이 일곱 번째 연은 시적 화자가 고민하던 전체『두이노의 비가』의 내용이 피워 낸 꽃과 같다. 언어의 황홀한 불꽃놀이다.(Brück, 282) 앞서의 고민과 고통들이 화려한 시적 언어의 꽃으로 피어난다. 시적 화자의 언술은 리드미컬하게 묻고 답을 얻는다. 이번 비가 초두에 나온 질문 "왜 굳이 인간이려 하는가"의 답이 드디어 나왔다. 다른 생물들처럼 아무 생각이나 의식 없이 살아갈 수도 있지만 인간은 그것을 원치 않는다. 인간은 여러 가지 불리함과 단점에도 불구하고 굳이 인간이고자 한다. 그것은 바로 이 지상의 사물들을 변용하는 사명을 수행하기 위함이다. 거기서 무상하고 짧은 삶의 의미를 찾고자 한다. "대지여, 네가 원하는 것은 이것이 아니던가:" 대지가 부탁을 한다. 의식을 가진 인간에게 하는 부탁이다. "우리의 마음속에서/ **보이지 않게 되살아나는 것?** ― ""보이지 않게"는 릴케에 의해 특별히 강조되어 있다. 감각 세계의 사물들이 보이지 않게 되살아난다는 것, 그것은 한 번의 변용 작업을 거쳐야 가능하다. 그 부활이 일어나는 공간은 다름 아닌 "우리의 마음속" 즉 내면의 공간이다. "언젠가 보이지 않게 되는 것,/ 그것이 너의 꿈이 아니던가?" 화자는 수사적 질문을 반복한다. 그리고 스스로 확언한다. 바로 변용이 대지가 요구하는 내용임을. "― 대지여! 보이지 않게!" 각각의 시어 뒤에 느낌표가 붙어 있다. 시적 화자의 행복한 외침이다. 시적 화자는 이 생각만 해도 행복하다. 시적 화자는 이 "보이지 않게"를 세 번에 걸쳐 외친다. 무상성이 영원성으로 바뀌는 것을 상징하는 말이다. "변용이 아니라면, 무엇이 너의 절실한 요청이랴?" 운명을 피하며 운명을 그리워하는 존재인 시적 화자가 찾아낸 이 세상에서의 존재 이유다. 그는 이제 월계수보다 더 이 세상을 누릴 만한 존재가 된다. "요청"의 원어는 'Auftrag'이다. 본디 주문, 위탁, 부탁, 요청, 사명의 뜻이다. 거듭되는 "대지"라는 호격과 이어지는 수사적 질문이 대지의 "요청"을 강조한다. "대지"가 시적 화자에게 직접 말하고 호소한다는 의미에서 "요청"이라는 역어를 선택했다. "대지여, 내 사랑이여, 나는 해낼 것이다. 오 믿어 다오." 시적 화자는 대지를 향해 경건함을 갖추고 사랑을 고백한다. 시적 화자는 여기서 자신의 사명을 반드시 해내리라고 다짐한다. 거의 종교적인 임무를 완수하려는 사제와 같은 자세다. "내 마음을 사려고 내게 봄을 더 내놓을 필요는 없다 ― ," 대지에 대한 사랑이 봄의 이미지와 결합되고 있다. 봄은 시적 화자의 감정까지도 물결치게 한다. 시적 화자의 마음은 견고하다. 결코 더는 다른 욕심을 내지 않겠다는 것이다. 또 한 번의 사랑이 필요치는 않다. "한 번,/ 아, 단 한 번의 봄도 나의 피는 감당하기 힘들다." 봄이라는 계절은 시적 화자를 미치게 만든다. 사랑이라는 매혹 때문이다. 겪어 낸 봄 하나만으로도 그의 가슴은 변용의 의지로 가득 찬다. "이름할 수 없이 나는 너로 결심했다, 한참 전부터." 시적 화자는 지금까지 아홉 개의 비가의 산을 넘어 먼 길을 왔다. 그는 드디어 "결심했다." 이제 지상의 사물들을 해석하지 않고 내면을 열고 그냥 받아들인다는 것이다. "한참 전부터"의 원문은 'von weit her'이다. 따라서 '멀리서부터'의 공간적 의미까지 내포한다. 대지를 향해 마음을 열기까지 먼 길을 왔다는 뜻이다. "늘 네가 옳았다, 네가 품은 성스러운 통찰이란/ 친구 같은 죽음이다." 동물, 식물과 자신의 처지를 비교하며 고향 없이 떠돌던 시적 화자는 드디어 고향을 발견했다. 그것은 대지다. 이제 그는 대지와 친밀한 대화를 나눈다. 대지를 향해 그는 "네가 늘 옳았다,"고 고백한다. 시적 화자가 여기서 "죽음"을 언급하는 이유에 대해 생각해 보자. 「제9비가」의 첫머리에서 제기했던 우리 인간 존재의 필요성은 죽음 앞에서 생각할 때 유효하다. 그 사이에 변용이 있다. 극한의 고통의 장소가 극복과 새로운 것으로의 돌파의 장소가 될 수 있는 배경이다.(Guardini, 323) 죽음의 언급은 무상함의 수용과 관련이 있다. 대지가 품은 "성스러운 통찰"이 "친구 같은 죽음"이 되는 까닭은 죽음이 바로 통일된 전체로서의 삶과 죽음의 전일성의 세계로 넘어가는 문턱이기 때문이다. 이 사실을 아는 사람은 죽음과 친밀해지는 것이다. 그것을 시적 화자는 "친구 같은 죽음"이라고 표현하고 있다.

"보라, 나는 살고 있다. 무엇으로?" 시적 화자는 변용을 시작한다. 사물들에게 마음을 열어 내면을 활성화한다. 그래서 "보라, 나는 살고 있다."라고 외친다. "나의 어린 시절도 나의 미래도/ 줄어들지 않는다....." 변용이라는 것은 흐르는 시간을 멈추게 하여 영원한 존재 상태로, 영원한 현재로 옮겨 놓는 작업이다. 변용의 일을 시작한 시적 화자는 새로운 삶의 길에 접어든다. 어린 시절도 미래도 덧없이 지나가지 않는다. "줄어들지 않는다" 다음에 다섯 개의 점이 찍혀 있다. 이 점들은 시적 화자가 이제 성숙의 길로 접어들었음을 알려 준다.(Fuchs, 332) "차고 넘치는 존재가/ 나의 마음에서 샘솟는다." 시적 화자의 존재는 지금, 이곳에 탄탄하게 구축된다. 대상의 변용과 함께 시적 화자의 변용도 일어난다. 심장에서 솟아나는 샘물의 심상은 삶의 원천과 가깝고 그곳에서 끊임없는 변용 작업이 셀 수 없을 만큼 차고 넘치게 이루어짐으로써 시적 화자는 자신의 사명을 분명하게 인식하기에 이른다.

「제10비가」에 대해서

「제10비가」의 1~15행은 1912년 초 두이노성에서 생성되었다. 이미 이때 릴케는 이 부분을 『두이노의 비가』 연작시의 결론부로 생각했다. 1913년 늦가을에 파리에서 거기에 더 잇대어 쓰기는 했지만 완성하지는 못했다. 1913년 말 파리에서 처음으로 단편적으로나마 「제10비가」 전체를 써 보았다. 그러다 1922년 2월 9일부터 시작하여 2월 11일에 최종 원고(16행부터 완전히 새로 작성함.)를 완성했다. 『두이노의 비가』를 완성한 1922년 초에 작품의 성공을 알리는 소식을 전한 편지들 중 하나에서 릴케는 가장 먼저 그의 출판업자 안톤 키펜베르크에게 자신의 심정을 이렇게 전하고 있다. "……정상에 올라섰습니다! 드디어!『비가』가 여기 있습니다." 이어 루 살로메에게는 이렇게 적고 있다. "루, 사랑하는 루, 이 순간에, 이, 토요일, 2월 11일, 정각 6시에, 마지막으로 완결된 비가, 열 번째 비가를 끝으로 펜을 내려놓습니다.(이미 당시에도 마지막 비가로 정해진 거였지요.) 이미 두이노에서 쓴 첫머리 '나 언젠가 이 통렬한 인식의 끝마당에 서서 화답하는/ 천사들을 향해 환호와 찬양의 노래 부르리라……'에 잇대어 쓴 겁니다. 그때 쓴 것을 당신한테 읽어 준 적이 있습니다. 첫 열두 줄만 남았습니다. 나머지는 모두 새로 쓴 것입니다. 그래요, 너무나, 너무나, 너무나 멋집니다! ─ " 전체 작품 완성 뒤의 의식적 배열의 문제이기도 하지만, 「제1비가」 전체와 마지막 「제10비가」의 첫머리(릴케는 위 편지에서 열두 줄이라고 하지만 실제 편집된 책에서는 열다섯 줄이다.)가 같은 시기, 즉 1912년 초에 태어나고 『비가』 연작시를 보다 높은 단계에서 다시 이어받은 것은 릴케가 추구한 최종 목표가 무엇인지 증거하는 것이다. 릴케는 직감적으로 『두이노의 비가』 마지막 부분이 어떠해야 하는지 알고 있었던 것이다.

"나 언젠가 이 통렬한 인식의 끝마당에 서서 화답하는/ 천사들을 향해 환호와 찬양의 노래 부르리라." 첫 두 행에서부터 시적 화자는 자신의 소망을 선언한다. 그런 날이 오기를 기다리겠다는 뜻이다. 스스로에게 하는 독백이다. "통렬한 인식"은 극단의 고통의 단계를 겪어 낸 시인으로서의 사명에 대한 인식으로, 지상의 무상한 것의 변용을 내용으로 한다. 이세상에 남는 것은 아무것도 없다는 "통렬한 인식"이다. "끝마당"은 전환이 일어나는 지점이다. 천사들이 드디어 시적 화자의 노력에 응한다. "환호"는 스스로 생을 잘 견디어 냈다는 데에서 나온다. 그런 날이 오기를 시적 화자는 소망한다. 환호와 찬양은 "언젠가" 시적 화자에게 변용의 최종 목표가 이루어졌을 때 하는 노래다. "내 심장의 망치 중 어느 하나 부드러운 현이나/ 의심하거나 격하게 물어뜯는 현에 닿는다 해도/ 맑은 소리 그치는 법 없으리라." 아름다운 이 구절은 시적 화자의 내면이 그만큼 순수해져서 열린 세계를 향해 있음을 뜻한다. "심장의 망치"는 시적 화자의 시적 행위이다. 어떤 느낌이 떠오르거나 어떤 성찰이 떠오를 때 심장의 망치는 현을 때리고 소리를 낸다. 제대로 조율된 현을 때려야 한다. 그렇지 않은 경우도 있다. "의심하거나 격하게 물어뜯는 현"이 그런 것이다. 그러나 어떤 상황이 와도 시적 화자는 평정심을 유지하리라 다짐한다. "넘쳐흐르는 나의 얼굴이/ 나를 더욱 빛나게 하리라." 한순간 홍수에 씻긴 강바닥의 조약돌처럼 눈물로 씻어낸 얼굴은 환하게 빛나기 마련이다. 내면의 울음으로 변용된 순수한 얼굴을 보게 되는 것이다. "이 수수한 울음도 꽃 피어나리라." 고통을 견디느라 힘든 얼굴은 지금은 생기가 없을지라도 내면의 순수한 움직임으로 흘러나오는 눈물이 오히려 얼굴을 빛나게 할 것이다. "수수한"은 'unscheinbare'를 번역한 것이다. '눈에 띄지 않는', '대단할 것이 없는'이란 의미이다. 울음이 웃음으로 바뀌는 이 전환은 지금 바로 이곳이 아닌 미래에 일어난다. 하지만 시적 화자는 그것에 대한 믿음을 갖고 있다. "오 너희 밤들이여, 나 비탄에 겨워하던 밤들이여, 그러면/ 너희는 내게 얼마나 소중하랴." 고통 속에 겪어 낸 밤들의 의미가 나타난다. 앞에서의 고통스러운 인식이 밤에 대한 긍정으로 이어진다. 고통을 받아들여 견디는 것은 인간에게 주어진 사명이다. 이 언급에서 시적 화자는 미래 조동사 'werdet'를 쓰고 있다. 앞으로 그런 시점이 오리라는 기대감의 표현이다. 시적 화자의 자세가 비탄을 극복하고 환희를 맞이할 준비가 되어 있음이 드러난다. 고통의 밤이 이제 소중해진다. "너희 슬픔에 젖은 자매들이여,/ 왜 나는 너희를 받아들이기 위해 더욱 깊이 무릎 꿇고/ 너희의 풀어헤친 머리카락 속에 나를 풀어 바치지 않았나." 독일어에서 '밤'은 여성 명사이며 따라서 "슬픔에 젖은 자매"로 의인화되어 있다. 밤 자체를 애인으로 생각하는 시적 화자는 과거 자신의 행위를 뉘우치고 있다. 이제 감정을 한껏 풀어놓을 수 있는 밤의 공간을 향해 무릎을 꿇고 헌신하려 한다. 고통에 헌신한다는 것은 고통 하나하나를 속으로 받아들이는 것을 의미한다. "풀어 헤친 머리카락"은 애도와 슬픔의 상징이다. 시적 화자는 "밤"을 향한 자신의 헌신이 부족했음을 고백한다. "우리는 고통의 낭비자." "우리는" 고통을 제대로 쓰지 못하고 낭비한다. 보통은 고통을 피하는

데 실제 고통을 아끼며 쓸 줄 알아야 한다. 이것을 시적 화자는 "우리"라는 주어로써 인간 일반이 이런 상황에 있음을 알린다. 고통을 하나하나 새겨서 자기 것으로 만드는 가운데 오히려 정신이 정화된다는 관점이다. "우리는 얼마나 고통을 미리 내다보는가," 앞으로 남은 고통의 길이가 얼마나 되는지 어서 그 끝이 보이기를 바라면서 눈대중으로 재 보는 듯한 표현이다. 고통이 시작되면 인간은 누구나 어서 고통이 끝나 기를 바란다. 고통이 길게 갈 것 같으면 슬퍼하고 곧 끝날 것 같으면 기뻐한다. "그러나/ 고통은 우리의 겨울 나뭇잎," 고통이 우리 인간과 절대 불가분의 관계에 있음을 뜻한다. 우리 인생에 짙게 뿌리와 잎을 드리운 존재가 고통이다. "우리의 짙은 상록수," "상록수"의 원문은 'Sinngrün'이다. 원래는 '빈카마이너'를 뜻한다. 빈카마이너 같은 상록의 식물은 무덤에 놓이거나 심어져 영생을 상징하기도 한다. "짙푸른 상록수"처럼 끊임없는 고통은 우리 삶의 원동력으로서 변용을 행하는 심장 활동을 지속적으로 자극한다. 우리의 궁극적 존재 의미는 고통에서 나온다.(Guardini, 331) "우리의 은밀한 한 해의 계절 중의 한 계절 ―," 고통은 우리의 계절 중 한 계절이다. 꽃피는 행복의 계절도 있지만 끝없이 길게 느껴지는 고통의 계절도 있다. 시적 화자가 심정으로 느끼는 내적인 계절이다. 그렇기 때문에 고통은 계절 이상의 것이다. 여기서 생각의 줄표는 시적 화자가 다음 말로 넘어가기 전에 잠시 생각에 잠겼음을 뜻한다. 고통은 그런 은밀한 마음의 한 계절일 뿐만 아니라, 무엇이라고 하면 될까, 생각하는 것이다. "그런 시간일 뿐/ 아니라 ―, 고통은 장소요 주거지요 잠자리요 땅이요 집이다." 고통은 인간의 삶과 늘 함께하기에 "장소"가 되고, 떠돌아다니며 살던 자가 정착하는 "주거지"가 되고, 잠을 잘 수 있는 "잠자리"가 되고, 농사를 지어 먹고살 수 있는 "땅"이 되고, 자신의 삶을 안정되게 이끌어 나갈 수 있는 "집"이 된다. 인간이 있는 곳 어디에나 고통은 함께한다. 인간은 오히려 고통 속에서 쉬는 장소를 발견한다는 역설이다.

"정말이지, 아아, 고통의 도시, 뒷골목은 낯설기만 하다," 시적 화자는 낯선 고장에 불쑥 발을 딛고 있다. "고통의 도시"의 원어는 'Leid-Stadt'이다. '고통-도시'이다. 고통과 도시 사이에 붙임표를 넣어 고통과 도시가 동격임을 두드러지게 보여 준다. 도시를 묘사하는 가운데 실제로는 고통을 말하는 것이다. 고통의 도시 풍경이다. "그곳엔 굉굉 울리는 소음으로 만들어진 거짓 고요 속에서/ 공허의 거푸집에서 나온 주물이 자못 으스댄다:/ 바로 도금한 소음, 파열하는 기념비다." 이 고통의 도시에 본질적인 것은 없다. 속이 텅 빈 껍데기들뿐이다. 소리가 있기는 해도 굉굉 울릴 뿐 메시지가 없다. 고요가 있기는 해도 거짓 고요다. "고통의 도시"의 큰 특징으로서 먼저 등장하는 것이 거짓 고요이고 그다음이 공허의 거푸집, 그리고 마지막이 거기서 흘러나온 주물이다. 고통의 도시에서 시적 화자는 "공허"를 주된 내용물로 보고 있다. 거푸집은 많은 주물을 만들어 내는 형틀이다. 공허의 거푸집으로 찍어 만든 것들은 거짓된 형상들이다. 가짜가 가짜를 낳는다. 고통의 도시의 거리를 활보하는 것들은 모두가 실체가 없는 허상일 뿐이다. 진정한 감정이 아닌 허상이 주름잡는 장소다. "오, 천사가 본다면 위안의 장터를 얼마나 흔적도 없이 짓밟아 버리겠는가," "오"라는 감탄사가 앞의 언급과 대비되는 낙폭을 미리 알려 준다. 뒤에는 무엇이 나올까? 바로 천사다. 천사는 허상을 눈에 띄게 하는 숭고한 존재다. 값싼 위안은 천사에게 파괴의 대상이 된다. "장터 바로 옆에는 교회가, 사람들이 사들인 기성품 교회가 서 있다." 교회나 위안의 시장이나 고통을 쉽게 무마하려는 속성에서는 동일하다. 여기의 "사람들"은 고통의 도시에 살며 설익은 고통만을 느끼는 주민들이다. 고통의 도시 사람들은 고통과 제대로 맞서지 않고 교회와 시장에 가서 쉽게 위안을 사들인다. 여기의 교회는 제도화된 종교의 대표적 상징으로 값싼 위안의 또 다른 이름이다. "단정한 모습으로, 닫힌 일요일의 우체국처럼, 실망스레." 교회와 일요일의 우체국의 비교가 이채롭다. 일요일에는 우체국이 닫힌다. 외관은 아주 단정하나 교회는 일요일의 우체국처럼 닫혀서 소통이 되지 않는다. 닫힌 우체국에서는 자신이 보내고자 하는 곳으로 아무런 서신도 보낼 수 없다. "그러나 밖에는 대목장(場)의 가장자리에 언제나 잔물결이 인다." 대목장 가장자리에 이는 "잔물결"은 큰 명절을 앞둔 대목장에서 보는 여러 가지 놀이 기구나 유희들을 말한다. 인형극도 있고 광대들의 놀이도 있으며 제비뽑기 놀이도 있다. 이것들은 고통의 도시에서 고통을 일시적으로 마비시키는 역할을 한다. 가벼운 위안거리에 지나지 않는다. "자유의 그네여! 열정의 잠수부여, 곡예사들이여!" 그네를 타며 느끼는 무중력의 쾌감은 모든 고통에서 벗어난 존재의 가벼움을 선사한다. 그네의 자유나 열정의 잠수부와 곡예사는 모두 겉으로 보이는 것일 뿐이다. 모두가 진정성이 없는 속임수다. 결국 끝에는 잠시의 기쁨과 감격 뒤에 실망만이 남기 때문이다. 그네는 궁극적 자유를 찾지 못하고, 잠수부는 존재의 심연에 이르지 못한다. 잠수부는 실제 잠수부가 아니라 마술 같은 속임수 속으로 뛰어드는 광대들을 말한다. "그리고 형형색색 예쁘게 꾸민 행운의 사격장에서는/ 꽤 능숙한 사람이 명중시킬 때마다 과녁이 흔들리다/ 넘어지며 덜커덩 소리를 낸다." "형형색색 예쁘게 꾸민 행운의 사격장"은 대목장의 비본래성과 무대 세트 같은 성격을 표현한다. 대목장에서 행운을 추구하는 주민들의 모습에서 자본주의적, 감각적 현실이 그대로 드러난다. "그 사람은 박수와/ 운수 사이에서 비틀댄다;" 운 좋게 과녁을 명중시킨 사람은 사람들의 박수갈채를 받고는 마음이 한껏 들뜬다. 그 상태에서 다시 자신의 운을 시험하려고 발걸음을 옮긴다. 마치 마약에 취한 사람처럼 자신의 본질을 상실한 자의 몸짓이다. "온갖 호기심을 자극하는 가게들이/ 외치며 북을 치며 물건을 사라고 아우성이다." 지나가는 구경꾼들을 자기 가게로 들이려고 다들 야단이다. 그 통에 사람들은 어쩔 줄 모르고 갈팡질팡한다. 그러나 모든 물건들은 가짜들이다. "그러나/ 성인용의 특별한 볼거리도 있다, 돈은 어떻게 번식하는가,/ 해부학적 쇼, 흥미 본위만이 아님: 돈의 생식기," 어느 대목장에나 있는 성인용 볼거리도 등장한다. 성인들의 욕구를 반영한다. 상당히 전문적인 용어를 사용하여 손님을 끈다. 성인들에게는 대목장에서 즐길 수 있는 놀이보다 돈이 더 흥밋거리이다. 야릇한 이미지들이 전개된다. "돈은 어떻게 번식하는가"로 시작하여 "해부학적 쇼"를 거쳐 특히 "돈의 생식기"는 압권이다. "돈의 생식기"라는 말로 황금의 신 마몬이 인간의 영혼 속에서 휘두르는 힘을 보여 준다. "모든 것, 전체, 과정 공개 ─ , 잘 들으면 돈의 생식 능력/ 향상에 효과 만점........." 자기 돈을 증식시키는 것은 성인들에게는 흥미로운 일이다. 주식을 염두에 둔 듯한 표현이다. 여기에 점을 아

홉 번이나 거듭 찍은 말줄임표는 무엇을 말하는가? 특이하게
도 다른 곳에서와 달리 색다른 생략 부호를 택하고 있다. 그것
은 다음 구절을 통해 규명된다. 시적 화자는 새로운 영역으로
발길을 돌리는 것이다. 아직 미지의 세계다. 대목장을 거니는
한 젊은이의 두서없는 모습이 보인다.

"....오 그러나 그곳을 벗어나자,/ 마지막 판자 뒤쪽에 〈영생
불사〉라는 광고문이 붙어 있다." 대목장에는 많은 가게들이
있다. 시적 화자는 돈의 생식기를 광고하는 곳에서 밖으로 나
온다. 그곳에는 또 다른 공간이 펼쳐진다. 자연의 공간이자 현
실의 공간이다. 한 걸음만 떼도 판자 뒤에 뭔가 다른 세상이
있다. 상징성이 강한 언어들이 눈에 띈다. 맥주의 상표를 '영생
불사'라고 붙인 것이 이채롭다. 맥주가 죽음을 몰아낸다니 지
나가는 사람들의 발길을 잡기에 적당하다. 살아서 영생불사를
즐기는 것, 이것은 죽음으로부터 몰려오는 폭풍우의 기미를
이미 감지했기 때문이다. "저 쓴 맥주, 술꾼들은 달콤하게 느
낄 것 같다,/ 거기다가 늘 신선한 심심풀이를 곁들여서 씹는다
면…," 맥주를 마시는 술꾼들은 맥주를 통해 잠시 죽음을 잊
는다. 외부에서 볼 때는 맛이 쓰겠지만 당사자들은 달게 느낀
다. "광고판 바로 뒤쪽, 그 뒤쪽은 **현실적이다**." 맥줏집을 가리
키는 상표명 뒤로 들어서니 다른 세상이다. 고통을 직접 대면
할 수 있는 풍경이다. 판자 뒤편의 세계에서 시적 화자는 현실
세계를 만난다. "아이들은 놀고, 연인들은 포옹하고 있다," 전
편의 비가들에서 좋게 평가했던 대상들이 나온다. 아이들과
연인들이다. 아이들은 천진난만하다. 주위 환경과 하나가 되
어 놀고 있다. " ── 저편에서,/ 심각하게, 성긴 풀밭에서," 풍경
이 현실적이기는 하지만 을씨년스럽다. 듬성듬성한 풀밭 한쪽

에서 아이들이 놀고 있고, 연인들은 포옹 중이다. 그러나 기쁜 표정이라기보다는 심각하다. 가짜의 영역을 넘어서 왔지만 풍경은 써늘하다. "성긴 풀밭에서"는 연인 간의 사랑이 성숙하지 않았음을 간접적으로 드러낸다. "그리고 개들은 자연스럽다." 아이들은 초췌한 얼굴로 놀고 있고, 연인들은 끌어안고 있는데, 개들은 본능에 따라 자연스레 행동하고 있다. 도시 근교의 핍박한 환경을 잘 보여 준다. 자못 우의적인 풍경이다. "그 젊은이는 좀 더 걸어간다:" 갑자기 등장한 "젊은이"의 정체가 불분명하다. 그는 누구인가? 「제3비가」에서 시적 화자는 한 젊은이의 내면세계를 그리면서 동시에 그로써 자신의 내면을 표현한 바 있다. 이것을 여기에도 적용해 볼 수 있다. 그렇게 되면 "젊은이"는 시적 화자 자신을 지칭하는 것이 된다. "그는 어느 젊은 비탄의 여인을/ 사랑하고 있는 것 같다....." "젊은이" 역시 사랑에 관심이 많은 사람이다. 다섯 개의 점으로 된 생략 부호는 더 이상 젊은이의 내면세계를 알 수 없음을 이야기한다. "그녀 뒤를 따라 초원으로 들어선다." 릴케는 '비탄'이 독일어로 여성 명사인 점에 착안하여 '비탄'을 여성으로 의인화하고 있다. 비탄이 의인화된 것은 고통을 그만큼 강조해서 보여 주기 위함이다. "젊은이"는 한 "젊은 비탄의 여인"을 따라 나선다. "그녀가 말한다:/ ─ 좀 멀어요. 우리는 저기 바깥쪽에 살고 있어요...." "멀어요"는 우리가 보통 생각하는 그런 거리 개념이 아니다. 차원이 다른 거리감을 표현한다. 일단은 삶과 죽음이 하나의 평면 위에 존재하는 것으로 설정된다. 멀다는 말과 "저기 바깥쪽"이라는 말에서 비탄이 가리키는 곳이 이승을 넘어선 곳임이 암시된다. 비탄의 말에 이어 네 개의 점이 찍혀 있어 그 거리가 어느 정도인지 독자는 미루어 생각하게 된다.

고통의 도시 바로 뒤편에 이쪽 세상과 다른 저쪽 세상이 펼쳐진다. 경계가 그리 뚜렷하지 않다. 이곳은 저승인가? 아니면 열린 세계인가? 로마노 과르디니는 지하나 저승이 아니라 확트인 세계의 관점에서 보아야 한다고 주장한다. 밑으로 내려가는 것이 아니라 "저기 바깥쪽"으로 가기 때문이다.(Guardini, 343) "어디요? 그러면서 젊은이는/ 따라간다. 그녀의 자태에 마음이 끌린다. 어깨와 목덜미 — ,/ 그녀는 귀한 가문 출신 같다. 그러나 그는 그녀를 그냥 두고/ 돌아선다, 돌아서 손짓한다... 무슨 소용? 그녀는 비탄인걸." 그녀의 자태에 그의 마음이 끌리는 궁극적인 이유는 그런 정신적 자세가 그에게는 없기 때문이다. 이승에 얽매이지 않은, 열린 세계에 속한 존재로서 그녀는 시적 화자를 넘어선다. "어깨와 목덜미"는 여성적 아름다움의 상징이다. "젊은이"의 마음속에 사랑의 감정이 일어난다. 그는 그 사랑을 할 수 있을까? 지금 있는 곳은 지상의 익숙한 환경이 아니다. 아무튼 그는 그녀를 따라간다. 그녀의 존재에 마음 깊이 감정의 흔들림을 느낀다. 신비로운 여성의 모습에서 사랑이 움튼다. 그러나 순간 젊은이는 그것에 대해 미심쩍게 생각한다. 그녀는 "비탄"이기 때문이다. 즉 비탄을 싫어하는 것이다. 모험을 감행하는 것이 탐탁지 않다.

"다만 어려서 죽은 자들만이 처음으로 맞는, 시간을 넘어선/ 평정의 첫 상태에서, 모든 습관을 버린 상태에서/ 사랑으로 그녀의 뒤를 따른다." 젊은이는 비탄의 뒤를 따르지 못하지만 "어려서 죽은 자들"은 가능하다. "어려서 죽은 자들"이 그녀를 사랑하는 자세로 뒤따르는 까닭은 인간적 동정의 측면에서 생각해 볼 수 있다. 비탄이 고인들을 위한 사랑에서 생겨난 것임을 고려해 보면 이해가 간다. "그녀는 소녀들을/ 기다렸다가 그들과 친구가 되어, 그들에게 살짝/ 자기가 지닌 것을 보여 준다. 고통의 진주 구슬과 인내의/ 고운 면사포." 비탄의 소녀는 일찍 죽은 자들 중에서 소녀들을 기다린다. 그녀가 소녀들을 기다리는 것은 소녀들의 감정 능력이 그녀의 감정 능력과 동등하기 때문이다. 비탄이라는 같은 감정 능력을 가진 까닭에 서로 친구가 될 수 있다. 비탄의 소녀는 이 소녀들을 아끼고 사랑한다. 그렇기 때문에 자신이 지닌 소중한 것을 "살짝" 소녀들에게 보여 준다. "고통의 진주 구슬과 인내의 고운 면사포"를 보여 주며 비탄의 소녀는 소녀들을 친구로 삼는다. 이것들은 비탄이 간직한 고통과 인내를 표현하는 고귀한 것들이다. 고통과 보석이 하나로 연결되어 있어 고통 자체가 얼마나 귀한 것인지 알려 준다. " ─ 그녀는 소년들과 함께 걸어간다,/ 말없이." 줄표에 이어 "소년들"이 등장한다. 비탄의 소녀는 소녀들에게는 동류의식을 갖고 있지만 소년들에게는 대하는 태도가 다르다. 소년들에게 비탄의 소녀는 많은 말을 하지 않는다. 그래서 "말없이" 걸어간다. 소녀의 자세에는 아직 인간적인 면모가 남아 있다. "말없이."는 이 연의 마지막 행에 별도로 두드러지게 놓여 있다. 저편 세계의 풍경 속으로 걸어 들어가는 그들의 모습이 여기서 보인다.

"그러나 그들이 사는 계곡에 이르자, 나이 지긋한 비탄의/ 여인들 중 하나가 소년의 질문에 응해 준다:" 그곳 종족의 우두머리인 듯한 노파가 이제 안내자 역할을 맡는다. 비탄이 연배가 높은 노파로 나오는 것은 인류 역사에서 비탄이 차지했던 비중을 말해 주는 것이다. 소년은 젊은 비탄과 늙은 비탄

모두를 경험한다. 특히 늙은 비탄은 죽음의 세계를 훤히 꿰뚫고 있는 선배로서 소년의 질문에 응한다. "소년"은 "어려서 죽은 자들" 중의 하나다. 앞에서 나왔던 비탄의 소녀를 따라갔던 "젊은이"와는 구별된다. 노파는 소년을 다정하게 대한다. " — 우리는/ 굉장한 가문이었어, 그녀가 말한다," 문장 앞 생각의 줄표는 노파가 소년의 질문에 응하기 전에 약간 머뭇거린다는 뜻이다. 그곳으로 갓 찾아온 어린 소년 죽음에게 나이 지긋한 노파가 자기 자신에 대해 설명하는 데 망설임이 없을 수 없기 때문이다. 비탄의 가문은 고귀한 종족에 속한다. '비가'가 문학 장르 중에서 품격 있는 종류에 속하는 것과 같다. 인간의 감정 중 슬픔은 고귀한 것이다. "옛날에, 우리 비탄들은./ 우리 아버지들은 저기 큰 산에서 광산 일을 했어." 땅속에서 귀중한 광물을 캐내는 광산 일에다 인간의 감정 작업을 비유하고 있다. 고통은 존재의 원석이다.(Guardini, 349) 비탄의 가문의 아버지들은 광부들처럼 인간의 마음속 깊은 곳에서 태곳적 광물을 캐서 부유해졌다. 이들은 거의 신화적인 존재들이다. 이들의 고통은 아주 태곳적 감정에 속한다. "사람들에게서/ 너는 가끔 매끄럽게 연마된 태곳적 고통 덩어리나/ 오래된 화산에서 캐낸, 화석화된 분노의 찌꺼기를 볼 거야./ 그래, 그게 다 저기서 나온 거지." 비탄은 광물을 캐내는 행위이다. 비탄과 함께 화산이 폭발하듯 터져 나와 곳곳으로 흩어져 굳은 "화석화된 분노의 찌꺼기"도 있다. 이것들은 거칠지만 소중한 자원이다. 그것을 캐내는 작업을 하는 것이 비탄이고 그래서 비탄의 가문은 부자가 된 것이다. 문학사적으로도 희극보다 비극 쪽이 더 많은 보물들을 갖고 있으니 틀린 말이 아니다. "옛날에 우린 부자였어. — " 문장 다음 생각의 줄표는 노파의 마음을 표현한다. 아쉬움이랄까. 비탄의 시대는 갔다. 현시대는 비탄을 값싼 대체물로 없애 버린다. 과거의 것에 대한 아쉬움의 표시는 비가의 속성에 걸맞다. 노파는 과거를 되돌아본다.

"그리고 노파는 소년을 광활한 비탄의 풍경으로 가볍게 이끌어,/ 그에게 사원의 기둥들과 허물어진 성들을 보여 준다,/ 지난날 비탄의 영주들이 백성들을 어질게 다스리던/ 곳이다." 노파는 소년에게 망자들의 땅을 보여 준다. 폐허가 된 "사원의 기둥들과 허물어진 성들" 등 비탄의 풍경이 비록 조형적으로 보이지만 비탄의 성격상 그 풍경 속에는 음향이 감추어져 있다. 풍경 속 사원의 기둥들과 허물어진 성들은 사실은 소리들이다. "노파는 소년에게 우람한 눈물의 나무들과/ 꽃피는 슬픔의 밭들을 보여 준다." 고통의 땅에는 우람한 나무들이 자라고 있다. 마치 분수 같은 형상을 하고 있는 나무다. 눈물의 나무는 슬픔의 강도를 표현한다. 눈물의 나무나 꽃피는 슬픔의 밭은 나무와 밭과 결합되어 결실과 관련된다. 강도 높은 느낌과 감정이 가져오는 열매를 소년은 알게 된다. 소년은 많은 깨달음을 통하여 이곳 저승 풍경에 서서히 적응해야 한다. "꽃피는 슬픔의 밭"은 기쁨과 슬픔의 조화를 상징한다.(Brück, 301) "(산 자들은 이것을 연약한 나뭇잎으로 알고 있다);" 괄호 안에 넣은 문장은 의미가 다르다. 이 괄호는 이승과 저승을 가르는 울타리와 같다. 이 괄호 안의 말은 이승에 살아 있는 자들의 생각이다. 괄호 밖은 저승이다. 이승의 산 자들은 저승의 "꽃피는 슬픔의 밭들"을 "연약한 나뭇잎"으로 생각한다는 것이다. 산 자들에게 슬픔은 '부드러운 나뭇잎' 정도로 보인다.

슬픔은 지상에서는 꽃으로 피지 않는다. 아직 푸른 나뭇잎에 불과하다. 저승에 가서야 비로소 꽃피기 시작한다. 우리가 고통을 쉽게 쫓아 버리는 까닭에 "연약한 나뭇잎"이 된다. 고통을 키워 나가지 않고 쉽게 쫓아 버리려는 태도를 산 자들은 갖고 있다. "그녀는 소년에게 풀을 뜯고 있는 슬픔의 짐승들을 보여 준다." 고통을 풀처럼 뜯고 있는 짐승들, 이들은 고통을 먹고산다. 짐승이라는 표현에서 이들이 고통을 얼마나 민감하게 느끼는지 알 수 있다. 짐승의 감각 기관은 인간보다 훨씬 우수하기 때문이다. " — 그때 가끔 새 한 마리가 깜짝 놀라 그들의 시야 안에서 낮게/ 날아가면서 곳곳에 제 고독한 절규의 그림을 그린다. — " 새는 본 적 없는 새 인물의 등장에 놀라며 날아간다. 새의 몸짓에서 새가 느낀 느낌을 읽을 수 있다. 새의 날갯짓이 하나의 고독한 그림을 그려 놓는다. 새는 날아가면서 하나의 상형 문자를 그린다. 새의 울음이 시각적 형상으로 화한다. 새는 울음의 의미를 눈이 바라보는 시각의 공간 안에 날아가는 궤적의 모양으로 그려 놓는 것이다. 절규의 소리가 시각적인 것으로 변용되어 기록된다. 새의 울음소리가 잦아들면서 풍경이 전환된다. "그린다." 다음의 줄표가 시적 화자의 성찰을 나타낸다. "저녁이 되자 그녀는 그를 비탄의 가문의 어른들 무덤으로/ 안내한다, 이들은 무녀들과 예언자들이다." 저승에서도 시간은 흐른다. 낮이 가고 저녁이 온다. 만물의 경계가 흐릿하게 사라지고 모든 것이 서로 소통하는 공간이 되는 시간이다. 이때 노파는 소년을 데리고 비탄의 가문의 어른들 무덤으로 간다. 원문에는 "어른들"이 '노인들'로 표현되어 있지만 실제로 그 가문의 어른들을 말한다. 태고 시대의 조상들이다. 무녀와 예언자들은 비탄의 가문 사람들이다.

이들은 다가오는 불행을 마치 비탄을 하듯 예언의 말로써 청자들에게 전하기 때문이다. 비가에서 비탄 속에 예언이 들어가는 것은 여기에 기원이 있다고 하겠다. 그러니 그리스의 무녀 즉 시빌레와 예언자들은 비탄 가문의 조상이라 할 수 있다. 이들은 고통에 집중하면서 고통의 내용을 큰 소리로 외치며 노래한다.(Fuchs, 353) "그러나 밤이 다가오자, 둘은 더 살포시 거닌다." 밤이 되고 달이 뜨는 시각, 사방은 더없이 고요하다. 그들(노파와 소년)의 발걸음은 더욱 조심스러워진다. 죽은 자들의 걸음걸이는 바람처럼 가볍다. 밤 속으로 걷는 그들의 발걸음은 한결 경건하고 기대에 차 있다. "이윽고/ 환한 달처럼 만물을 굽어살피는 묘비가 떠오른다." "이윽고"라는 말이 기대치를 채워 준다. 무덤의 묘비가 달빛에 반사되어 달처럼 떠오르는 것으로 표현하고 있다. "마치 나일강 변의 것과 형제 같다," 앞의 "묘비"는 스핑크스를 말한다. 달과 스핑크스가 서로의 존재의 의미를 새겨 준다. "마치 나일강 변의 것과 형제 같다,"라는 표현은 이곳을 이집트의 기자 지역으로 확정짓는 것을 막는다. 형제 같다는 것이지 곧 그 자체는 아니라는 말이다. 릴케가 그리고 있는 죽음의 세계가 바로 고대 이집트의 피라미드 지역은 아닌 것이다. 그러면서도 또한 피라미드와 스핑크스의 등장으로 고대 이집트의 분위기가 나지 않는 것은 아니다. 이것은 릴케가 자신의 생각을 표현하기 위해 가져온 객관적 상관물이라고 할 것이다. "엄숙한 모습의 스핑크스 ─ : 굳게 입을 다문 묘혈의/ 얼굴." 스핑크스는 피라미드 앞에서 망을 서고 있다. 이 점에서 만물을 굽어 감시하는 달과 같다. 이제 이 망꾼은 우리의 가슴속 죽은, 몰락한 고통이 있는 곳 즉 비탄의 근원이 자리 잡은 곳의 비문 역할을 한다.(Fuchs,

354) 망꾼이 지키는 것은 승화된 고통이다. "그리고 둘은 왕관을 쓴 머리를 보고 놀란다," 둘 즉 안내를 맡은 여인과 안내를 받고 있는 소년은 눈앞에 펼쳐지는 장관에 놀라움을 금치 못한다. 그것은 다름 아닌 "왕관을 쓴 머리" 때문이다. 그들은 스핑크스의 머리를 보고 놀란 눈길을 보낸다. 본디 파라오가 쓴 왕관은 이중 왕관이다. 스핑크스가 앞에서 지키고 있는 것으로 보아 이곳은 파라오의 무덤이다. 스핑크스는 파라오의 오래된 고통 입구를 지키고 있다. 우리의 텍스트에 빗대어 보면 스핑크스는 원초의 숨겨진 고통을 지키고 있는 묘비와 같다. 비탄의 내용이 스핑크스의 얼굴에 적혀 있다. 스핑크스는 이 죽은 자의 고통을, 다시 말해 죽은 자를 지켜 주는 것이다. "그 머리는 인간의 얼굴을 별들의 저울 위에/ 올려놓고 있었다, 말없이 그리고 영원히." 전체적으로 위 구절은 스핑크스를 아래에서 올려다본 모습이다. 하늘의 별들 중 천칭자리와 스핑크스의 머리가 겹친 광경이다. 지상에서 보면 스핑크스의 얼굴이 별들 사이에서 빛나는 것처럼 보인다. 이렇게 별들의 저울 위에 인간의 얼굴을 올려놓고 재는 행위를 통해 신화에 나오는 것과 유사한 일이 일어난다. 그런 행동을 스핑크스의 머리가 영원히 그리고 말없이 계속하고 있다는 것이다. 여기서 별들의 저울 위에 끝없이 올려놓는다는 것은 별들의 성좌 앞에서 끝없이 영원성을 보증받으려 노력함을 말한다. 파라오가 인간으로서 그런 불멸의 지위에 오르고자 끝없이 애쓰는 면을 표현한 것이다.

"소년의 눈길은 이른 죽음으로 아직 어지러워/ 그 광경을 제대로 포착하지 못한다." "소년"은 새로운 세계에 아직 제대로 적응하지 못한 상태다. 그는 그 광경 앞에서 아찔함을 느낀다. 저승 세계에 대한 새로운 인식이 필요하다. 반면 비탄의 노파는 아무렇지도 않다. 스핑크스는 유한성과 영원성 사이의 존재다. 방금 세상을 떠나 막 저편 세상에 적응하고 있던 일찍 죽은 자로서 소년은 스핑크스의 그런 모습을 제대로 포착하지 못한다. "그러나 그들의 눈길은/ 왕관 테 뒤의 부엉이를 깜짝 놀라게 한다." 그럼에도 이들 둘의 눈길은 충분히 강력하다. 지상에 있을 땐 사물들과 맞서 늘 부서지고 길을 잃곤 하던 눈길이 다른 세계로 넘어오자 강력한 힘을 발휘한다. 그 바람에 스핑크스의 왕관 뒤편에 있던 부엉이가 소스라치게 놀라 푸드득 날아오른다. 부엉이는 죽음의 왕국에 속하는 새로서 재앙을 예견하는 존재를 상징한다. 비가의 저승 풍경에 딱 맞는 새다. 왕관 테두리 뒤쪽에 앉아 있던 부엉이는 갑작스러운 시선을 느끼고 놀라서 날아오른다. 부엉이는 높은 곳에 앉아 있다가 아래쪽으로 난다. "그러자/ 부엉이는 느린 날갯짓으로 스핑크스의 뺨을,/ 그 가장 완숙한 둥근 모양을 쓸어내리며,/ 사자(死者)의 새로운 청각에다가/ 양쪽으로 펼쳐진 종이에다 써넣듯이/ 묘사하기 힘든 윤곽을 부드럽게 그려 넣는다." 부엉이가 달빛을 받아 스핑크스의 뺨 옆으로 천천히 날아가는 모습이 마치 뺨을 날개로 스치며 어루만지는 듯 보이는 것이다. 스핑크스의 뺨이 가장 완숙하게 둥근 모습임을 보여 준다. 뺨에는 존재의 감정이 가장 잘 드러난다. 기쁨, 슬픔, 분노, 수줍음 모든 것이 가장 충실하게 표현된다. 날개로 뺨을 어루만지는 것은 스핑크스의 감정 상태를 직접 촉감으로 이해하는 것이다. '둥근 모양의 스핑크스의 뺨'에는 충만되고 성숙한 감정이 가장 잘 묘사되어 있다. "사자(死者)의 새로운 청각"에서 "청각"은 어려서 죽은 소년의 귀를 뜻한다. 사자의 청각은 새롭고 극히 예민하다. 부엉이는 스핑크스의 뺨을 어루만지며 날아 그것을 청각으로 표현하여 소년의 귀에 넣어 준다. "양쪽으로 펼쳐진 종이"는 이미지로 보면 소년의 양쪽 귀를 표현한 것으로 보인다. "묘사하기 힘든 윤곽"은 스핑크스의 뺨의 형태를 두고 하는 말이다. 부엉이가 날개로 스핑크스의 뺨을 쓰다듬어 그 "묘사하기 힘든" 형태를 스케치북에다 그리듯 사자의 귀에다 그려 보인다. 사자의 세계에서는 감각 기관이 상호 간에 넘나든다. 마치 스스로 받아들인 스핑크스의 모습을 날갯짓의 음파(音波)로 번역하는 것 같다.(Fuchs, 357)

"그리고 더 높은 곳엔 별들. 새로운 별들. 고통의 땅의 별들./ 비탄은 별들의 이름을 천천히 불러 본다: ─ 여기,/ 봐봐: 기수, 지팡이가 있지." 비탄의 여인이 하는 말에 스핑크스를 바라보며 놀라워하던 소년은 눈을 들어 이제 하늘을 올려다본다. 이 별들은 스핑크스보다 더 높은 곳에 떠 있다. 더 숭고하다고 할 수 있다. 우리의 지상에서는 볼 수 없는 새로운 별들이다. 비탄의 여인은 천천히 되새기면서 별들의 이름을 부른다. 고통의 땅의 별들은 새롭다. 「제7비가」에서 언급되었던 "지상의 별들"과 분명하게 구분된다. 고통을 통해 얻은 순수성과 이상의 머나먼 기호로서 밤마다 고통의 풍경 위에, 더 자세하게 말해서 가공되지 않은 고통의 계곡 위에 반짝인다.(Fuchs, 358) 비탄은 고통의 땅 하늘에 뜬 별들에게 이름을 붙여 준다. 고통의 땅의 별자리 이름으로 가장 먼저 나온 것이 "기수"다. 현실에서 별자리 이름으로 "기수"는 없다. 고대의 무덤에서는 말을 타고 저승으로 달려가는 기수 그림을 만나

볼 수 있다. 그것은 영웅의 모습이다. 기수는 한곳에 정착하지 않고 무한을 향해 달린다는 면에서 「제6비가」의 "영웅"의 은유 세계에 걸맞다. "지팡이"는 현실에서 다양한 용도로 사용된다. 몸을 지탱해 주는 지지대 역할을 하는가 하면, 무언가를 가리킬 때 쓰는 지휘봉으로도 쓰이고, 창과 같은 무기로도 사용된다. 왕홀처럼 권력의 상징이 되기도 하며 또한 무언가 신비스러운 힘을 불러내는 마술 지팡이로도 사용된다. "그리고 더 큰 저 별자리를/ 바로 과일 화환이라고 불러." 기수가 말을 타고 달리며 지팡이로 가리키는 쪽을 보니 더 큰 별자리가 있다. 기수와 지팡이보다 더 가득 찬 별자리는 "과일 화환"이다. "과일 화환"으로 별자리가 더 풍성해졌다. "과일 화환"은 모든 생명의 결실의 산물이다. 화환이 갖는 의미는 다양하다. 탁월함에 대한 칭송과 함께 영생과 결실을 뜻한다. 화환은 고대 이집트, 그리스, 로마 시대를 막론하고 죽은 자를 위한 경의로써 무덤에 함께 묻어 주어 저승 세계로 가는 안식의 징표로 사용되었다. 『두이노의 비가』에서 저승 세계를 순례하는 장면에서 이 별자리가 나오는 것은 자연스러운 일이다. 이승의 열매로서의 죽음이 이곳에 와서 화환으로 걸려 있는 것이다. 이 세 개의 별자리는 저승 세계의 북쪽 하늘에 떠 있다. "다음엔, 계속해서, 극 쪽을 봐:/ 요람; 길; 타오르는 책; 인형; 창문이 있지." 극은 천체의 회전축이다. 이 극 가까이에 "요람", "길", "타오르는 책", "인형", "창문" 등의 별자리가 있다. 그만큼 이 별자리들이 갖는 의미는 크다. 천체의 회전축에 맞추어 가장 가까이에 "요람"이 놓여 있다. 요람은 중심점을 축으로 좌우로 흔들리게 되어 있는데, 천체가 흔들려 별자리가 "요람"이 된다. 별들이 자라나는 중심점으로 볼 수 있다. 요람은 인간이 태어나

처음으로 갖는 집이다. 어머니의 품속 같은 포근함을 상징한다. 요람 옆의 별자리는 "길"이다. "요람"과 "길,"은 원어로 각각 'Wiege'와 'Weg'인데 둘은 낱말의 생김새나 발음이 아주 가깝다. 아이는 요람에서 일어나 바로 길로 들어선다. "길"은 인간으로서의 삶을 상징한다. 요람과 길을 통하여 인간은 원하는 세계로 나아간다. 길에는 많은 느낌이 살아 있다. 때로는 꼬불꼬불한 산길을 가야 하고 또 때로는 환한 도로를 걷기도 한다. 길은 시적 화자의 과제다. 길의 끝에 무엇이 도사리고 있는지 모르기 때문이다. 이번 「비가」에서 길은 이승에서 저승으로 통하는 도로다. "타오르는 책"은 흥미로운 표현으로 많은 시적 연상이 가능하다. 책에는 많은 지적 인식이 축적되어 있다. 그것이 타오른다는 것은 정화된 지식과 인식이 하늘에서 빛나는 것으로 볼 수 있다. 요람에서 나와 길을 가며 그런 인식에 도달할 수 있음을 보여 준다. 불이 갖는 정화의 능력은 존재가 이승의 얽매임에서 벗어나 열린 세계로 들어갈 수 있게 해 준다. 더 높은 존재 상태로 가기 위해서는 손을 데지 않고 이 책을 읽어야 한다. "인형"은 「제4비가」에서도 나왔다. 천사와 인간 사이에 위치하는 존재다. 천사처럼 순수한 의식의 대변자다. 천사와 인형이 하나로 조화를 이룰 때 정신의 충만이 실현된다. 인형은 열린 세계로 나아가는 데 있어 인간과 달리 의식의 한계를 느끼지 않는다. 인간의 삶과 가까우면서도 인간이 의식하지 못하는 많은 모범성을 지닌 존재다. 인형은 중심을 가지고 움직이며 인간에게 부족한 균형감을 갖고 있다. 이런 균형점이 인간이 추구해야 할 목표가 된다. 별자리 "창문"을 보자. "창문"이라는 상황 자체가 이미 하나의 예술적 모티프이다. 창문에서는 많은 것이 일어난다. 창문에서는 애인을 기다리기도 하고 편지를 읽기도 한다. 창문은 사랑을 배우는 곳이다. "그렇지만 남쪽 하늘에는 은총받은 손바닥의/ 안쪽처럼 순수하게 밝게 빛나는 〈M〉이 있어,/ 이는 어머니들을 뜻하지…… ─ " 손바닥을 펼쳐서 가로로 들고 손바닥에 그려진 손금 모양으로 본 알파벳 M 자를 말한다. 손바닥에 그려진 굵은 선 세 개의 위쪽을 각각 연결하면 M 자가 된다. M은 '어머니들(Mütter)'에서 따온 머리글자다. "어머니"는 생명의 원천으로서 은총을 의미한다. 마지막 별자리를 가리키는 M 자에 이 구절 전체의 방점이 있다. 이 별자리는 특히 순수하고 밝게 빛난다. M은 앞에 나온 별자리 모두를 하나로 묶는 원초의 별자리다. "요람"과 "길"과 "타오르는 책", "인형", "창문"을 바라보는 남쪽 하늘의 별이 "M"이다. 아이를 포근히 안고 있는 어머니의 형상이 연상된다. 지금 별을 바라보고 있는 것이 노파와 소년인 것 역시 이와 무관하지 않다.

　"그러나 사자는 떠나야 한다, 늙수그레한 비탄은/ 말없이 그를 깊은 골짜기로 데리고 간다,/ 거기 달빛 속에 은은히 빛나는 것:/ 기쁨의 샘물이다." "그러나"와 함께 분위기가 완전히 바뀐다. 별들 아래서 별자리 이야기를 하던 낭만적인 분위기가 저승 세계 속에서 현실로 돌아온다. "깊은 골짜기"는 영원한 죽음의 땅으로 들어가는 입구다. 계곡의 가장 깊은 곳, 인간 감정의 심연에 이른다. 어둠 속에서 은은하게 빛나는 것이 있다. 어둠 속에서 은은히 빛나는 것이 무엇일까? 궁금증을 유발하는 쌍점 그 틈으로 보이는 것은? 바로 "기쁨의 샘물"이다. 반전이다. 고통의 존재가 그 반대인 기쁨의 바탕이 된다. 고통이 기쁨으로 가는 길을 알려 주는 이정표인 것이다. "비탄은 깊은 경외심에서/ 샘물을 그렇게 부르며 말한다:"인간 세계에서/ 이것은 생명을 나르는 강줄기야.'" 고통과 죽음의 땅에 "기쁨의 샘물"이 있다는 것은 일견 아이로니컬하다. 그러나 사실 진정한 "기쁨의 샘물"은 고통의 땅에서만 솟을 수 있다. 본질적인 고통과 본질적인 기쁨은 서로 관계가 있으며 진정성이라는 공통분모를 갖고 있다. 이곳의 "기쁨의 샘물"은 「제10비가」 초반의 장터에서 보았던 가짜 즐거움과 사뭇 대조적이다. 장터에서 인간들은 말초 신경을 자극하는 대상들을 통하여 즐거움을 맛보며 그것을 행복이라고 생각한다. 반면 "기쁨"은 어떤 대상들의 있고 없음과 상관없는 인간 의식의 기본 정서다.(Brück, 313) 그렇기 때문에 "기쁨의 샘물"은 마르지 않고 늘 흐른다. 여기서 중요한 것은 지형상으로 심연 속에 기쁨의 샘물이 있다는 것이다. "생명을 나르는 강줄기"의 원천은 고통의 땅에 있다.

"그들은 산발치에 이른다./ 그때 비탄은 그를 포옹한다, 울면서." 이제 이들은 "기쁨의 샘물"을 지난 곳까지 이르렀다. 드디어 헤어져야 할 순간이다. 노파는 젊은 죽음을 포옹한다. 작별의 아쉬움에 눈물이 흐른다. 노파가 젊어져야 할 비탄의 본래 사명으로 돌아온 것이다. 운다는 것은 고통을 음악적 율동에 맡기는 것이다. 그것이 마음속에서 흘러나오는 비탄이다. 소년과 비탄의 노파의 이별은 비가다운 장면이다.

젊은 죽음은 그곳을 지나 마지막을 향해 가야 한다. "홀로 그는 올라간다, 태곳적 고통의 산속으로./ 그의 소리 없는 운명의 발걸음에서는 아무 소리도 울리지 않는다." 비탄의 노파와 헤어지자 젊은 죽음 앞에 바로 나타난 것은 태곳적 고통의 거대한 산이다. 이 고통의 산의 모습을 비탄은 그에게 멀리서 손가락으로 가리켰고 이 비가의 네 번째 연에서 이미 이 산의 존재에 대해 이야기한 바 있다. 소년 죽음은 "태곳적 고통의 산속으로", 죽음의 땅의 가장 내밀한 곳으로 들어간다. 죽음의 마지막 정거장이다. 그는 완전히 저쪽 세상으로 넘어갔다. 그의 존재는 이제 신비로 남는다. "소리 없는 운명"이 그의 것이다. 고통의 산속 깊은 곳에 에워싸여 있으면 발에 차이는 것은 오로지 침묵뿐이다. 아무 소리도 들리지 않는다. 이 산속은 적막에 싸여 있다. 이제 소년을 위한 비탄도 그쳤다. 그러기에 "그의 소리 없는 운명의 발걸음에서는 아무 소리도 울리지 않는다."고 시적 화자는 말한다. 젊은 죽음이 겪어 내야 하는 고독이 더욱 강렬해진다. 이제 작품은 점점 더 마지막 매듭 쪽으로 다가간다. 대단원의 막이 내리기 직전, 막바지에 와 있다. "소리 없는 운명의"의 원문은 'aus dem tonlosen Los'이다. 릴케가 발음을 생각하여 시어를 택했음을 알 수 있다. 독일어로는 이 구절이 문장의 마지막에 위치하여 아무 소리도 남기지 않고 걸어가는 소년 죽음의 아련한 뒷모습을 연상케 한다. 우리말로 발음을 비슷하게 표기하면, '아우스 뎀 톤로젠 로스'이다. '운명'이라는 뜻의 'Los'가 가장 마지막에 놓이고 지상을 떠난 존재의 운명은 이제 아무런 소리도 내지 않음을 나타낸다. 모든 긴장과 대립은 녹아서 고요가 되어 사라진 것이다.

*

"그러나 그들, 영원히 죽은 자들이 우리에게 하나의 비유를 일깨워 주었다면,/ 보라, 그들은 어쩌면 손가락으로 텅 빈 개암나무에 매달린/ 겨울눈을 가리켰는지도 모른다, 아니면/ 비를 말했을까, 봄날 어두운 흙 위에 떨어지는. ── ” 약간의 휴지를 두었다가 시적 화자는 이제 깨달음을 말한다. 앞에서 함께 다녔던 비탄의 노파와 어린 죽음에게서 배운 것이다. 죽은 자들의 상태를 우리에게 전하기 위해서는 비유가 최선의 방법이다. 시적 화자가 예로 든 두 가지 비유는 “겨울눈”과 “봄날 어두운 흙 위에 떨어지는 비”다. “영원히 죽은 자들”은 삶과 죽음의 모든 길을 완주한 자들이다. 이들은 이제 완전히 먼 곳으로 가 버렸다. 이는 궁극적으로 죽어 “열린 세계”로 들어가 표상과 추측 등 모든 인간적인 움직임과 관련된 것들이 그쳐 언어도 더 이상 작동하지 않는 열반의 상태 같은 것이다.(Brück, 314) “텅 빈”은 독일어로 ‘leer’를 번역한 것이다. 나뭇가지에 나뭇잎이 모두 진 상태이니 ‘앙상한’으로 번역할 수도 있으나 시인이 일부러 선택한 낱말 ‘leer’의 뜻을 살려 “텅 빈”으로 번역했다. 시인은 “텅 빈”이라는 말을 사용하여 오히려 텅 빈 공간으로부터 무언가가 생성될 것임을 암시하고 있다. ‘텅 빔’이 무엇을 탄생시키는 전제 조건이 된다. 개암나무에 매달린 개암 열매는 씨를 갖고 있다. 보통 개암나무는 게르만 문화권에서는 성스러운 식물로 여겨진다. 나아가 생명과 결실의 상징이기도 하다. 겨울을 나며 봄의 전령 역할을 한다. “겨울눈”은 독일어로 ‘Kätzchen’이다. 보통 수꽃 눈을 말한다. ‘새끼 고양이’라는 의미인 이 표현은 겨울눈의 외양이 고양이 털의 부드러움을 연상시킨다. 겨울눈은 모두 땅을 향해 고개를 숙이고 있다. ‘죽은 자들이 겨울눈을 가리켰는지도 모른다.’라고 할 때 개암나무의 자태를 보라는 메시지일 것이다. 여기서 미래의 열매가 깨어난다. 흙 속의 어두움은 고통과 폐쇄를 의미한다. 그러나 봄비가 내림으로써 이 흙 속의 어둠과 경직은 비로소 풀린다. 새로운 생명이 움트는 것이다. 이승에 남은 자들이 흘린 눈물이 저승으로 간 자들의 마음을 깨울 수 있다. 여기의 떨어지는 비는 슬픔과 고통을 말한다. 그러나 땅을 적시는 비에서 고통만이 아닌 새로운 소생도 읽을 수 있다. 겨울눈이 새로운 결실의 시발점이듯이. 문장 마지막의 생각의 줄표는 시적 화자가 그렇게 믿고 싶음을 나타낸다. 어두운 땅 속으로 사라졌던 것은 미래의 씨앗으로 소생한다.

"그리고 상승하는 행복만을/ 생각하는 우리는/ 어떤 행복한 것이 추락할 때면/ 가슴이 무너지는 듯한 충격을 느끼리라." 시적 화자는 지금까지 『두이노의 비가』의 숱한 고통의 길을 동반하며 걸어왔다. 이제 행복에 대해 다시 생각해 본다. 이승에서의 행복은 솟아오름으로 표현된다. 행복이 그 기쁨을 느끼는 자에게 하늘로 치솟는 날개를 달아 주기 때문이다. 우리는 앞에서 죽은 자가 걷는 길을 따라가 보았다. 고통의 깊은 산속으로 들어간 어린 죽음의 영원한 침묵에서 무엇을 느꼈는가? 세속에서 늘 "상승하는 행복"만을 추구하기 때문에 정작 우리는 진정으로 행복해질 수가 없다. 그런 행복이 아닌 죽음을 생각할 때 우리의 삶은 더욱 완성될 수 있다. 죽음은 결국 삶의 종말이 아니라 전체의 관점에서 보면 존재의 근원적 바탕으로 돌아가는 것이다. "어떤 행복한 것이 추락할 때면/ 가슴이 무너지는 듯한 충격을 느끼리라." 이런 가슴의 충격을 느낌으로써 우리는 진짜 행복을 알 수 있다, 즉 급변이 가능해진다. 이것이 충격 요법으로서 살아 있는 자가 진정한 행복을 느

끼는 방법이다. 올라가 보고, 떨어져 보고, 행복과 고통 두 가
지를 다 체험하는 것이 인간 존재를 깨닫는 길이다.

(해설을 작성하기 위해 참고한 자료는 다음과 같다. 인용한 부분은 해당 문장 끝에 저자명과 쪽을 명기하였다.)

Allemann, Beda: *Zeit und Figur beim späten Rilke: ein Beitrag zur Poetik des modernen Gedichtes*, Pfullingen, 1961.

Bollnow, Otto Friedrich: *Rilke*. Stuttgart, 1951.

Brück, Michael von: *Weltinnenraum: Rainer Maria Rilkes "Duineser Elegien" in Resonanz mit dem Buddha*. Freiburg im Breisgau, 2015.

Czernin, Monika: *Duino, Rilke und die Duineser Elegien*. Wien, 2004.

Fuchs, Britta A.: *Poetologie elegischen Sprechens. Das lyrische Ich und der Engel in Rilkes "Duineser Elegien,"* 2009.

Guardini, Romano: *Rainer Maria Rilkes Deutung des Daseins*, Paderborn, 1996.

Heidegger, Martin: *Holzwege*. Frankfurt am Main, 1949/1950.

Kippenberg, Katharina: *Rainer Maria Rilke. Ein Beitrag*. Leipzig, 1935.

Mason, Eudo C.: *Lebenshaltung und Symbolik bei Rainer Maria Rilke*. Weimar, 1939.

Mitnyan, Lajos: *Das reine Wort. Rainer Maria Rilkes ästhetisches Denken und die Duineser Elegien*. Wien, 2020.

Riedel, Sven: *"In deinem Anschaun steh es gerettet zuletzt." Rainer Maria Rilkes Duineser Elegien in systematischer Darstellung*. Marburg, 2005.

Steiner, Jakob: *Rilkes Duineser Elegien*. Bern/München, 1962.

Sünner, Rüdiger: *Engel über Europa. Rilke als Gottsucher*. Berlin, 2018.

Thurn und Taxis, Marie von: *Erinnerungen an Rainer Maria Rilke*. Frankfurt am Main, 1966.

Unglaub, Erich(Hrsg.): *Rilkes Duineser*. Winter 1911/12 39. *Tagung der*

Internationalen Rainer Maria Rilke–Gesellschaft 2021 in Triest und Duino. Bad Harzburg, 2020.

밤하늘의 별들을 바라보듯이

2023년은 릴케의 『두이노의 비가(Duineser Elegien)』가 세상에 나온 지 만 100년이 되는 해다. 이탈리아 아드리아 해안의 두이노성 보루에서 바닷가로 내려가던 산책길에 세찬 폭풍 속에 떠오른 영감으로 시작된 이 작품을 릴케는 그곳의 명칭을 따 '두이노의 비가'로 이름 지었다. 또한 당시 자신을 손님으로 받아 준 두이노성의 성주인 후작 부인에게 영원히 바친다는 뜻에서 책 첫머리에 "마리 폰 투른 운트 탁시스 호엔로에 후작 부인의 소유에서"라는 헌사를 붙였다. 1차 세계 대전 중 폭격으로 파괴된 두이노성에 대한 안타까움과 부인의 환대에 대한 감사의 표시였다. 작품이 완성된 곳은 전쟁의 후유증과 고독 속에서 그가 마지막 거처로 삼았던 스위스 시에르의 뮈조 성관이었다. 그곳에서 그는 1922년 2월 동안 창작을 위한 또 한 번의 거센 정신적 폭풍을 겪어 냈으며, 이듬해 이 작품은 세상에 완성된 모습을 드러냈다.

이 시집은 난해함이 큰 특징이다. 이것은 릴케 자신의 말대로 시 속에 내재하는 "응축과 단축"에서 기인한다. 또한 "죽음을 향하여 삶을 열어 놓으려는 결단"과 "사랑을 폭넓은 관점에서 바꾸어 보려는 정신적 필요성"이 우리의 평소 생각을 넘어서는 데서 오는 이해의 어려움이기도 하다. 우리 자신의 마음을 열 때 이 작품은 비로소 이해가 가능하다. 릴케의 표현대로 "시어 주위에는 우리에게 없는 자유의 분위기가 감돌기 때문에" 이 작품을 밤하늘의 별들을 바라보듯이 넓은 시야로 읽기를 권한다.

이제 오랜 준비 끝에 시의 원문과 우리말 번역문, 전문(全文) 해설이 곁들여진 책을 세상에 내놓는다. 릴케 특유의 다양한 문장 부호의 운용 방식까지 살피며 번역과 해설을 시도했다. 개인적으로 1982년부터 시작한 40년간의 릴케 연구를 일단락 짓는다는 생각으로 작업에 임했다. 작품의 전체 문맥, 한 구절 한 구절, 토씨 하나하나가 갖는 정확한 의미를 찾느라 최근의 독일 릴케 연구계에 등장한 연구서들에 이르기까지 수많은 참고 문헌을 뒤져 가며 많은 고민을 했다. 1926년 릴케가 세상을 뜨고 나서부터 나오기 시작한 수많은 릴케 연구서들의 존재가 이 책의 탄생을 가능케 했다고 생각한다. 릴케의 『두이노의 비가』에 관심이 많은 우리 독자들에게 사랑받는 책이 되기를 소망해 본다.

2023년 5월
김재혁

세계시인선 60   두이노의 비가

1판 1쇄 찍음 2023년 6월 5일
1판 1쇄 펴냄 2023년 6월 10일

지은이   라이너 마리아 릴케
옮긴이   김재혁
발행인   박근섭, 박상준
펴낸곳   (주)민음사

출판등록 1966. 5. 19. (제16-490호)
주소   서울시 강남구 도산대로1길 62
          강남출판문화센터 5층 (06027)
대표전화   02-515-2000 팩시밀리 02-515-2007

www.minumsa.com

ⓒ 김재혁, 2023. Printed in Seoul, Korea

ISBN 978-89-374-7560-3 (04800)
      978-89-374-7500-9 (세트)

* 잘못 만들어진 책은 구입처에서 교환해 드립니다.

세계시인선 목록